異語

現代詩與
文學史論

楊宗翰——著

【序】學院

　　學院是我們的居所，對這點本人從未懷疑。畢竟我曾經如此執拗地相信，有一種人文書院、聚義論學的可能，乃至重現梁山泊上水滸豪傑的不羈風景。那當然是對現代高教體制的衝撞，對自我良好感覺的膨脹，遂使我當年戲擬之「沒有三兩三，別上林美山」，貌似傲氣中實則潛藏了幾分悲憤。一種自恃不為人（也不屑為人）理解的態度，加上宜蘭跟台北既近實遠的距離，在此邊念博士、邊當講師，竟也錯生出煮詩烹文何難之有的幻覺，使書寫方向捨創作、就評論，甘為擺渡人而不自登岸。K校長帶頭編織的人文書院大夢，待各棟鋼筋水泥建物落成，冰冷現實便如下課鐘聲般陣陣襲來。烤羊、花酒、縱欲，究竟是黑函謠言抑或證成菩提，在激情與冷眼的光譜兩端，答案終漫漶至不可辨認。K校長跟幾位老師陸續離開，目睹斯文蒙塵、驚駭重利輕義的我，事件發生迄今十多年皆不願再踏入校門一步。學院還是我的居所，只是竟從安居變成了危居——我成了師承無端的浪蕩子，文學社群的放逐者，扛著學院遺址與記憶光影在市街獨行的夢遊人。

　　所幸文學思考、創作及研究都是絕對個人的志業，避結黨，適獨行。赴菲京馬尼拉教學兩年，回台在產業界走了一圈，晚近有緣重返校園任教，改赴學生數量在全台名列前茅的淡水五虎崗。從小國寡民的人文書院，到精確量化的現代大學，我得調整自身對學院的認知與想像，適應理念跟實踐間的差距。步行在淡江文學館各樓層的走廊，嘗試辨別每間教室、系辦、教師研究室

的人文氣味及動人故事，尋找那些可能遺失的美好。遙遠的昔日，K校長在這做過系主任及院長，他留下的故事當不只「都是一群笨蛋！還互稱什麼學長、學妹」一句吧？猶記得他對我說：「學問在自己身上，誰能搶走？」無論順境逆境，個人學問如此，理想學院亦然。

學院是我們的居所，但它不該只是避風港或藏經閣，而是真正的戰鬥位置。我的理想學院，樓不在高，室無須多，設備新穎或氣派豪華就留給得閒者去享用。學院中人應能時刻警戒權力誘惑，寧為醒世刺耳逆聲，堅持文化抵抗干擾。學院的位置就是戰鬥的位置，誰說人文學科只能困守窮巷案頭？把文學學好、學精、學深，「文學學」就是最有效的應世之道，我們發出來的異語便不致淪為囈語。理想學院仍待建構，現實學院正在眼前，我的現代詩與文學史閱讀研究之旅，已不再有退路或藉口。

目次
CONTENTS

上卷：文學史想像

臺灣新詩史：一個未完成的計畫

一、

怎會是「臺灣新詩史」？為何稱 "an unfinished project"？

本地有識者應該可以同意：雖然「文學史書寫」一直是學術界熱門議題，但願意以臺灣文學史（學）研究為志業者實屈指可數。與中國大陸學界相比較，其人數差距便更為明顯。後者自一九八五年提出「二十世紀中國文學」（黃子平、陳平原、錢理群）與八八年關於「重寫文學史」的討論（陳思和、王曉明主持）以降，厚植了一批學養與識見俱佳的堅強隊伍，其主張與關懷如下：

1、確立文學自身的自主性，積極擺脫文學與政治勢力的關聯。
2、整體觀的提出與把握，亦即視近百年中國文學之發展為一具內在關係之有機整體，並從方法上改變細碎、個別的研究路向。
3、文學史的研究實蘊含著改造現況之企圖，研究者應憑藉這種「改造」的使命感加入同時代人的文學發展，從而使文學史變為一門實踐性的學科。（龔鵬程，1994：84-86）

　　那臺灣呢？軍容雖稱不上壯盛威武，但臺灣文學史家／文學史學科／文學史著作皆具備了鮮明的「在野性質」，[1]自然一向排拒主流政治勢力和國家意識形態的干預。本地文學史學界雖以此點見長，可惜拙於2、3兩項，既不見在方法上有何「整體觀」的把握，遑論如何讓文學史變成一門「實踐性學科」？另一個值得注意的差異為：晚近大陸的文學史學者多已不願重彈馬恩老調，但臺灣文學史家葉石濤（1995：49）卻自承「接受過馬克思主義的洗禮」、是「帶有濃厚的社會主義傾向的新自由主義者」，[2]另一位史家陳芳明（1999a：163）更直接將葉氏《臺灣文學史綱》定位成「左翼寫實主義」史觀。作為《臺灣新文學史》的執筆者，受Neo-Marxism深刻影響的陳氏自己也特意高舉「左翼」大纛，[3]不但先出版了一本研究成果《左翼臺灣》，更強調

---

[1] 「在野性質」為筆者用語，我以為這是本地臺灣文學史研究界與中國大陸的文學史研究界最大之不同處（楊宗翰，2002：247-249）。筆者在文中也期許，未來的臺灣文學史（史家／學科／著作）必須努力堅持這種「在野性質」，因為「在可見的將來，像大學這種教育機構勢必將徹底收編臺灣文學史此門學科，在選擇／編寫文學史時也會更加注重體例、敘述、結構、配置是否符合教學上的要求。這些顯然會使臺灣文學史體制化的程度日益加深，無異於在扼殺它的活潑生命力與更新之機能。臺灣文學史只有堅持自身長期以來的『在野性質』，才能在國家意識形態與主導性論述發生了轉變，情勢顯得對臺灣文學史之發展與教育更為有利之刻，依然能冷靜地檢視各式權力的角力與配置情形、思考可能的對應策略，從而讓自己與國家統治權力保持適當的距離」（頁249）。

[2] 《葉石濤評傳》的作者彭瑞金（1999：172-173）對此點有如下解釋：「所謂『社會主義傾向』適用於闡釋他的思想或政治立場，未必是他的文學觀」、「葉石濤是自覺地擺脫耽美文學主張的影響，接受寫實主義的徵召，不過他對文學社會主義化思考的接受也是採保留的態度」、「就文學而言，葉石濤接受的是唯物的論述觀點，並不是接受社會主義的整套理論」。

[3] 相較之下，葉石濤的左傾氣質大多源於早年對古典馬克思主義的閱讀吸

要通過左翼的、女性的、邊緣的、動態的歷史解釋，來涵蓋整部新文學運動的發展（1999b：166）。兩岸文學史學界在這些地方的異與同，的確值得再三玩味。

　　綜上所言便可發現，中國大陸學界沸揚一時的「重寫文學史」運動，在臺灣根本未曾引起多少漣漪與效應。臺灣文學史學者，開的是自己的門、走的是自己的路，迄今依然談不上受到對岸什麼「影響」，最多只是「刺激」：

> 若以臺灣文學記錄臺灣民族成長經驗的角度進行思考，我堅持臺灣文學的正字解釋權還在臺灣作家或臺灣文學史家的手裡，這實在無關關門作答的私心，也不關褊狹，目前流傳的、來自域外的臺灣文學史著作已充分顯示了我這樣的憂慮。（彭瑞金，1991：17-18）

持平而論，這種「憂慮」[4]對催生本地文學史書寫實踐頗有貢獻。在這股文學史書寫與研究風潮中，作為重要文類之一的新詩史卻成績貧乏。奇怪的是：在早期現當代文學或臺灣文學還不得進入大學學院體制時，關於新詩的研究就已有百本以上的專書出版面世；到後來兩者漸成學院內「顯學」之刻，研究生的學位論文中專門處理臺灣新詩者亦不乏其人（高於散文，僅次於小說）。[5]九○年代起，民間團體或大學學術單位更是幾乎每年都

收，還有殖民地生活的實際體驗。

[4] 常見的情況像：對中國大陸學者「凝視」（gaze）與「再現」（represent）的方式深感不滿，或對「臺灣當代詩歌是中國當代詩歌發展的一個重要組成部分」（洪子誠、劉登翰，1993：451）之類的武斷聲稱憤恨不平。

[5] 相關資料可參見張默（1996）、方美芬（2001）、徐杏宜（2002）。張默書中所列「詩論評集」一類，在本文脈絡下需扣除中國大陸作者（如李

會舉辦以臺灣新詩為主題的研討會。光是彰化師範大學國文系就辦了六屆「現代詩學會議」，[6]從不間斷，晚近更將論文集印行出版（聯合文學版《臺灣現代詩經緯》、萬卷樓版《臺灣前行代詩家論》），影響力與傳播效益不可小覷。從文士學者的個人專著到研討會的集體發表，本地之臺灣新詩研究雖然稱不上熱門或豐收，但從來就不曾冷僻或枯槁──與新詩史撰述的毫無表現相較，其間差距可謂遠矣！

筆者敢斥為「毫無表現」，正是因為我們從來就沒有一部由自己執筆、完整的「臺灣新詩史」，有的只是關於詩史的後設批評（meta-criticism），以及自我催眠用的最好藉口：（無盡地？）期待與盼望。大陸學者古繼堂早在1989年「替」我們寫了一本《臺灣新詩發展史》，出版後雖毀多於譽、罵聲不絕，卻遲遲未見本地學人獨撰或合寫（那怕只是一部）詩史撰述來取代古著。惟詩人學者向陽（林淇瀁）曾嘗試以「風潮」的角度切入，自1950起用十年一期來「斷代」，寫出了一系列的「現代詩風潮試論」。不過，向著偏重文學外緣研究（這當然與切入角度關係密切）且盡為單篇論文，體例不類文學史著作，迄今亦未涉及日治時期的臺灣新詩史，殊為可惜。在向著之外，另有兩場學術研討會必須一提：一為文訊雜誌社於1995年舉辦的「臺灣現代詩史研討會」、一為世新大學英語系於2001年舉辦的「臺灣現／當代詩史書寫研討會」。兩者在設計上都有希冀結合眾學

元洛）或臺灣學者對大陸新詩的研究專書。

[6] 彰師大國文系自創系以來就以「詩學」為發展特色，故每年皆會舉辦大型的全國性詩學會議，分別以「中國詩學」和「現代詩學」為題隔年交叉進行。稍加觀察即可發現，其「現代詩學會議」宣讀之論文大多數還是在處理與研究臺灣新詩。

者之力，集體撰述臺灣新詩史之意圖；不過就會議論文集的成果來看，其實踐與目標間恐怕還有很大一段落差，故此構史共圖不幸只能草草落幕、不了了之。筆者認為，會產生這類落差的主因在於眾多撰述者間文學知能（literary competence）的差距，而與各撰述人的觀點是否「統一」無關。臺灣文學史學界鎖國已久，可說依然浸泡在「集體合撰式的文學史觀點應該統一」的迷思中；殊不知這類陳腐思維早已被揚棄，史家們反倒應以「異識」（dissensus）、「異音」（heteroglossia）為基礎來共同重建臺灣詩史。這無疑是一種後現代的態度：摒除了封閉（closure）和共識（consensus），承認多樣、複雜和矛盾，並將它們當成結構的原則──這段文字借自一九八八年出版、Emory Elliott主編的《哥倫比亞美國文學史》（*Columbia Literary History of the United States*）前言（p. xiii）。此書序言特別指出：和一九四八年Robert E. Spiller主編的《美國文學史》（*Literary History of the United States*）不同，本書編者無意修改書中任一篇文章以求得到一個連貫、統一、完整的故事（a "single, unified story" with a "coherent narrative"）；如此作已不再可能，也並不明智（p. xxi）。[7]以異識為共識，其理甚明、其法甚易，當可供本地每一位聲稱要追求多元（pluralism）之境的文學史編撰者參考。[8]

---

[7] 根據撰稿人回憶，《哥倫比亞美國文學史》編者交代的事項只有「指定題目，大致規定篇幅、格式、內容外（不超過二十五頁打字稿，不要腳註，開頭略做生平介紹），就是要撰稿人保持自己的風格，並未要求或鼓勵撰稿人特別做什麼事。稿件寄出後，既沒被要求改稿，自出版的情況看來，編輯顯然也沒有改稿」（單德興，2001：43-44）。。

[8] 恐與國家提供的獎勵額度或資源分配不無關係，大陸學者長期以來都擅於也慣於「集體合撰」文學史。扣除早期部分粗糙濫造之作，其效率、份量與成績都頗可觀，可惜從未跳離過「觀點應該統一」的醬缸，又如

　　至於所謂的後設批評，其任務「不在發表詮釋性或評估性的陳述，而是退一步研究此類陳述的邏輯，分析我們的目的何在，我們應用的是什麼法則與模式，我們何時發出陳述」（Eagleton, 1993: 155）。[9]關於詩史的後設批評，本地學界其實也一直處於歉收狀態，迄今恐怕僅有拙著《臺灣現代詩史：批判的閱讀》一部面世接受檢驗。我在全書收束處特別提及「想像力」的重要：

> 只要想像力一日不絕，我們的文學史畢竟還是有未來的——雖然它將自己絕大部分的注意力都放在「過去」上。而正是源於這些五花八門的想像，史家們遂滋生了創造、書寫「另一部」文學史的欲望。雖然我們不見得能猜出臺灣詩史／文學史的未來將是何等樣貌，但可以肯定的是：文學史寫作如果喪失了自身在文學想像力中的起源，未來的文學史將難再有「未來」可言。很不幸，此一危機已漸漸籠罩了整個臺灣。（頁351-352）

雖為一個警示性的結尾，其實筆者還是期盼多於憂慮，重點在提醒史家：千萬別忘了，還有「想像力」這個好用工具！

　　目標不同，性質殊異，關於詩史的後設批評當然不是也不可能是「臺灣新詩史」。但拙著願費十餘萬字成一小磚，為的不正是要引出一批真正的詩史美玉？書寫或編撰「臺灣新詩史」

何能期待「以異識為共識」？

[9] 依筆者之見，其任務還應該加上一項：不只要追問「文學史是什麼」（What is literary history？），更應該思考「文學史是為了誰」（What is literary history for？）！

的工程，難道始終只能處於「準備」狀態、[10]永遠都得是一個 "unfinished project" 嗎？

二、

　　我們需要的，正是對於詩史／文學史撰述之「實踐力」與「想像力」。無力實踐，所謂詩史編纂就只能是一場接一場的大夢；缺乏想像，我們就連製作出來的夢境都一再重複，乏味而且無趣。為了告別「無盡地期待與盼望」這類軟弱藉口，孟樊（陳俊榮）與筆者決定攜手合作，共同寫作一本《臺灣新詩史》。在本地實際從事臺灣文學史編纂的工作者中，不乏「單打獨鬥」或「成群結夥」的例子（前者如陳芳明《臺灣新文學史》，後者如古添洪、陳慧樺、余崇生計畫中卻未見完成的《臺灣詩史》；卻恰好獨缺這種由兩人合作，各認領全書一半篇章的文學史寫作經驗。本地既無前例可循，勉強只能找到對岸學者洪子誠與劉登翰合寫《中國當代新詩史》的情況作為參照。不過其間差異處恐怕還是多於共通點：洪、劉兩人為北京大學中文系同屆畢業生，當年在合作寫作這部詩史時「一個在北方的大學講授當代文學，一個在南方剛從行政部門轉入研究單位不久。相隔數千里，除了藉開會出差見面外，只好靠通信討論些問題」（1993：547）；孟樊與筆者同在臺北，並無距離問題，也較有機會在校園內談詩論學。此外，《中國當代新詩史》「後記」中記載了兩位作者的感嘆：「這部基本上是在八〇年代初期就確定了的框架上敘述的詩

---

[10] 文學史料專家、被視為最有資格替香港文學撰史的盧瑋鑾（小思）就一直抱持著這種態度。在她看來，到現在都還不是書寫香港文學史的好時機。

歌史，有時候便難以充分表達我們目前的某些認識」、「我們未能更自覺、更集中地從文體的角度來審查當代新詩的進程，以此作為結構和描述的依據」（頁548-549）。洪、劉兩人多年前的遺憾，我們不宜也不應該重蹈。但是無須諱言，今日兩岸學界在詩史議題上對「框架」與「文體」二者的研究依然極為有限，不知該不該算是另一個"unfinished project"？

　　這部《臺灣新詩史》究竟何「新」之有？我以為可以從三個大的面向談起：分期、史觀與敘述。先說分期。[11]在我的構想中，全書應該分為八章，共七個時期：

第一章　緒論
（文本主義的歷史——把歷史還原為文學本身；兼及接受的歷史；歷史也有罅漏處；入史的準則——1.創新　2.典型　3.影響）

第二章　冒現期
（第一期：1924年～
追風發表日文詩作〈詩的模仿〉、隔年張我軍出版中文詩集《亂都之戀》）

　　2.1　追風、施文杞、張我軍
　　2.2　賴和與虛谷
　　2.3　楊華與陳奇雲

---

[11] 許俊雅（2002）曾撰文羅列、比較過各家對日治時期與戰後臺灣新文學的分期方式，在此不贅。

第五章　展開期

（第四期：1959年～
《創世紀》改版，積極發展超現實主義）

5.1　瘂弦

5.2　洛夫（一）

5.3　葉維廉

5.4　商禽

5.5　碧果

5.6　羅門

5.7　余光中（二）

5.8　管管與大荒

5.9　楊牧（一）

5.10　周夢蝶

5.11　白萩（二）

5.12　李魁賢

5.13　方莘與方旗

5.14　陳秀喜

5.15　蓉子

5.16　林泠

5.17　敻虹

第六章　回歸期

（第五期：1972年～
「關、唐事件」，同年羅青出版後現代先驅之作《吃西瓜

的方法》）

第七章　開拓期

（第六期：1984年～
夏宇出版後現代詩集《備忘錄》，眾多「新世代詩人」首
部詩集陸續面世）

第八章　跨越期

（第七期：1996年～
迎接數位文學與跨界詩風潮）

　　這種分期方式有幾項特點。第一，不循「傳統」臺灣文學史慣採政治事件或社會變遷作為分期點的惡習，改以重要詩集、詩論集、刊物的出版與文學事件（如文學運動、思潮）的發生為斷代及論述之「點」。[12]筆者認為，這是欲重新確認以詩為中心、堅持文學依然保有一定自律性（autonomy）的必要策略。第二，分期時不特意標示主、支流之別，且只設定大約、可前可後的起始年份，亦不明確指出每一期迄於何時。這種適度的「模糊」不是逃避檢驗，而是因為臺灣詩／文學界往往眾聲爭鳴、群

---

[12] 這個想法部分來自於林燿德（1995：7-33）的啟示。可惜天不假年，他始終無緣寫出一部「戰後臺灣『現代派』以降的詩史」。

雄競逐，確實少見「單音」與「一統」之刻。[13]討論文學史的進程與時間觀，也不宜跟隨坊間常見的政治史或社會史書寫起舞，輕易地作「一刀切」。我們必須記住：斷代或分期雖然必定會涉及文學史內部權力與位置的重分配，但其主要目的還是為了便於討論。職是之故，太過細密瑣碎或嚴格鮮明的切割皆非明智之舉。第三，詩史分期的起迄點雖可適度的「模糊」，但我非常堅持要再三確認每個詩事件（詩集出版、詩作發表、詩事發生）的時間點，因為這是史家對史料應有的尊重。舉例來說：現在談日治時期臺灣文學史者，都不會遺漏那份帶有超現實風味、曇花一現的前衛刊物《風車》。這份刊物的出土，對重繪「臺灣『現代派』以前的詩史圖像」起著非常重要而深刻的作用。我會選擇以「《風車》創刊」作為《臺灣新詩史》第二期的起點，正代表對此一詩事件的高度重視。問題是，《風車》究竟何時創刊？各方說法不一，有說1933年者，有倡1935年者，何者為是？很多論著在這一點上都大打起迷糊仗來，甚至可以找到同一本書裡卻有兩種說法的奇特案例。[14]之所以會如此，當然與每期印量僅有七十五冊的《風車》幾乎全數佚失不傳，迄今臺灣島上僅存一冊孤本（第三期）關係密切。根據對《風車》靈魂人物水蔭萍（楊熾昌）研究最力、《水蔭萍作品集》的編者呂興昌（1995：169-

---

[13] 可以這麼說：臺灣新詩史上的任何時刻都不曾只有一種聲音。單音獨鳴多為史筆化約後的產物，眾聲交響往往才是文學歷史的實貌。所以像「八〇年代後，臺灣的文學走向『多元化』」這類陳述，也就不免近似一句好用的廢話。

[14] 認定《風車》創刊於1935年者為數頗眾，如林瑞明（1993：247）、梁明雄（1996：381）、古繼堂（1997：48）、張默（2004：331）等。葉笛（2003）則是在自己的著作中兩次提及《風車》的創刊時間：第198頁說是1935年，到了312頁卻變成1933年。

173）所列年表，《風車》共印行過四期，創刊於1933年10月，停刊於1934年9月。既然連現存於世的第三期都是1934年的出版品，《風車》又怎麼可能「延後」到隔年才創刊？

　　附帶一提，《風車》不是也不該被稱為《風車詩刊》，這類以訛傳訛的錯誤應該要停止了。《風車》上不單只刊登現代詩，也收錄小說與評論等其他文類作品。正如其封面在譯名"LE MOULIN"之下，還有"ESSAY／POESIE／A LA CARTE／ROMAN ETC….."諸語。這顯然是一本文學雜誌而非詩刊（或詩誌）。

三、

　　次論史觀。誠如論者所言：

> 史觀是躲藏在文學史背後操縱如何撰述的舵手，文學史涉及作品的評價、作家的定位、……乃至文學活動因果關係的解釋，而這和撰史者採取何種角度、發言位置、文學理論、批評方法等等至為相關，這些則又視撰史者本身採取何種史觀而定；而史觀本身其實亦為撰史者的觀看視角、發言位置、文學理論及批評方法所決定。不同的史觀，自然會得出不同版本的文學史。（孟樊，2003：14）

文學史觀在文學史編纂工程中的重要性，自不待言。兩岸學界近年來對此議題也有相當多的討論，具體成果如溫儒敏（2002）對上個世紀二、三〇年代中國新文學學科的醞釀期，胡適、梁實秋和周作人三家文學史觀之評述。溫儒敏以為：胡適〈五十年來

中國之文學〉所代表的「進化論」文學史觀對後世影響最為深遠。[15]梁實秋〈現代中國文學之浪漫的趨勢〉主張把古今文學放在一個平面上考察評判的「共時」文學史觀，以及周作人〈中國新文學的源流〉偏於「循環論」的文學史觀對文學史寫作也有相當的啟發。三〇年代後，「唯物」史觀全面介入新文學的評價，並逐漸成為最有力的主導性文學史觀。這幾種不同文學史觀間的互動、互涉與對話，共同推進或制約著中國現代文學學科的建構歷程。

魏崇新、王同坤（2000）合著的《觀念的演進——二十世紀中國文學史觀》則對此議題作了更大規模的討論。作者指出：班固《漢書・藝文志》與范曄《後漢書・文苑傳》這類傳統學術文獻為中國文學史觀的建立，提供了基本的史料與框架，而「通變」與「復古」正是古代兩種最主要的文學史觀。此書一直往下追索到二十世紀中國文學史的寫作歷程與史觀演變，將其發展分為四期：

1、草創期（1900-1920年）

2、發展期（1921-1949年）

3、變異期（1950-1980年）

4、轉型期（1981年-世紀末）

---

[15] 「進化論」文學史觀影響深廣，但其缺陷倒也顯而易見，批判者自是絡繹不絕。如葛紅兵（2001：84-85）就認為，此種史觀對文學史的解釋有如下缺點：後來居上論、有機聯繫論、消長取代論。他還特別指出，「進化論」文學史觀囿於它的新舊更替論發展模式，對建立、積累文學史學科的「民族品格」這方面就表現得相當無力。

可謂全面檢討了上個世紀所有已面世的中國文學史著作。不過，本書「上篇」在分體文學史部分僅集中於討論王國維《宋元戲曲史》與魯迅《中國小說史略》的開創之功，「下篇」談新文學史時則對臺灣文學著墨有限，遑論關於臺灣新詩史的史觀研究。

　　上述缺憾，倒是可以在孟樊（2003）近作〈中國大陸的臺灣新詩史觀〉中得到彌補。孟樊以對岸已面世的兩本著作──古繼堂《臺灣新詩發展史》與洪子誠、劉登翰合著的《中國當代新詩史》第三卷──為主要討論對象，質疑批判其內蘊之「作者論」、「詩社觀」與「中國主義」。「作者論」乃是一種文學的外部研究；倘若過度偏重文學的外部研究，極易導致對文學文本自身分析的忽視。大陸學者在從事臺灣新詩史編纂工作時，所擅長與慣用的詩人生平（傳記批評）與創作意圖（夫子自道）研究法，正是典型的author-oriented approaches。「詩社觀」則可視為「作者論」史觀的擴大，孟樊指出：這是一種以文學集團的角度來替詩人定位，並以之作為詩潮演變註腳的看法。這種詩社史觀尤以古繼堂《臺灣新詩發展史》最為明顯，全書可說完全是以詩社作為分章論述之基礎。此類本末倒置、輕重不辨的例子，已使新詩史淪為「詩社史」之流。可惜此弊雖已遭到孟樊（1992）、林燿德（1995；2001）與楊宗翰（2002）等人連番撰文批判，實際情形還是未見有多少改善。

　　至於「中國主義」，簡言之，即中國的國族主義（nationalism of China）。史家採這種視角與史觀來進行撰述，自會導致游喚（1992：25）所謂「臺灣主體的失落」、「臺灣新詩是在臺灣的中國詩」：

　　　　至於臺灣新詩作為獨立文類內在詩理詩道的發展之史實，

以及臺灣新詩是臺灣文化臺灣歷史臺灣詩人之總交集的主
體地位，立即被抹除改寫，或者，故意略而不談。至此吾
人終於可以認定這一部臺灣新詩史是從中國大陸的預設角
度出發來編寫成的臺灣新詩史。它編的成分實在遠遠大於
史實的層次。它宰制性建構的性質完全駕馭著詩史的評價
與解釋。

其實，只要瞭解Perkins（1992: 180-181）所言：文學史的功能在
於維持群體與身分的共同情感（to support feelings of community and
identity）、藉著描述一個共享的過往，來創造過去群體和現在群
體間的延續性（a sense of continuity）。中國的國族主義幽靈之所
以會在對岸文學史家行文、撰述間不斷出現，其目的與原因也就
昭然若揭了。

　　這本《臺灣新詩史》不欲重蹈「作者論」、「詩社觀」與
「中國主義」三弊，亦不願踵繼陳芳明（1999b）通過左翼、女
性、邊緣、動態的歷史解釋建立起的「後殖民史觀」；而是強調
臺灣新詩自初肇即多方攝取、吸納、迎／拒各類影響，[16]在詩風
筆潮不斷相互競逐下追尋著「現代意識」的諸般可能。文學史家
的要務正是思考該如何援引「現代意識」理念型（ideal-type）[17]
來建構／重構臺灣詩史，並尋找下面這個問題的解答：臺灣的新
詩為什麼會變成今天這個樣子的新詩？

──────────

[16] 除了常被論及的「影響來源」（日本、中國大陸與歐美），臺灣文學史
　　家與研究者也該多多關注台、港、新、馬等「新興華文文學」複系統
　　「系統之間」（inter-systemic）的文學關係──臺灣文學從前就不是只有
　　「本土（可）論」，此後亦然。

[17] 關於「現代意識」理念型，請參見楊宗翰，2002：272、279-280。

在實際撰寫時，《臺灣新詩史》執筆者亦會移除歷史客觀主義（historical objectivism）的偏見，並且以接受／影響美學作為（傳統的）生產／表現美學之基礎。這類「接受」史的研究思維與取徑，代表的是Jauss（1982: 20）所謂「文學史的更新」。

四、

末議敘述。楊宗翰（2003）〈被發明的詩傳統，或如何敘述臺灣詩史〉一文，對歷史敘述（historical narratives）議題已有過初步的討論。文中指出：既然歷史書寫與文學創作間本有親密的血緣關係，故我輩在「建構」歷史或「情節編構」（emplotment）時，顯然無須避諱對文學之敘述文化的借用／挪用。除了適度融入小說筆法來撰史述史外，我輩也可（也該！）嘗試改變兩岸已面世臺灣文學史著作中的敘述觀點與敘述技巧。面對這些多為單一觀點、直線（時間）史觀下的「傳統」史著，筆者以為新撰之詩史／文學史或可試驗多元觀點且打破時序之敘述策略（例如不再從事件之「起點」開始敘述，改以事件之發展關鍵或成熟處起筆），在寫作時亦可不時穿插「後設」筆法來提醒讀者與創造反思空間。

此外，現有之詩史／文學史盡為線性敘述（linear narrative）產物，且大多排除、化約了歷史敘述中確實存在著的非連續性（discontinuity）與斷裂（rupture）；補救之道當為重新反省這些「傳統」文學史著對連續性及完整感的過度依賴／信賴，或可師法邱貴芬（2000：329）試圖將歷史想像「空間化」的努力，以呈現文學場域裡多重結構與活動有時重疊、有時衝突的狀態，好藉此拒絕「傳統」史家將文學史流程化約為正反雙方勢力之鬥爭

與對抗。

　　這部《臺灣新詩史》在分期、史觀和敘述這三個面向上的革新與改變，其實都只是也只該是「手段」而非「目的」。系譜學方法（genealogical method）有個很重要的啟示：應該立足於「現在」，關心「我們是經過了什麼樣的歷程而有今天的風貌？」（而非欲重建過去的「全貌」或尋找歷史的「規律」）。我們也在問：臺灣的新詩為什麼會變成今天這個樣子的新詩？會提出此一疑問，自然是著眼於「現今狀況的診斷」，為的是催生一部「現在的歷史」（history of present）[18]──這才是寫作《臺灣新詩史》真正的「目的」。

引用書目

Eagleton, Terry著，吳新發譯。《文學理論導讀》（*Literary Theory: An Introduction*）。臺北：書林，1993。

Elliott, Emory, et al., eds. *Columbia Literary History of the United States.* New York: Columbia University Press, 1988.

Foucault, Michel著，劉北成、楊遠嬰譯。《規訓與懲罰》（*Discipline and Punish*）。北京：三聯，1999。

Jauss, Hans Robert. *Toward an Aesthetic of Reception.* Trans. Timothy Bahti. Minneapolis: University of Minnesota Press, 1982.

---

[18] 可參考Foucault（1999：33）所言：「我要撰寫的就是這種監獄的歷史，包括它在封閉的建築物中所匯集的各種對肉體的政治干預。我為什麼願意寫這樣一部歷史呢？只是因為我對過去感興趣嗎？如果這意味著從現在的角度來寫一部關於過去的歷史，那不是我的興趣所在。如果這意味著寫一部關於現在的歷史，那才是我的興趣所在。」

Perkins, David. *Is Literary History Possible?* Baltimore and London: The Johns Hopkins University Press, 1992.

方美芬：〈有關臺灣文學研究的碩博士論文分類目錄（1960～2000）〉。《文訊》185（2001年3月）：53-66。

古繼堂：《臺灣新詩發展史》。臺北：文史哲，1997，二版。

呂興昌：《臺灣詩人研究論文集》。台南：台南市立文化中心，1995。

孟樊：〈書寫臺灣詩史的問題──簡評古繼堂的《臺灣新詩發展史》〉。《中國論壇》第32卷9期（1992年6月）：73-76。

孟樊：〈中國大陸的臺灣新詩史觀〉。佛光人文社會學院文學所主辦「兩岸現代詩學國際學術研討會」宣讀論文，2003年12月6-7日。

林瑞明：〈臺灣文學史年表〉。收於葉石濤，《臺灣文學史綱》。高雄：文學界，1993，二版，頁181-352。

林燿德：《世紀末現代詩論集》。臺北：羚傑，1995。

林燿德：〈新世代星空──《臺灣新世代詩人大系》編後記〉。收於楊宗翰（主編），《新世代星空：林燿德佚文選 I ──批評卷》。中和市：華文網，2001，頁17-34。

邱貴芬：〈從戰後初期女作家的創作談臺灣文學史的敘述〉。《中外文學》第29卷2期（2000年7月）：313-335。

洪子誠、劉登翰：《中國當代新詩史》。北京：人民文學，1993。

徐杏宜：〈臺灣當代文學研究之碩博士論文分類目錄（1999～2002）〉。《文訊》第205期（2002年11月）：36-42。

張默：《臺灣現代詩編目》。臺北：爾雅，1996，二版。

張默：《臺灣現代詩筆記》。臺北：三民，2004。

梁明雄：《日據時期臺灣新文學運動研究》。臺北：文史哲，

1996。

許俊雅：〈臺灣新文學史的分期與檢討〉。收於章培恒、陳思和
　　（主編），《開端與終結——現代文學史分期論集》。上海：
　　復旦大學，2002，頁288-304。

陳芳明（1999a）：〈葉石濤的臺灣文學史觀之建構〉。收於鄭炯明
　　（編），《點亮臺灣文學的火炬——葉石濤文學國際學術研討
　　會論文集》。高雄：春暉，1999，頁153-174。

陳芳明（1999b）：〈臺灣新文學史的建構與分期〉。《聯合文學》
　　第15卷10期（1999年8月）：162-173。

單德興：《反動與重演：美國文學史與文化批評》。臺北：書林，
　　2001。

彭瑞金：《臺灣新文學運動40年》。臺北：自立晚報，1991。

彭瑞金：《葉石濤評傳》。高雄：春暉，1999。

游喚：〈有問題的臺灣新詩發展史〉。《臺灣詩學》第1期（1992年
　　12月）：22-27。

楊宗翰：《臺灣現代詩史：批判的閱讀》。臺北：巨流，2002。

楊宗翰：〈被發明的詩傳統，或如何敘述臺灣詩史〉。佛光人文社
　　會學院文學所主辦「兩岸現代詩學國際學術研討會」宣讀論
　　文，2003年12月6-7日。

溫儒敏：《文學課堂：溫儒敏文學史論集》。長春：吉林人民，
　　2002。

葉笛：《臺灣早期現代詩人論》。台南：國家臺灣文學館，2003。

葛紅兵：《正午的詩學》。上海：上海人民，2001。

魏崇新、王同坤：《觀念的演進——二十世紀中國文學史觀》。北
　　京：西苑，2000。

龔鵬程：〈「二十世紀中國文學」概念之解析〉。收於陳國球

（編），《中國文學史的省思》。臺北：書林，1994，頁74-96。

原刊於《臺灣史料研究》第23期（2004年8月）

被發明的詩傳統，或如何敘述臺灣詩史

一、

　　文學史在臺灣，始終是一則無人挑戰、難以拆解的神話。雖然有論者以為文學史「在史學研究中不予討論」、「在文學研究中備受質疑」（龔鵬程，2002：56-73），但這些都是指文學史的「研究情況」，並無礙於文學史本身樹立的權威地位。君不見臺灣各大學的中文系都開設了「中國文學史」或「現代文學史」課程，台文系也有「臺灣文學史」，且幾乎都列為必修科目，這麼多年來又有哪幾位學者敢放言倡議廢除？不只是教育體制，臺灣各文化場域其實都「自然」地接受了文學史的絕對權威，從不懷疑它是否有操控甚至宰制傅柯（Michel Foucault, 1926~1984）所謂 "popular memory" 的可能。後者一般可譯為「人民記憶」，它是鬥爭時的重要因素，控制它就等於控制了人們的動力、經驗和關於以往各種鬥爭的知識（Foucault, 1996: 123-124）。[19]問題是：經過文學史對「人民記憶」的重新組織（或選擇性記憶／失憶），臺灣文化場域裡還剩下多少鬥爭的潛能？

　　或許是受到「歷史是一條長河」這類世俗理解的影響，淵遠流長、自然生成……竟也成為人們對「文學史」最普遍的印象。

---

[19] 傅柯亦指出「人民記憶」雖然存在，卻缺乏表達自我的管道。在今日，電視和電影更能有效地重組「人民記憶」，且讓人們只看到這兩者要他們（必須！）記住的東西。

但實情可真是如此？中國大陸一直要到1904年才有林傳甲、黃人開始寫作《中國文學史》，臺灣更遲自四〇年代方見黃得時有意執筆撰寫《臺灣文學史》，[20]不知何「淵遠」、「流長」之有？或可再挪用傅柯的說法：和「人」一樣，「文學史」只不過是項晚近的發明，而且可能接近了它的終點（Foucault, 1994: 387）。[21]

　　至於文學史是否為「自然生成」的問題，霍布斯邦（Eric Hobsbawm）「被發明的傳統」（the invention of tradition）說足資參考：「『創制傳統』是一系列的實踐，通常是被公開或心照不宣的規定控制，具有儀式性或象徵性的本質。它透過不斷地重複，試圖灌輸大眾特定的價值觀與行為規範，以便自然而然地暗示：這項傳統與過去的事物有關」、「不管與歷史過往再怎麼相關，傳統的『創發』其特殊性就在於：這樣的傳統與過往歷史的關聯性是『人工』接合的」（Hobsbawm, 2002: 11-12）。且容筆者借霍氏用語一問：神聖且經常與國族命運相繫的「文學史」，不正是透過一系列的書寫「實踐」和不斷地「重複」，來「灌輸」閱讀者對過去的認知，並建構出過去與現在間的「自然」（或「必然」）關聯？至於其間之「人工」接合，文學史閱讀者往往習而不察，抑或不加批判地逕稱為「『我們的』文學史」[22]——而「我們」究竟是誰或代表著誰，卻無人願意深究。

---

[20] 關於這幾本「開山之作」的介紹，請參見夏曉虹（1997）、楊宗翰（2002a）。

[21] 原文為："Man is an invention of recent date. And one perhaps nearing its end."。

[22] 「『我們的』文學史」一語，見龔鵬程，1994。文中指出「這是一種典型的我族歷史塑造法。在『我們的歷史』中，一切『別人』給予我們的肯定和榮耀，都是應該的，因為它可以用來證明我們確實甚為優秀。可是，『別人』和『我們』有了競爭關係或差異狀態時，卻被看成是對我們的歧視或對我們不夠公平」（頁31）。作者所批評的對象，是鍾肇政等人依省籍作出「我們／他們」的區分及其歷史邏輯。當然，這類塑造

　　或許應該這麼說：每一部晚出的文學史及其撰述者，都在努力創造、發明自己與過往歷史間的關聯性。也唯有建立起這樣的關聯，才能確保晚出文學史及史家自身之正當與合法。而「傳統」呢？必須知道「傳統」從來不是自然而然、生而有之；它們是不折不扣的人工製品，皆經過精密的衡量與詳細的設計。「傳統」也無法選擇要由誰來繼承或者延續自己；它只能是人們為滿足特定目的，刻意從事的創造與發明。

二、

　　若將此一認識前提置諸文類史中，則臺灣的現代詩史應該有一（大？）部份實為「被發明的詩傳統」。人們到底是為了什麼目的，竟願意這樣費心勞力去發明、創造出詩的種種「傳統」？答案很明顯，即「被創造的傳統」在某種程度上「是用歷史來對自己的所做所為自圓其說，以及凝聚團體共識」（Hobsbawm, 2002: 23）。至於怎麼自圓其說？如何凝聚共識？或可舉臺灣前輩作家陳千武的文學史論為例說明。陳千武於1970年首倡的「兩個根球」說，[23]多年來屢經論者引用，幾已成為研究臺灣現代詩史時的「基本常識」：

　　　　一般認為促進直接性開花的根球的源流是紀弦、覃子豪從中國大陸搬來的戴望舒、李金髮等所提倡的「『現

「我族歷史」的例子不勝枚舉，其標準又豈止限於「省籍」一項？

[23] 陳氏此說首見於〈臺灣現代詩的歷史和詩人們〉。本文原為《華麗島詩集》（東京：若樹書房，1970）後記，並曾刊於與同年12月出版的《笠》第40期，後收於鄭烱明編，1989：451-457。

代』派」。當時在中國大陸集結於詩刊《現代》的主要詩
人即有李金髮、戴望舒、王獨清、穆木天、馮乃超、姚
蓬子等，那些詩風都是法國象徵主義和美國意象主義的
產物。紀弦係屬於「現代」派的一員，而在臺灣延續其
「現代」的血緣，主編詩刊《現代詩》，成為臺灣新詩
的契機。

　　另一個源流就是臺灣過去在日本殖民地時代，透過
曾受日本文壇影響下的矢野峰人、西川滿等所實踐了的
近代新詩精神。當時的主要詩人有故王白淵、曾石火、陳
遜仁、張冬芳、史民和現仍健在的楊啟東、巫永福、郭水
潭、邱淳洸、林精鏐、楊雲萍等，他們所留下的日文詩雖
已無法看到，但繼承那些近代新詩精神的少數詩人們──
吳瀛濤、林亨泰、錦連等，跨越了兩種語言，與紀弦他們
從大陸背過來的「現代」派根球融合，而形成了獨特的詩
型使其發展。

　　民國四十二（一九五三）年二月的《現代詩》第
十三期，紀弦獲得林亨泰他們的協力倡導了革新的「現代
派」，形成臺灣詩壇現代詩的主流，證實了上述兩個根球
合流的意義。（鄭炯明編，1989：451-452）

引文中雖有明顯錯誤，但陳氏所謂「兩個根球」是指「法國象徵
主義、美國意象主義→中國大陸的戴望舒、李金髮→來台詩人紀
弦」與「日本近代詩精神→殖民地時期日文作家→跨越語言一代
詩人」，應無疑義。[24]用陳千武的話說，這兩者到五〇年代初期

---

[24] 《現代詩》第13期的確刊出了紀弦等人成立「現代派」的消息，但時間

已「融合」、「合流」了。

　　不過，陳氏十年後又撰文對此一「融合」或「合流」作出新詮釋。[25]他認為紀弦等「現代派」所推行的現代詩革命，「這種前衛性新詩精神運動，在日本**早於**民國十七年九月由春山行夫等人，發起《詩與詩論》刊物而實踐過。光復前臺灣的詩人們如水蔭萍、李張瑞、張冬芳、陳千武等人**也都**寫過實驗作品，相當有成就。尤其在光復前後，銀鈴會的同仁詹冰、林亨泰、錦連**也都**實踐了。**恰巧**紀弦發動現代主義革命，成立「現代派」，**竟得到**林亨泰、錦連的參與，加入了其核心革命組織，發表了許多極具價值的現代新詩精神理論，組合成紀弦自己也意想不到的前衛意識，刺激了詩壇，對後來三十年詩壇產生空前的威力與影響」（鄭炯明編，1989：126）。[26]就在文中一連串「早於」、「也都」、「恰巧」間，「兩個根球」之一的紀弦一脈已默默從中心淪為邊緣、主角易為配角。至此，陳千武創發這個詩史「傳統」——「兩個根球」說及其「融合」——的目的已再明顯不過：聲稱／確保自己及法國文學社會學家埃斯卡皮（Robert Escarpit, 1918~2000）所謂「世代同儕」的歷史在場。至於臺灣「光復」前，詩人陳千武是否「寫過實驗作品，相當有成就」，則成了另一個無人願意深究的問題。

　　應為為1956而非1953年（後者為《現代詩》創刊日）。而「跨越語言一代詩人」的說法，最早是由日本詩人高橋喜久晴在東京發行的《詩學》（1967年9月號）上所提出，見林亨泰，1985：31。

[25] 此文題為〈臺灣新詩的演變〉，曾分別刊於《自立晚報・自立副刊》（1980年9月2日）與《笠》130期（1985年12月），後收於鄭炯明編，1989：111-143。

[26] 粗體為筆者所加。

　　「本土意識」與「本土詩」這類被發明的「傳統」，[27]也在陳氏文中佔據重要篇幅，目的則變成要「凝聚團體共識」。「團體」指的是群集於《笠》之下的詩人，他們以同仁結社與群體性書寫的方式，形成了埃斯卡皮提出的另一個概念「班底集群」。[28]重點是：唯有《笠》——這已成為陳千武及其「班底」的共識——擁有臺灣現代詩中「**傳統的本土意識**」，《笠》的創辦是「一群省籍詩人……聚集在一起，**有如被愛的存在自動地負起詩的使命**」，《笠》的宗旨與立場為「意圖挽救當時詩壇的頹廢現象，**並繼承沉潛期的新文學運動精神，創新本土詩文學，使其發揚開花**」（鄭炯明編，1989：134）。[29]像這種對臺灣文學抱持目的論（teleology）觀點之論者，撰史、述史時多半著重在描述／證明某一「文學精神」開展過程中的重重險阻如何被一一克服，最終得以一償宿願……。[30]筆者曾撰文譏評這類著作近乎一部部騎士傳奇（chivalric romance），不足為訓（楊宗翰，2002b：234）——從前引文看來，此言或許不虛？

　　陳千武這篇〈臺灣新詩的演變〉常被引用或被視為詩史綱領，其間可議之處尚多，不妨再談談。文中聲稱追風（謝春木）詩作〈詩的模倣〉四首（分別是〈讚美蕃王〉、〈稱讚煤炭〉、

---

[27] 要知道「本土」並非自然天生，而只是另一則人工發明、製造的「傳統」。欲瞭解「本土」究竟是如何（被）創發者，請參見《臺灣文學本土論的興起與發展》（游勝冠，1996）。

[28] 亦可注意所謂「班底」（Equipe）是指「包涵了所有年齡層的作家群（儘管當中自有一個佔優勢的年齡層），這樣的集群往往在某些事件中把持輿論，而且有意無意間阻撓通路，壓得新血輪不能嶄露頭角」（Escarpit, 1990: 46）。

[29] 粗體為筆者所加。

[30] 「目的論」為啟蒙時期的歷史觀念，是指將歷史演變視為一個有始有終、呈現出內在一致性（coherence）、朝向「進步」發展的過程。

〈戀愛成長〉與〈花開之前〉）「內容和主題都不同，形成了臺灣新詩的四種原型」，「可以說臺灣新詩是以這四種原型延續下來發展的」（鄭炯明，1989：113）。所謂「原型」（archetype）多用於心理學（如C. G. Jung）和文學（如Northrop Frye）研究，今日已成為一普遍概念，原無費辭深論之必要；相較之下，陳千武這裡特意提出的「四種原型」說卻顯得勉強，說服力不高也實在看不出有什麼運用價值。[31]令人好奇的是，作者為何要強將這四首「試作」（我不忍用「劣作」）視為臺灣詩延續、發展的「原型」？沒有這類「原型」，臺灣詩就不能「延續發展」、臺灣詩史就不能寫「下」去嗎？說穿了，這不過是一種對「根源」（origin）的迷思或迷戀。必得有一「根源」存在，史家或論者才得以從這個穩固不變的中心點出發，好創造出臺灣詩史的延續感、連續性與「傳統」。[32]

　　換言之，這又是一個「被發明的詩傳統」。

三、

　　筆者舉前輩作家陳千武的文學史論為例，並非意在指責或批判，毋寧只是在展示（show）這類「被發明的詩傳統」的確存在。應該這麼說：「創發傳統」不是哪一家、一派或哪一「世

---

[31] 如作者將〈讚美蕃王〉解讀為「是站在被殖民者的低姿態，客觀地捕捉時代意義的題材，把心裡嚮往的『建立自己王國』的理想，托於蕃王表現，對專制統治予以側面的諷刺、揶揄與潛意識的抵抗」。這類稚嫩的試作竟能牽強附會至「反殖」、「抵抗」等熱門議題（熱門「原型」？），實在也是堪稱一絕。

[32] 賴和是眾多臺灣文學史著作中，最常被創造、發明的「根源」（楊宗翰，2002b：27-51）。

代」、哪一「班底」的獨門技藝，而且文學史論或文學史著作
中，「傳統」被創發的「痕跡」（traces）雖顯隱有別，卻無處
不在。若臺灣作家陳千武創發詩史「傳統」的「痕跡」為隱，也
有明顯如大陸學者古繼堂《臺灣文學的母體依戀》者：

> 作者所期望的是通過閱讀此著，自然地在讀者的腦海裡浮
> 現出，臺灣無可辯駁地是中國的一部分；臺灣文學無可辯
> 駁地是中國文學的一部分的答案。這既是臺灣文學三百年
> 獲得的最大成就，展現的最輝煌的成果，也是本著的總主
> 題。（頁4）

文中「自然地」一語實並非自然、「無可辯駁地」處更頗可商
榷，加上作者筆下的部分論斷，[33] 遂使《臺灣文學的母體依戀》
不類嚴肅學術著作，反倒接近統戰用書。雖然書中羅列了許多
「最能代表和體現中華民族精神的文學史實、作家、作品」，古
氏所謂「母體依戀」、「臺灣文學是中國文學的一部分」等等依
然（無可辯駁地？）還是「被發明的傳統」，目的鮮明卻也鑿痕
處處。

　　既然幾乎隨處可見「傳統」及其被創發的「痕跡」，是否
意謂著詩史／文學史將只剩下人工接合處的一道道縫線，不再能

---

[33] 譬如作者說「臺灣文學發展的每一個關鍵時刻，都受到大陸文學的指導
和援助，與大陸文學亦步亦趨，運行於同一軌道」已經有些離譜；至
於「臺灣文學靠大陸文學供養和延續生命」、「臺灣文學的全部智慧
之源來自大陸」等就更不是「離譜」一語可以道盡。作者在書中把他
不喜歡的陳芳明稱作「假洋鬼子」、日本學者垂水千惠則成了「惡女
子」……，這些已不是學術問難，而是低等的人身攻擊了。見古繼堂，
2002：28、232、233。

提供任何具有參考價值的「標準」？的確，「唯一的標準」是未來所有詩史／文學史逝去的鄉愁；但這不表示我們即將進入一個漫無標準、全然相對化的時代，而是該追求「動態與複數的標準」──正如「歷史」由 "History" 變為 "histories" 一般。筆者以為，接受美學（aesthetics of reception）的部分理念在此時就可以發揮一定的積極作用，尤其是德國Constance School大將堯斯（Hans Robert Jauss, 1921~）那篇名文：〈文學史作為向文學理論的挑戰〉（"Literary History as a Challenge to Literary Theory"）。此文原為堯斯在1967年發表的演講，內容旨在籲求史家將注意力從文學「創作」移轉至文學「接受／作用」之上。易言之，就是要用「接受／作用美學」來取代曾經盛極一時的「生產／表現美學」。

　　在堯斯所身處的時代，相互對立的馬克斯主義與形式主義學派由於各自的片面性，始終無法解決「歷史」與「美學」面向間的整合困境──雖然這兩個學派都同樣摒棄了實證論的盲目經驗主義與精神史的美學形上學（positivism's blind empiricism and the aesthetic metaphysics of Geistesgeschichte）。其實，問題出在這兩個學派都忽視或誤會了文學研究裡「讀者」所該扮演的真正角色：作為文學作品最初之接受者（Jauss, 1982: 9, 19）。堯斯發現，讀者不但不是「消極」或「被動」的部分，反而是一個形構歷史的動力（an energy formative of history）。一部文學作品若缺少讀者（接受者）的積極參與，它的歷史生命將是無法想像的。那是因為唯有透過讀者（接受者）的中介，文學作品才能進入一個連續性變化的經驗視野（the changing horizon-of-experience of a continuity）之中。據此，堯斯指出若以「作品和讀者間的對話」此一視野來檢視文學史，當會發現文學史中「美學」與「歷史」

層面的對立，亦將持續不斷地被調解。

　　有了以上的認識作為前提，堯斯隨後提出了七項議題，嘗試去思考如何重新寫作文學史或尋找其方法論的基礎。其中最重要者，當為關於「期待的視野」（horizon of expectations）之討論。[34]「視野」一詞在德國哲學圈內早為Edmund Husserl、Martin Heidegger與H. G. Gadamer所用；至於將此詞與「期待」聯合使用也並非堯斯個人專利，在他之前，Karl Popper和Karl Mannheim就都運用過「期待的視野」此一術語（Jauss, 1982: 40）。本文多處談及「期待的視野」之變化、修正與重構，不過正誠如論者的批評，堯斯使用「視野」一詞所帶來的麻煩是「它被定義得如此含糊，以致它可以包括或排除這個詞以前的任何意義。事實上，他在哪裡都未能準確地敘述他對這個術語的解釋」。有鑑於此，似乎也只能暫且先將「期待的視野」定義為：一種主體內部的系統或期待的結構，一種「參考系統」或心理設施，假定個人可以將它帶入任何文本中（Holub, 1994: 63-64）。[35]

　　小疵不掩大醇，堯斯在文中肯定接受／作用史研究、強調讀者扮演的積極角色與討論「期待的視野」之變化修正，仍然可以引導我們去思考臺灣詩史／文學史該如何追求「動態與複數的標準」。與「視野」相類，所謂「標準」實既非靜止、亦非唯一，而應被理解為在歷史進程中不斷生成、變化與流動的產物。之所以能生成、變化與流動，顯然有賴於不同時代、不同讀者群的

---

[34] 相關討論散見Jauss, 1982: 20-45；對此術語的分析與批判，可參閱Holub, 1994: 63-68。

[35] 附帶一提，恐是因為關注焦點與立場的轉變，堯斯本人在七〇年代後便逐漸減少使用「期待的視野」此一重要術語，《審美經驗與文學解釋學》（*Aesthetic Experience and Literary Hermeneutics*）就是一個明顯的例子（Holub, 1994: 74-75）。

（不同）闡釋與評價。若能詳細追蹤紀錄歷年來「標準」流動、變化的軌跡，不也可寫成一部特殊的詩史／文學史？

　　筆者會在此倡議文學史家應儘速調整焦點，將注意力從文學之「生產／表現」移至「接受／作用」層面，實在只能算是遲來的提醒（恨其不爭，不得不鳴！）。但筆者並非天真地主張文學史寫作之方向該就此一轉，完全以「作用史」來取代「生產史」；我的立場與態度毋寧較接近德國文學史家紹伊爾（Helmut Scheuer），把文學既視為一種「審美構造」，也理解成一種「歷史產物」，而文學史的寫作則應當在「生產史」與「作用史」兩者的廣闊視野中來詮釋、觀察文本。紹伊爾底下所言亦深獲我心：

> 文學史當然只能建構一種框架，設計出一幅拼鑲畫，還有許多色彩斑斕的石頭應當填補到這幅畫中去。這種暫時性和不完整性是任何一部文學史都無法避免的。它不應當把最終的價值判斷作為它首要的任務，而應當引導人們作出批判的評價，啟發人們進行歷史的思考，培養人們獨力學習的能力。如果能達到這一目的，它的使命便完成了，一種新的文學史觀察的方法便建立起來了。只有當讀者在一種創造性的接受過程中擴大了他自身的闡釋視野，而這種視野又能對他的生活實踐提供啟示，科學才能證明自己的有效性，認識也才能取得某種進步。唯有如此，過去對現在（並間接地對將來）才會有所幫助和裨益。（Scheuer, 1999: 109-110）

可惜的是，現在坊間所見的臺灣詩史／文學史，皆旨在提供最終

的價值判斷，如何能作到這些「引導」、「啟發」和「培養」？
遑論可使詩史／文學史讀者「在創造性的接受過程中擴大了他自
身的闡釋視野」，乃至「對他的生活實踐提供啟示」？我們不禁
要問：臺灣的詩史／文學史寫作者，究竟對自己的著作抱持著什
麼信念與目的？還是左一句「擁抱大中國」、右一句「追求主體
性」這些老生常談（或陳腔濫調）？

四、

　　堯斯曾經指出：「文學史的更新」要求移除歷史客觀主義
的偏見，並且以接受／影響美學作為（傳統的）生產／表現美學
之基礎（Jauss, 1982: 20）。與他同樣對歷史客觀主義（historical
objectivism）不抱好感、多所批判者，還有美國歷史學家懷特
（Hayden White, 1928~）──只是後者顯然更為激進。論者曾比
較過兩人在思考與研究取徑上的差異：堯斯的研究「力求把歷
史置於文學研究的中心」；與之相反，懷特卻「將文學研究置
於史學研究的中心，由此對歷史本身提出挑戰」。就史學層面而
論，堯斯「把他對歷史觀念的修改建立在與過去的一種對話關
係的基礎上」，而懷特則是「將所有的史學囊括於敘述的範疇
之中」（Holub, 1994: 174）。敘述，或是說歷史敘述（historical
narratives），正是懷特學術關懷的要項之一。
　　懷特認為：歷史敘述作為語言虛構（verbal fictions），其內
容既是被發明（invented）也是被發現（found）的；其形式在
文學上的相應處，亦較在科學上的相應處來得多（White, 1978:
82）。他提醒了我們，應該注意歷史、文學與科學三者間的關係
演變。事實上，自十九世紀起，歷史書寫所採用的敘述形式或再

現模式（modes of representation）便與同時期的文學及科學發展相類——特別是寫實主義小說與實證主義科學。可是，就當文學創作者開始實驗多重視角的敘述方式，科學家也對實證主義提出質疑與批評時，歷史學家卻不願再變動或調整這個十九世紀形成的模式了。歷史學自此失去了文學新變與科學新知的奧援，躑躅不前遂成了它最明顯的特徵。誠如懷特所言：歷史學科至此已喪失了其於文學想像（literary imagination）中的起源。這樣的歷史學表面上看來很「科學」、「客觀」，其實只是在壓抑和拒絕它自身力量和更新的最偉大泉源（頁99）。

在另一篇文章中，懷特表示沒有什麼「任何研究對象，都只有**單一**正確見解」這檔事；而應為「有**許多**正確的見解，且每一個都需要它自己的再現樣式」。[36]明乎此，則史家可以運用的敘述形式或再現模式有哪些呢？至少懷特就提出了印象主義、表現主義、超現實主義等等選項（頁47）。而這些，顯然都是來自於文學藝術的啟迪。

懷特以上對歷史敘述議題的殷切關懷，能否刺激臺灣詩史／文學史產生新變的契機？筆者對此其實抱有相當大的期待。既然歷史書寫與文學創作間本有親密的血緣關係，故我輩在「建構」歷史或「情節編構」（emplotment）[37]時，顯然無須避諱對文學之敘述文化的借用／挪用。除了適度融入小說筆法來撰史述史外，我輩也可（也該！）嘗試改變「傳統」文學史著中的敘述觀點與敘述技巧。很遺憾，所謂「『傳統』文學史著」幾乎涵

---

[36] 粗體為懷特所加，原文為 "single" 與 "many"。

[37] 「歷史事件」（historical event）正是透過我們在小說或戲劇中可以找到的「情節編構」技巧，才可被製造（made）成為一則「故事」（story）。見White, 1978: 84。

括兩岸所有的臺灣詩史／文學史。從最早的黃得時、陳少廷、
葉石濤、彭瑞金、古繼堂、劉登翰……到晚近的陳芳明、趙遐
秋與呂正惠等人之大作，皆在此一「傳統」之列。[38]在敘述觀點
上，這些史著大多採用第三人稱全知觀點，極少數則偶爾兼用到
第一人稱；殊不知亦可嘗試改以第二人稱「你」或「你們」，
甚至限制性第三人稱來敘述——此種實驗之「效果」確實值得期
待。面對這些多為單一觀點、直線（時間）史觀下的「傳統」
史著，筆者以為新撰之詩史／文學史或可試驗多元觀點且打破時
序之敘述策略，[39]在寫作時亦可不時穿插「後設」筆法來提醒讀
者與創造反思空間。我們也期待兩岸文學史家能主動要求讀者對
書中內容提出公開質疑或爭辯，或如《哥倫比亞美國文學史》
（*Columbia Literary History of the United States*）般呼籲讀者應多多利
用「索引」，好瞭解同一位作家在書中不同地方是如何被討論、
處理的。如此方能讓讀者藉由相關文章的綜合比較，來創造出他
自身對文學史的詮釋與理解。（Elliott et al., 1988: xx-xxi）。

　　此外，現有之詩史／文學史盡為線性敘述（linear narrative）
產物，且大多排除、化約了歷史敘述中確實存在著的非連續性
（discontinuity）與斷裂（rupture）；補救之道當為重新反省這些
「傳統」文學史著對連續性及完整感的過度依賴／信賴，或可師
法邱貴芬（2000：329）試圖將歷史想像「空間化」的努力，以
呈現文學場域裡多重結構與活動有時重疊、有時衝突的狀態，好
藉此拒絕「傳統」史家將文學史流程化約為正反雙方勢力之鬥爭

---

[38] 最新出版的徐錦成《臺灣兒童詩理論批評史》一書亦在此列，殊為可
　　惜。請見筆者所撰書評〈為詩史不孕症解咒〉（楊宗翰，2003）。

[39] 譬如：不再從事件之「起點」開始敘述，改以事件之發展關鍵或成熟處
　　起筆。

與對抗。

關於歷史敘述，可談的問題當然不只這些。但筆者特別注意到懷特所創造的一個新詞 "historiophoty"。相對於「書寫史學」（historiography，以口傳意象及書寫論述傳達的歷史），這個新詞是指「以視覺的影像和影片的論述，傳達歷史以及我們對歷史的見解」，一般多中譯為「影視史學」（White, 1993: 10）。不難發現，歷史「敘述」正是「書寫史學」與「影視史學」最重要的共同特徵。既然如此，史家有沒有可能運用「影視史學」之長，構造出一幅異於既有臺灣詩史（書寫版）的「文學史圖像」？答案應該是肯定的。[40]至於對某些視（歷史）影片為純然「虛構」、懷疑它究竟能傳達多少「真實」者，懷特也雄辯地作了回應：

> 我們應該知道，專著性的歷史論文其建構或「塑造」的成分並不亞於歷史影片。專著性的論文塑造歷史的原則也許與影片不同，但是，我們沒有理由說，歷史影片所傳達的事情就非分析式的，或者說，就沒有書寫作品的真實性。（頁13）

該如何敘述臺灣詩史／文學史？藉助「影視史學」之長、發展文學史的「影像版」……當為另一個值得嘗試的新方向。

---

[40] 春暉影業公司就製作過「作家身影」系列影片，推出後頗受好評。但筆者最期待的，還是一部與坊間「書寫版」詩史／文學史之觀點與立論完全迥異的影片。它將不只在敘述方式上與前人著作有別，更能一新閱聽人的文學史視野。

五、

不知讀者是否有注意到一個很有意思的現象：前述「傳統」臺灣詩史／文學史的作者之中，竟只有陳芳明一人接受過完整的史學專業訓練（美國西雅圖華盛頓大學歷史系博士班）。雖說文學史家不見得非得是歷史科班出身，但歷史學界與文學史學界間的確罕有互動、交流，連帶地也大幅減少了歷史學與文學史學的對話可能。這個影響在臺灣尤為嚴重，特別本地學界還不幸患有「文學史學貧血症」，幾乎沒有可以一讀的「文學史『學』」相關著作。更糟的是，本地的臺灣詩史／文學史研究者大多對當代史學的流變認識有限，掌握度亦不佳，其表現會屢遭詬病也就不足為怪。

就因為認識不足，這批研究者（或史家）才會一直無法擺脫「史料學派」[41]的實證主義學風，甚至視其為史學研究的「正統」。這種對科學性的注重、對史料考證的追求，其實遠承自胡適、顧頡剛、傅斯年等人建立起來的史學傳統，以及被尊敬多於被正確理解的蘭克（Leopold von Ranke, 1795~1886）。[42]試問：文

---

[41] 余英時（1982：2）指出，現代中國史學發展過程中，影響最大的兩個流派是「史料學派」與「史觀學派」。前者以「史料之搜集、整理、考訂與辨偽為史學的中心工作」；後者則以「系統的觀點通釋中國史的全程為史學的主要任務」。

[42] 蘭克史學理論「輸入」中文世界近一世紀，但他的著作幾乎完全沒有中譯本，遂連 "wie es eigentlich gewesen" 一語多年來都遭人斷章取義、以訛傳訛。迄今雖討論蘭克學說者漸寡，但其依然深深影響著臺灣史學研究的規範。只是「這個」蘭克或者說「蘭克印象」（the image of Ranke）其實大有問題，論者便指出：「在西方史學的發展過程中，蘭克印象實際上是隨著不同國家與不同的時代需求而有所轉變。在臺灣的現代史學發展過程中，對蘭克所作的不同詮釋與解釋，也正表現出西方史學進

學史家若只偏重（停留！）在史料之搜集、整理、考訂、辨偽，或者仍心繫於維持歷史客觀性這個「高貴夢想」，如何能跟經歷過「語言學轉向」的歷史學對話？如此劃地自限，又怎麼能期待他們提供讀者不同的「文學史想像」？當本地歷史學界開始有人挺身而出，撰文檢視「臺灣史學界的後現代狀況」時（盧建榮，2002），又有誰來挑戰臺灣文學史學中的舊典律、腐思維？詩史／文學史家拿不拿得出成績，讓我來寫一篇「臺灣文學史學界的後現代狀況」？

引用書目

Elliott, Emory, et al., eds. *Columbia Literary History of the United States*. New York: Columbia University Press, 1988.

Escarpit, Robert著，葉淑燕譯：《文學社會學》（*Sociologie de la litterature*）。臺北：遠流，1990。

Foucault, Michel. *The Order of Things*. New York: Vintage Books, 1994.

———. *Foucault Live (Interviews, 1961-1984)*. Trans. Lysa Hochroth and John Johnston. New York: Semiotext(e), 1996.

Hobsbawm, Eric J.等著，陳思文等譯：《被發明的傳統》（*The Invention of Tradition*）。臺北：貓頭鷹，2002。

Holub, Robert C.著，董之林譯：《接受美學理論》（*Reception Theory: A Critical Introduction*）。板橋市：駱駝，1994。

Jauss, Hans Robert. *Toward an Aesthetic of Reception*. Trans. Timothy Bahti.

入臺灣時，在時代與環境的考量下，史學家選擇性的引入」（蘇世杰，2001：49）。

Minneapolis: University of Minnesota Press, 1982.

Scheuer, Helmut著，章國鋒譯：〈文學史寫作問題〉。凱‧貝爾賽等著，黃偉等譯。《重解偉大的傳統》。北京：社會科學文獻，1999，頁73-110。

White, Hayden. *Tropics of Discourse: Essays in Cultural Criticism*. Baltimore and London: The Johns Hopkins University Press, 1978.

──著，周樑楷譯：〈書寫歷史與影視史學〉（"Historiography and Historiophoty"）。《當代》88（1993年8月）：10-17。

古繼堂：《臺灣文學的母體依戀》。北京：九州，2002。

余英時：《史學與傳統》。臺北：時報，1982。

林亨泰：〈跨越語言一代的詩人們──從「銀鈴會」談起〉。《笠》第127期（1985年6月）：28-31。

邱貴芬：〈從戰後初期女作家的創作談臺灣文學史的敘述〉。《中外文學》第29卷2期（2000年7月）：313-335。

夏曉虹：〈做為教科書的文學史──讀林傳甲《中國文學史》〉。陳國球、王宏志、陳清僑（編）。《書寫文學的過去：文學史的思考》。臺北：麥田，1997，頁345-350。

游勝冠：《臺灣文學本土論的興起與發展》。臺北：前衛，1996。

楊宗翰（2002a）：〈猶待兩岸倡雙黃──文學史家黃人與黃得時〉。《臺灣文學的當代視野》。臺北：文津，2002，頁103-107。

楊宗翰（2002b）：《臺灣現代詩史：批判的閱讀》。臺北：巨流，2002。

楊宗翰：〈為詩史不孕症解咒〉。《聯合報‧聯合副刊》。2003年8月31日。

鄭炯明（編）：《臺灣精神的崛起──「笠」詩論選集》。高雄：

文學界雜誌，1989。

盧建榮：〈臺灣史學界的後現代狀況〉。《漢學研究通訊》第21卷1
　　期（2002年2月）：6-10。

蘇世杰：〈歷史敘述中的蘭克印象──蘭克與臺灣史學發展〉。
　　《當代》第163期（2001年3月）：48-77。

龔鵬程：〈「我們的」文學史〉。《人在江湖》。臺北：九歌，
　　1994，頁27-35。

龔鵬程：〈文學史的研究〉。輔仁大學中國文學系、中國古典文學
　　研究會（主編），《建構與反思》。臺北：學生書局，2002，
　　頁55-85。

原刊於《當代詩學年刊》第1期（2005年4月）

重構框架
──馬華文學、臺灣文學、現代詩史

一、馬華文學與臺灣文學？

　　偽命題：馬華文學「與」臺灣文學。此一偽命題居然能夠「成立」，多少也與研究者缺乏對自身位置（positioning）的反思有關。積弊既久，筆者竟也曾經寫出這類句子：

> 馬華作家在華文頗受貶異的馬來西亞，依然努力思考著自身文化屬性與文學定位問題；旅臺作家雖身在台語漸向北京話挑戰的臺灣，短期內看來方塊字的權威地位應不會有多大改變。據此，旅臺作家似乎多了一份便利、少了一層陰影，馬華文學史的改寫問題在他們這批人身上應該會有更新穎的思考，甚至也不排除由他們各自的發言位置獨撰或合撰馬華文學史之可能。那「我們」呢？新的臺灣文學史正醞釀誕生(還有更多正在排隊)，可以想見一隊隊「臺灣作家」或「中國作家」又要再次爭得你死我活，旅臺作家們流浪的宿命不知是否仍會延續下去？不過無論如何，局勢已經大為改變：在新一代旅臺作家還未竄起，「本土意識」尚待再興之刻，臺灣寫的「臺灣文學史」或「中國文學史」裡，他們曾是被(故意？)放棄的一群；現在旅臺作家們已更加確立了自己的身分認同，體認到馬來經驗是

> 他們生命中不可割捨的一部份，至於入不入「我們的」
> 文學史，早已不是太重要的事了。（楊宗翰，2000：120-
> 121）

乍看之下，此段陳述似乎沒有多大問題；但評論人卻敏銳地指出，筆者發言的位置正是最須要檢討的地方：

> 作者一再以「我們」為立場發言，文中的「我們」究竟是
> 怎麼回事？從作者的行文，顯然地作者專指在臺灣的人，
> 才會說「想想他們」，「也促使我們必須重新思考臺灣文
> 學的相關問題」，這裡的「我們」不但排除了臺灣以外的
> 人，也把「他們」排除在「我們」之外。因此「他們」想
> 的是馬華文學，「我們」則該想臺灣文學的問題，作者以
> 「臺灣文學的觀察者」的身分，先將「他們」排除在「我
> 們」外，然後再做出宣稱，應該把他們包括進來。當作者
> 一再抱怨臺灣忽略了「他們」，而假定「臺灣讀者」對
> 「他們」是不瞭解的、無所知的，正是強化「我們」對
> 「他們」排斥性，而正是作者無法使兩者產生對話的原
> 因。（楊聰榮，2000：131）

會召喚出這類「帝國之眼」的幽靈，當然（！）不是我的本意。筆者已一再論及：馬華旅臺文學不只是臺灣文學史的一部份，同樣也是馬來西亞文學史的重要部分。這類宣稱當然充滿了權力運作的策略與軌跡，但我還是相信它有助於讓原來的議題編寫空間（指《臺灣文學史》或《馬來西亞文學史》）變更重組，而且無礙於（說不定還有助於）《馬華文學史》的生成建構。

　　不過問題似乎沒那麼簡單。筆者以為，不妨將上述討論「重新問題化」：楊聰榮的評論雖題為〈「我們」與「他們」〉，但更值得反思的，難道不是〈我們「與」他們〉嗎？不難推知，「馬華文學『與』臺灣文學」及「我們『與』他們」這類聲稱（statement），其實共享著同樣的問題框架——這個「與」字，掩蓋了文化場域中，多少的權力傾軋！在僑民意識濃厚的早期馬華文壇，報刊、文化人、南來作家不也（合力？）提出過「南洋文學與中國文學」？這種未經批判、反思的聲稱，只召喚出一貫強勢的中國性（Chineseness）幽靈，卻壓抑了被定位為文化弱勢的本地南洋性／馬來性。強者恆強、弱者恆弱，「南洋文學與中國文學」這類偽命題注定只能淪為「返祖」的急先鋒。由此可知，提出「馬華文學『與』臺灣文學」及「我們『與』他們」這類聲稱，對馬華文學（研究、創作）本身不見得有多少幫助。以旅臺／留台人為例：六〇年代的「星座」諸子、七〇年代的「神州」兄弟或許都吸收過不少臺灣現代主義文學的養分；[43]但八、九〇年代崛起的詩人與小說家持續在臺灣發光發熱，像張貴興、李永平、黃錦樹、陳大為、鍾怡雯等人的寫作，就決不是「僑生文學」這類老舊框架可以吸納。李、黃、陳、鍾四人早已於臺灣各大學教授寫作，憑他們在學界與杏壇的努力，臺灣本地學生難道不會受到影響嗎？這些文學獎常客的寫作路數，難道不會吸引臺灣其他有志創作者群起仿傚嗎？[44]

---

[43] 「吸收養分」一語會讓人錯以為臺灣文學界是現代主義思潮的「輸出港」、對馬華文學恆為「出超」狀態；事實上，不要忘了臺灣只不過（！）是「轉口站」，早年《蕉風》作者如陳瑞獻等也有足夠的原典閱讀能力，完全不勞臺灣文學人「引介」或「指導」。

[44] 將來可能會對臺灣產生「影響」的另一枝健筆，恐是完全沒有留台經驗的黎紫書。她屢獲臺灣的文學大獎、由臺灣的出版社印行過數本文集，

　　馬華旅臺／留台人「在」臺灣寫作，就等於進入了臺灣文學場域，必然是一種臺灣的聲音、會留下在地的足跡。「臺灣文學」的內涵、定義與框架，勢必也得因此不斷調整。[45]「臺灣文學」是如此，「馬華文學」又何嘗不是？在臺灣的馬華文學研究隊伍中，[46]黃錦樹（1990）、張錦忠（1991）、林建國（1993）三人都曾撰文反省「馬華文學」框架的適切性：黃錦樹試圖將「馬華文學」全稱由「馬來西亞華文文學」修改為「馬來西亞華人文學」；[47]張錦忠在質疑「馬華文學」定義之餘，建議改用「華馬文學」作為華裔馬來西亞文學的簡稱；林建國則致力尋找「馬華文學」真正的歷史位置、重置「馬華文學」討論與提問的

也在臺灣文化場域引起不少討論。王潤華（2001：225）指出黎紫書的小說「是中華文化流落到馬來亞半島熱帶雨林，與後殖民文化雜混衍生，再與後現代文化的相遇擁抱之後，掙脫了中國文學的許多束縛，再以熱帶的雨水、霉濕陰沉的天氣、惡腥氣味瀰漫的橡膠場、白蟻、木瓜樹、騎樓、舊街場等陰暗的意象，再滲透著歷史、現實、幻想、人性、宗教，巧妙的在大馬的鄉土上建構出魔幻現實小說。魔幻主義、現代意識流、後現代懷舊種種手法，另外散文、詩歌、小說都輪流混雜的出現在她的小說中。」重點是：誰說非得有留台經驗，才能「影響」臺灣文學場域？

[45] 更該調整的是「臺灣文學史」撰述者的心態與視野。

[46] 在臺灣的馬華研究隊伍都是強將精兵，可惜人人各有專業，迄今只收穫一本博士論文（張錦忠，*Literary Interference and the Emergence of a Literary Polysystem*，1997）、一本專著（黃錦樹，《馬華文學與中國性》，1998）。這壯盛軍容中，年輕一輩（30歲以下）研究人才的「斷層」也是一大隱憂。

[47] 兩者間絕非一字之差。黃錦樹的動作「有深層的政治意涵，宣示馬華文學從此成為中國文學詮釋視野不能補抓的他者，宣示馬華文學源於大馬歷史，屬於大馬文學。……血緣從來不是歷史的存在條件；血緣只是歷史的產物。如此暴露血緣觀意識形態的邏輯是一石二鳥之計，劃出了馬華文學與中國文學的相對位置，也摧毀了大馬『國家文學』的依據」（林建國，1993：114）。

脈絡。這些努力當如論者所言：

> 名詞的更動意味著一個徹底的變革，把「馬華文學」的指
> 涉範疇儘可能的擴大，取其最大的邊界；所取的華人定義
> 也是最寬廣的人類學的定義──最低限度的華人定義──
> 不一定要會說華語、不一定要有族群認同。跨出這一步並
> 沒有想像的簡單，因為馬來西亞的華文書寫一直隱含著一
> 種過度的民族主義使命，語文的選擇一直被視為族群內部
> 族群身分重要的區分性差異，這也是為何受不同語文教育
> 之間的華人為什麼會有這麼大的（心理）區隔。因而這樣
> 的調整其實是一個非常重要的突破，讓其他的思考成為可
> 能。（黃錦樹，2000：39-40）

十年過去了，他們[48]努力依舊。但大馬文學界、研究群中還是有
人可以充耳不聞，把這些學者的卓見視為無實效性的「域外」之
音。大馬華人對民族主義使命的堅持固然可佩；不過「馬華文
學」如果依舊堅持以語文選擇來區分敵／我，除了會讓其他的思
考「失去」可能，也等於主動放棄了重整討論脈絡與框架的絕佳
契機。

---

[48] 黃、張、林三人允為晚近馬華旅台文學評論家中的翹楚，累積成績及思
考深度早已超過陳鵬翔、林綠等「前輩」。不過，我認為把這三人同置
「一類」是太輕率、太想當然爾的舉動；倒是可以去檢驗與析離他們之
間的差異──這才是更具潛力的新議題。

二、從「海外」、「世界」到「新興」

中國或臺灣的文學研究者，常挾著（自以為是的？）文化優位觀來看待馬華文學，彷彿「馬『華』」、「留『台』」等標籤的存在就保證了自身恆為「出超」狀態。[49]殊不知，這種思考只會閉鎖住「馬華」與「留台」的詮釋視野，對欲以自身歷史性和「馬華」、「留台」等詞對話的研究者也毫無幫助。不妨換個問題：臺灣文學研究可以向馬華文學研究學習到什麼？

「提問方式」應該可以成為其中一個答案。林建國在〈為什麼馬華文學？〉一文中即指出，「什麼是馬華文學？」這類提問太過無力，且易被各種意識形態宰制；更徹底的提問應是「為什麼馬華文學？」。此一提問可讓研究者去思考：

> 馬華文學為什麼存在？為什麼我們的質詢／研究對象是馬華文學？為什麼我們要問「什麼是馬華文學」？甚至，為什麼更徹底的問題是「為什麼馬華文學」？那麼，又是誰在提問？他們為什麼提問？如果是我們提問，我們為什麼提問？我們又是誰？……這些問題處理下來，不只檢視了馬華文學研究者主體性的由來與歷史位置，同時也發現有關馬華文學的論述，實為各種意識形態交鋒的場域，馬華文學也找到了它的歷史位置。（1993：115）

---

[49] 這類研究者筆下的「比較文學」，也只能淪為誰比較強、誰比較大的「研究」，反倒忽視了研究客體間的可能差異──不是差距。例如馬來亞「在整合新文學的過程中並沒有像中國，或者臺灣那樣，受到舊文學界的責難。相反的，它是在舊文學的作者的提倡下振興起來的」（楊松年，2000：34）。

此文對馬華文學研究場域最大的貢獻，乃是提供了一個思考的「嶄新起點」。然而，同樣的問題意識不也可（也該！）成為臺灣文學研究的新起點？台文研究既已過了提問「什麼是臺灣文學」的階段，研究者怎麼不試著思考「為什麼臺灣文學」？質言之，從「什麼是臺灣文學」到「為什麼臺灣文學」，台文研究者能夠因為思考上的鬆懈怠惰，不（敢？）去面對後一提問、不（敢？）去反省自己「主體性的由來與歷史位置」嗎？

熱切擁抱中國性的學者，倒是對臺灣文學的「位置」深感興趣。在他們為臺灣文學圈限、給定（！）位置的同時，卻往往失去了「歷史」。臺灣文學的位置實在並無不明之處，不明的是他者的視域。[50]這點在作為學術建制一環的學術研討會裡特別顯著：廣東、福建兩地學者藉由地利之便，自七〇年代末起開始倡導台港文學研究。[51]1982年廣東的暨南大學便舉辦過首屆「臺灣香港文學學術研討會」，此後每兩年都會舉辦全國性／國際性學術會議。1986年第三屆研討會由於「海外」前來參加者眾多，會議名遂變更為「台港暨海外華文文學國際研討會」——饒芃子（2001：60）認為這一更名表示「大家已認識到臺灣文學與海外華文文學的差異性」。1991年第五屆研討會，因為有五位澳門代表且提交了澳門文學的論文，會議名稱又變為「台港澳暨海外華文文學國際研討會」。1993年在廬山舉行的第六屆會議上，與會

---

[50] 此句借自張錦忠（1992：189），雖然我們討論的對象並不相同。

[51] 筆者以下資料皆引自饒芃子（2001）的整理。她在文中也指出：1979年，廣州《花城》雜誌創刊號發表了暨南大學中文系曾敏之的〈港澳與東南亞漢語文學一瞥〉，這是大陸第一篇介紹並倡導本土以外漢語文學的文章（頁59）。

代表有感於華文文學日益成為一種世界性的文學現象，故成立、組織了「中國世界華文文學學會籌委會」。饒芃子指出：

> 「世界華文文學」的命名、「籌委會」的成立，意味著一種新的學術觀念在大陸學界出現，即：要建立華文文學的整體觀。也就是說要從人類文化、世界文學的基點和總體背景上來考察中華文化和華文文學，無論是從事海外華文文學研究，還是從事本土華文文學研究，都應該有華文文學的整體觀念。因為世界各國多采多姿的華文文學向我們昭示，華文文學發展到今天，已到了一個新的階段，很應該加強這一「世界」凝聚力的內部，把世界華文文學做為一個有機整體來考察和推動。（頁61）

對中國大陸學界而言，「世界華文文學」或許是種「新的學術觀念」；然而，它確實是「『新的』學術觀念」嗎？先前「台港澳暨海外華文文學」這個學術觀念，已鮮明地區隔出「海外」與「本土」（後者包含了「回歸」的港澳及「中國國土不可分割一部份」的臺灣）；但無論如何區隔，「中國」始終都會／都將是華文文學的中心與主流。這是一個以中國為圓心的同心圓架構：台、港、澳文學的發展「自然」被視為此一主流影響下的支脈，穩坐內環；至於新、馬等所謂「海外」則因（地理與價值上的？）距離遙遠，只有屈居同心圓之外環。[52]

---

[52] 除了將他者「命名」為「海外」，少數中國大陸學界人士還對編纂他者的歷史深感興趣；然而囿於一己之視域，各地區文學的差異性遂常被粗暴對待與處理。陳賢茂主編的四巨冊《海外華文文學史》（1999）就有此弊，譬如「新加坡華文文學自建國1965年起，不過35年的歷史，作者

「世界華文文學」倡議的「有機整體」觀，在筆者看來也不過是這種同心圓架構的「二刷」，談不上「再版」。「有機整體」並沒有取消「中心」（不管是一元或多重[53]）的權威，它頂多只是使其隱匿；即便如此，「中心」仍然還穩固地「在」，從未離開：

> 世界華文文學研究的主要是世界華文文學與中國文學的「關係」，研究中國文學如何在世界傳播與演變，研究世界各地華文文學與中國文學的共同性與差異性，研究中國文學與世界各地華文文學的影響及兩者之間的相互影響。
> （公仲主編，2000：4）

上引文是作者摘自許翼心與陳實一篇合著文章中的句子——所謂「世界華文文學研究」究竟是「為了誰」應已不言可喻。引文之篇名是〈作為一門新學科的世界華文文學〉，恰正反諷地提醒了研究者該多多注意這門「新學科」中充斥的舊心態。要知道，「重新命名」不代表權力中心必然也會隨之更動。它可能只是換了一身更誘人的糖衣。論者所言甚是：「世界華文文學」最終不

卻以537頁的篇幅論述；馬華文學始於1919年，作者只以261頁輕易打發，加上1965年以前新馬不分家148頁的篇幅，也不過401頁，論年代及人數乃至作品的質量，馬華作家的篇幅都應該遠比新華作家多」（鍾怡雯，2001：1-2）。

[53] 周策縱（1988）提倡之雙重傳統（Double Tradition）、多元文學中心（Multiple Literary Centers）說在學界一度極受好評且廣被引用；然而這種詮釋框架，實未能對「清除『中心』魅影」提供有效保證——或者，換來「善意的中心」？所謂多元中心說，並無法改變諸「中心」各有大小強弱的「事實」與強欺弱、大壓小的「秩序」。一切依然穩定如昔。

免還是一個政治的建構、一個封閉的意識形態共同體（李有成，
1993；黃錦樹，1993）。

況且，容筆者提醒：連「世界華文文學」是不是種「新的
『學術觀念』」也不無疑問。自1979年葉劍英代表全國人大常委
會發表〈告臺灣同胞書〉後，中國大陸學界才開始研究與介紹臺
灣文學，[54]這也開啟了視臺灣文學為一種「學術觀念」的可能。
但這類研究無可諱言都帶有一定的政治目的，如劉登翰（1995：
179-180）所說「有著超乎研究自身以外的其他價值和意義」：

> 試看一下人民文學出版社最初出版的臺灣小說選、詩選、
> 散文選的〈出版說明〉，和福建人民出版社薈萃大陸研究
> 者最初成果的《臺灣香港文學論文選》的前言，都把對於
> 臺灣文學的介紹和研究，納入政治的範疇，要求它為「實
> 現祖國統一大業發揮應有的作用」。這種潛蘊的政治價
> 值，使最初的臺灣文學研究一定程度上受動於彼時的政治
> 環境和氣候，在價值取向上難以擺脫特定的政治尺度的
> 影響。

明乎此，我們對中國大陸學界大聲疾呼、倡議「世華文學」這新
品種的「學術觀念」，不能不還有一點保留、一點小心。

「世界華文文學」的框架既然有這些問題，臺灣文學顯然
不適合貿然作為它「不可分割的一部份」。[55]當然，臺灣本來就

---

[54] 中國大陸文化場域對臺灣文學的介紹，最早起於《當代》1979年第一期
發表的白先勇小說〈永遠的尹雪豔〉。曾敏之〈港澳與東南亞漢語文學
一瞥〉此文也在同年發表。

[55] 尷尬的是，臺灣正是中國大陸以外「世華文學」論述最主要的生產地。

有部分學者認為所謂「世界華文文學」跟「海外華文文學」一樣，並不包括中國文學與臺灣文學——後者連同港、澳文學，就算不是本土，至少也是「海內」。會跟中國中心論者「共享」同樣的框架及視野，依照張錦忠（2000）的說法，當與臺灣的華文文學論述不脫中央／邊陲二分的意識形態、仍採一統天下而非複系統（polysystem）的文學史書寫政治有關。[56]相較於臺灣或大陸談「世華文學」或「海華文學」時內蘊的單一原鄉論，張錦忠在多中心的複系統思考下，藉助後殖民論述將英聯邦文學（Commonwealth literature）視為新興英文文學（new English literatures）的模式，將新、馬、港、台等地的華文文學改置於「新興華文文學」（new Chinese literatures）框架。他也指出，所謂「新興華文文學」的華文是「異言華文」（Chinese of difference），另有一番文化符象，走的是異路歧途，文學表現也與「中國」大異其趣。

從「海外」到「世界」再到「新興」，確實只有「新興華文文學」此框架能跟單一原鄉論徹底決裂，又可與後殖民論述相互呼應。歷來討論臺灣文學「位置」者，並沒有誰提出過類

1992年成立於臺北的「世界華文作家協會」會員數已多達六千、「世界華文文學典藏中心」在世新大學成立、佛光人文社會學院開設「世界華文文學」課程……，這些現象都表示「世華文學」已成一廣被接受（但鮮被質疑）的詮釋框架。

[56] 以色列學者Even-Zohar於七○年代初期首創之複系統理論（polysystem theory），原為針對文學與翻譯研究而提出的討論框架；九○年代起，Even-Zohar因研究興趣的轉移，更將此說擴大發展為一種文化理論。關於複系統理論的介紹，請參見Even-Zohar，2001。張錦忠（1995）亦曾援引此說來討論馬華文學與文學史書寫議題。除此之外，筆者也要指出：當代史家在處理、撰述臺灣文學史與原住民文學、客家文學「關係」時，複系統理論正是實用的強效武器，可提供一較為廣闊的詮釋視野。

似的思考。此框架的另一個好處，是提醒臺灣文學研究者重新注意台、港、新、馬等「新興華文文學」複系統「系統之間」（inter-systemic）的文學關係──臺灣文學從前就不是只有「本土（可）論」，此後亦然。

問題是：一位馬華學者在臺灣的學術刊物拋出了塊好磚，不知能引出臺灣學界哪塊美玉？發表於大馬當地刊物？

三、拆解／重構現代詩史

筆者以為，探索臺灣與各個「新興華文文學」複系統「系統之間」文學關係的變化，很可能成為他日「重寫」臺灣文學史的契機。聚焦於文類史研究，這點也將會是拆解／重構現代詩史的一大關鍵。以一水之隔的香港為例：關心臺灣「現代派」運動或《現代詩》發展的讀者，恐怕很少注意到香港的《文藝新潮》吧？後者在1956到59年間共出刊15期，為推動香港現代主義詩創作的主要基地，「對外國現代主義詩作及運動的譯介，在英、美、法、德之外，尚能照顧拉丁美洲、希臘、日本等地重要聲音，其世界性的前衛視野，在當時兩岸三地的華文刊物，堪稱獨一無二」（鄭樹森，1998：43）。

1956年，《文藝新潮》推出創刊號；同一年，紀弦在《現代詩》第13期提出了六項「現代派的信條」。兩份刊物不但分頭引領兩地（戰後）現代主義風騷，更有實質的「隔海唱和」。透過紀弦、馬朗的穿針引線，《文藝新潮》第9及第12期曾分別刊出「臺灣現代派新銳詩人作品輯」、「臺灣現代派詩人作品第二輯」，登場的臺灣詩人有：林泠、黃荷生、薛柏谷、羅行、羅馬（商禽）、林亨泰、季紅、秀陶等。方思和紀弦除了在此

發表詩創作，也譯介了不少德、法現代詩。最特別的要算是方旗。在臺灣幾乎不發表詩作、全數直接出書的他，《文藝新潮》第13期（1957年10月）居然一口氣刊出他九首作品。[57]鄭樹森（1998：46-47）指出這是方旗在「1966年友人代為出版詩集《哀歌二三》之前，唯一大規模正式發表的一回，而且是在不能在臺灣出售發行的香港刊物（當時臺灣軍事戒嚴，連港方反共報刊都不能隨便進口）」。[58]《現代詩》則在第19期（1957年8月）刊出「香港現代派詩人作品一輯」，選刊馬朗、貝娜苔、李維陵、崑南、盧因五人詩作。六〇年代的《中國學生周報》、《好望角》等報刊後來也多次刊登臺灣詩人的新作與介紹。類似的交流迄今未歇，惟多集中於港台兩地的詩刊或小眾文學雜誌。

也斯（1996：22、14）認為《文藝新潮》上的譯作開闊了港台詩人的視野，如Octavio Paz〈在廢墟中的頌讚〉便對瘂弦的〈深淵〉產生過影響。連後來臺灣創辦的《筆匯》，也轉載過《文藝新潮》的部分作品。[59]更「明顯」的影響恐是《文藝新潮》第2期刊出的Stephen Spender〈現代主義派運動的消沉〉（雲夫譯）。覃子豪和紀弦對此文理解上的差異，正是1957年兩人筆

[57] 9首詩作分別是〈江南河〉、〈四足獸〉、〈守護神〉、〈火〉、〈BOAT〉、〈火災〉、〈夜窗〉、〈蜥蜴〉、〈默戀〉。

[58] 「不能在臺灣出售發行的香港刊物」此句尚有討論空間。由《現代詩》第19期刊載的啟事可知，「現代詩社」正是《文藝新潮》的「指定臺灣總代理」，並提供當期、過期雜誌函購的服務。執筆者表示，《文藝新潮》「已蒙僑委會批准登記，內銷證不日發下，即可大量運臺交由本社總經銷，誠屬高尚的讀者們之一大喜訊也」（頁43）。

[59] 《現代詩》亦曾多次刊登馬朗（《文藝新潮》主編）譯介的英美現代詩。也斯（1996：14）認為「這些在港台發表的譯詩的新鮮意象影響了不少詩人。我們只要把當時臺灣詩人的一些作品，和《文藝新潮》上譯詩的句子對照，就可以見到影響的實在痕跡了」。

戰的論爭焦點。《藍星詩選‧獅子星座號》（覃子豪〈新詩向何
處去〉）與《現代詩》第19、20期（紀弦〈從現代主義到新現代
主義〉、〈對於所謂六原則的批判〉）在在可見這些影響的「遺
跡」（traces）。

　　關於香港與臺灣這兩個「新興華文文學」複系統「系統之
間」的複雜互動，此處所能呈現的不過是冰山一角——況且僅是
五〇年代的一角、現代主義的一角、詩的一角。然而，誠如也斯
所言，港台兩地現代主義的取向「略有不同」，如《文藝新潮》
並未迴避介入政治的現代主義者（如André Malraux），對東歐、
南美乃至三、四〇年代中國現代文學的整理與介紹也比臺灣豐富
（頁25）。在港、臺之外，研究者也不應忽略香港與馬來亞「新
興華文文學」複系統間的聯繫。1949年後，大馬當局頒令禁止進
口中國大陸圖書；香港卻因其特殊的政治局勢，順勢成為馬來亞
中文圖書的主要供應者。香港文化場域出現的現代主義譯作與創
作，也隨著期刊發行、圖書出版「飄洋過海」來到了馬來亞。大
馬文化人的主要回饋，是將力作投寄至香港的文學園地，也使得
香港成為新馬文學作品的重要出版地。[60]

　　脫胎於香港友聯出版社的新加坡友聯，旗下兩本重要刊物
《蕉風》與《學生周報》「其實就是馬來亞化了的香港式期刊」
（潘碧華，2000：758）。劉以鬯等香港文化人獲邀至新馬主持
副刊編務時，曾登出不少香港名家作品，為新馬文壇帶來強烈的
「香港風」。劉氏不但自己主編數個副刊，也曾以筆名葛里哥在
《南洋商報》發表過數篇以新加坡小市民生活為背景的都市小說

---

[60] 據楊松年（1982）統計，1950至65年間，在香港出版的新馬作品有135本
之多。新加坡獨立前的1945至65年間，共出版文學書籍805本，其中537本
在新加坡出版、142本在香港出版、129本在馬來亞出版。

（頁758-759）——劉以鬯早年還曾被香港文藝界視為「南來作家」，試問這些都市小說是中國文學？是香港文學？還是馬華文學？同樣有意思的例子：馬華現代詩革命旗手白垚、[61]在香港出版馬華現代詩經典詩集《雨天集》的詩人貝娜苔（楊際光）都是由中國南遷香港，之後又離港抵馬，並於壯年再度移居美國，他們又該歸入「那個」文學之中？長年居美，卻在兩岸三地發表與出版新、舊著的鄭愁予、張錯和葉維廉呢（後兩者早年還被貼上「僑生」的標籤）？曾於美國求學、香港任教，在兩地也都留下許多詩創作「足跡」，現又返回臺灣的余光中呢？成長於馬、求學於台、任教於港的詩人林幸謙呢？

以國界作為文學分類的國別文學（national literature）對他們顯然束手無策。傳統的「國家」概念在他們身上作用不大；他們也難以納入國別文學的詮釋視野，頂多不過成為國別文學史中的永恆他者。[62]如果我們承認流動性與跨國性是「新興華文文學」的特色（張錦忠，2002），那麼，前述這些不可能在楊匡漢「大中國文學」[63]框架下攫取位置（position-taking）的案例，顯然只

[61] 溫任平等人曾指出，白垚1959年發表的〈蘇河靜立〉是馬華文壇第一首現代詩，也是馬華現代文學肇端之作；陳應德（1999）則不認同此說，並指出馬華詩壇在1937年便產生過相當成熟的象徵詩與有未來派色彩的詩作。

[62] 國別文學史中其實還有另一種他者：「不被認同」的他者。且借用方昂的詩：「說我們是中國人，我們不是／說我們是支那人，我們不願／說我們是馬來西亞人，誰說我們是／說我們是華人，那一國的國民／我們擁有最滄桑的過去／與最荒涼的未來」（1990：56）。詩句雖流於淺白直露，卻也可讓人聯想到這批「不被認同的他者」之難堪處境，與國別文學史的殘酷暴虐。

[63] 楊匡漢（2000：652-653）認為「大中國文學」是「縱貫歷史，打通地域，以中華民族的苦難、奮鬥、命題、理想為母題，以母語思維與傳達

有在「新興華文文學」框架中才能得到合宜安置。這些案例好似ghostly time，不斷以其異質性干擾著national time的同質與統一（Bhabha, 1990）──「鬼影」幢幢，為的是逼顯出「大中國文學」與「世界華文文學」疆界的虛幻與不穩定。

　　援用「新興華文文學」的思考框架、探討各個複系統「系統之間」的文學關係，難道不是史家拆解／重構（新馬、臺灣、香港……）現代詩史的重要起點嗎？當然，在「執行」這類拆解／重構工程之前應該深刻反思：我們提出「重構框架」的可能條件（歷史的、知識論的條件）何在？我們為何如此提問？為什麼是我們提問？「我們」又是誰？我們的「位置」……。必須先經過這樣的自我批判，框架才有真正重構的可能。也只有等到框架真正重構那一刻，「重寫詩史」的追求才能徹底擺脫「複寫詩史」[64]的夢魘和困境。

四、文學史的補充邏輯

　　早期臺灣詩史／文學史書寫所再現的「人民聲音」（*vox*

為載體，多民族、多向度、多樣態、多語種、多變化的文學，簡言之是一體多元的文學。基於此，生長出兩個理念：一是任何試圖『圈地』一廂情願或『畫地為牢』的固執，都會給學術思想和文學研究帶來局限；二是實行現代與當代之打通、主體民族與少數民族之打通、大陸與台港澳文學之打通、北方與南方之打通，即四個『打通』」。像這種空泛至極的描繪，其實不過是人盡皆知的學術常識，也看不出論者到底真正「打通」了什麼。「大中國文學」的說法，最多只是把這些異質、跨國且流動性格強烈的作家作品，收編成齒牙盡去的溫馴家禽──某種展示品？

[64] 「複寫」工程的實踐者相信：只要挖掘到未出土史料，便能填補歷史空白，進而改寫文學史。很不幸，這些過份天真的實踐者／研究者勢將成為「重寫文學史」隊伍中的空白。

populi；voice of people）中，原住民與「僑生」（一個早該廢棄的標籤）多半被迫缺席；近來臺灣文學史學界對此有不少檢討、反省，情況顯然會有相當改善。但這並不表示詩史／文學史裡的「外地人」已經消失、「流浪者」不再流浪。在臺灣的舞台上，那些被蠻橫地「統稱」為「外勞」者，就算用華文創作、就算作品陸續累積、就算政府機構設立了「專屬」的文學獎，也始終不會進入文學史家的視野，不能在「我們」（？）的文學史中登場。「他們」（！）不會被納入民族文化的「家」（*Heim*；home）與其同調性論述，因為「他們」自己就是擾亂現代民族疆界的移動標誌（Bhabha, 1990: 315）。試問：在「我們」（？）想像的共同體「內」，所謂的「『外』勞」（作者、作品）在哪裡？

在臺灣詩史／文學史書寫中，「外勞」、「僑生」甚至「原住民」所累積的文學成績往往被視為附屬的「補充物」（supplement），被補充的詩史／文學史（其特徵是「標準」、「純淨」？）才是「主體」。補充似乎是為了使「主體」更趨完整，然而「補充物」對「主體」來說卻代表著異質、次級、外緣與不相連續。這就是Jacques Derrida所謂的「補充邏輯」（logic of supplementarity）。Derrida業已指出，這種主從邏輯關係其實大有問題。有待補充的「主體」，正表示「補充物」的不可或缺（缺此則不成「主體」）。且「補充物」與「主體」接近卻又不同，故而在補充的同時，也是對「主體」現狀的顛覆與更新──至此，補充物倒是反「從」為「主」了（Derrida, 1976: 141-316；廖咸浩，1995：45-47）。[65]

---

[65] 故而也就成為「危險的補充物」（Dangerous supplement）。此語見Derrida,

當代史家倘若欲「重構框架」，就不能不去面對與檢討詩史／文學史的「補充邏輯」。長期以來被「自然地」視為附屬的「補充物」，實為（所謂）「主體」能否「新生」的關鍵，故也正是史家重建文學史工程的重心。缺乏此一體認，「重構框架」最終也只會／只能淪為「同構框架」的代換語。

引用書目

Bhabha, Homi K. "DissemiNation: Time, Narrative and the Margins of the Modern Nation." *Nation and Narration*. Ed. Homi K. Bhabha. London and New York: Routledge, 1990. pp.291-322.

Derrida, Jacques. *Of Grammatology*. Trans. Gayatri Chakravorty Spivak. Baltimore and London: Johns Hopkins UP, 1976.

Even-Zohar, Itamar著，張南峰譯：〈多元系統論〉（"Polysystem Theory"）。《中外文學》第30卷3期（2001年8月）：18-36。

也斯：《香港文化空間與文學》。香港：青文書屋，1996。

公仲（主編）：《世界華文文學概要》。北京：人民文學，2000。

方昂：《鳥權》。吉隆坡：千秋事業社，1990。

王潤華：《華文後殖民文學：本土多元文化的思考》。臺北：文史哲，2001。

李有成：〈世界華文文學：一個想像的社群〉。《文訊雜誌》第87期（1993年1月）：73-75。

周策縱：〈總結辭〉。王潤華與白豪士（主編），《東南亞華文文學》。新加坡：新加坡哥德學院與新加坡作家協會，1989：

1976: 149。

359-362。

林建國：〈為什麼馬華文學？〉。《中外文學》第21卷10期（1993年3月）：89-126。

張錦忠：〈馬華文學：離心與隱匿的書寫人〉。《中外文學》第19卷12期（1991年5月）：34-46。

張錦忠：〈馬華文學與文化屬性——以獨立前若干文學活動為例〉。《中外文學》第21卷7期（1992年12月）：179-192。

張錦忠：〈文學史方法論：一個複系統的考慮〉。佛光大學籌備處主辦「文學學研討會」宣讀論文，1995年5月6日。

張錦忠：〈海外存異己：馬華文學朝向「新興華文文學」理論的建立〉。《中外文學》第29卷4期（2000年9月）：20-31。

張錦忠：〈離散與流動：從馬華文學到新興華文文學〉。暨南國際大學主辦「重寫馬華文學史學術研討會」宣讀論文，2002年12月20-21日。

陳應德：〈從馬華文壇第一首現代詩談起〉。江洺輝（主編），《馬華文學的新解讀》。吉隆坡：馬來西亞留台校友會聯合總會，1999：341-354。

黃錦樹：〈「馬華文學」全稱之商榷——初論馬來西亞的華文文學與華人文學〉。《新潮》第49期（1990年）：87-94。

黃錦樹：〈在世界之內的華文與世界之外的華人〉。《文訊雜誌》第87期（1993年1月）：75-76。

黃錦樹：〈反思「南洋論述」：華馬文學、複系統與人類學視域〉。《中外文學》第29期4卷（2000年9月）：36-57。

楊匡漢：〈學術語境中的香港文學研究〉。黃維樑（主編），《活潑紛繁的香港文學》。香港：中文大學出版社、香港中文大學新亞書院，2000：651-662。

楊宗翰。〈馬華文學與臺灣文學史——旅臺詩人的例子〉。《中外文學》第29卷4期（2000年9月）：99-125。

楊松年：《新馬華文文學論集》。新加坡：南洋商報，1982。

楊松年：《新馬華文現代文學史初編》。新加坡：BPL教育，2000。

楊聰榮：〈「我們」與「他們」——談馬華文學在臺灣〉。《中外文學》第29卷4期（2000年9月）：128-132。

廖咸浩：《愛與解構》。臺北：聯合文學，1995。

劉登翰：《臺灣文學隔海觀——文學香火的傳承與變異》。臺北：風雲時代，1995。

潘碧華：〈五、六十年代香港文學對馬華文學傳播的影響〉。黃維樑（主編），《活潑紛繁的香港文學》。香港：中文大學出版社、香港中文大學新亞書院，2000：747-762。

鄭樹森：〈五、六十年代的香港新詩〉。黃繼持、盧瑋鑾、鄭樹森（合著），《追跡香港文學》。香港：牛津大學，1998：41-51。

鍾怡雯：《亞洲華文散文的中國圖像（1949-1999）》。臺北：萬卷樓，2001。

饒芃子：〈大陸海外華文文學研究概況〉。《文訊雜誌》第189期（2001年7月）：59-63。

原刊於《中外文學》第33卷1期【總第385期】（2004年6月）

與余光中拔河

一、

「余光中」這三個字，代表著穩定一致的答案，還是更多的困惑與追問？

身為寫作者的余光中，三十年前在〈守夜人〉裡便以「挺著一枝筆」的姿態宣告將「守最後一盞燈／只為撐一幢傾斜的巨影」。事實證明，他到了七十歲生辰還能執筆賦詩，「劇跳的詩心／自覺才三十加五」，更驚覺歲月越老，繆思竟才二十有七！（〈我的繆斯〉）。僅2003一年，他就出版了《余光中談詩歌》（江西高校版）、《左手的掌紋》（江蘇文藝版）和《飛毯原來是地圖》（香港三聯版），並獲對岸《新京報》與《南方都市報》頒贈「2003年度散文家獎」榮銜。[66]

作為被評論對象的余光中，其「成績」自然也不遑多讓。提倡「余學」[67]最力的黃維樑（1994：4）讚譽余氏「在新詩上的貢獻，有如杜甫之確立律詩；在現代散文的成就，則有韓潮蘇海的集成與開拓」，特為之編選《火浴的鳳凰》與《璀璨的五采

---

[66] 由兩報合辦的「華語文學傳媒大獎」，第二屆得主除余光中（散文）外尚有韓東（小說）、王小妮（詩）、王堯（文學評論）、莫言（傑出成就）與須一瓜（最具潛力新人）。

[67] 「余學」一詞，是1979年《火浴的鳳凰——余光中作品評論集》出版後，由詩人戴天創用的。見黃維樑，2004：220。

筆》厚厚二冊評論集。考其附錄之「文章目錄」，評論、介紹、訪問余光中其文其人，以篇數計竟超過六百！華中師範大學2000年時更舉辦盛大的「余光中暨香港沙田文學」國際學術研討會，從議程安排、論文內容等方面都可看出，余光中實已被尊為「沙田文學」祭酒。這位多產而不濫產的「華年」[68]作家，其數十年如一日持續筆耕的堅持成為評論者心中「文學史上……重要的事件」：

> 我相信確實是這樣的一個從年少時期就確立文學信仰的詩人，到了向晚時期還是對詩孜孜營求，這就是一項拼命的事業。在詩的迷宮裡，我知道他有過挫折，也有過冒險，最後竟然開闢道路，造成風潮。我認為這是了不起的成就。我仍然可以預見，跨過七十歲之後，他還是會保持旺盛的創造力，還可以有許多作品問世。這不是事件，是什麼？（陳芳明，1998：73）

由前可知，作為一名當代文學創作者，余光中的確成績斐然，一時無兩。但這就是我們要的最終「答案」嗎？殊不知太過穩定的「答案」，可能只是研究者喪失好奇與熱情後的慣性產品。欲糾此弊，唯待後起者能提出更為有力的「問題」。故筆者此文嘗試以「形象」、「評價」、「經典」三者切入、提問，或可視為「重新議題化」余光中其人其詩的一種努力。

---

[68] 黃維樑（2004：249、253）曾苦心論述「少年青年壯年中年華年裕年說」，以五十至八十歲為「華年」，八十歲以上為「裕年」，不設「老年」。「華」是白髮華髮之華，也是華美之華；「裕」則是餘裕之裕，為上蒼額外的賜予。

　　首論「形象」。《聯合文學》在余光中七十華誕時策劃過一個「詩的光中」特輯，內有一篇由曾淑美（1998）所撰短文〈對我們而言，余光中……〉。全篇不採實際批評（practical criticism）而重印象式描述，直言「余光中有點令我們不知如何是好」：

> 不知道上一代以及下一代的文藝青年們有沒有經歷過我們當時的「錯綜情意結」？我們經常幻想和鄭愁予的浪子談戀愛，陪楊牧學院派地散步，跟著楊澤一起宣稱「我的祖國是一座神祕的廣播電台」，到羅智成的鬼雨書院盡情發表悖論……可是可是，余光中有點令我們不知如何是好，特別是那時我們正熱衷於複習鄉土文學論戰的文獻，我的尷尬臉紅，自然是因為閱讀〈狼來了〉之後的副作用。不可以喜歡余光中的詩，是一個「政治正確」的必然選擇。（頁74）

那篇引起軒然大波的〈狼來了〉，始終沒有收入余光中任一本文集。此文發表後對余光中所造成的影響，容後再談。作者曾淑美生於1962年，文中「我們」的所思所言，頗能代表臺灣當代「六年級」女詩人對余光中的看法。

> 余光中先生可能是詩壇上最具備「父的形象」的詩人。他的詩充滿了陽剛特徵：結構穩固、音韻鏗鏘、意象明快，而且意識形態始終與執政黨相互輝映。在余光中的詩裡，我們經歷得到國族之愛、鄉愁之美、愛情的詠歎，在最好的時刻我們看到了承擔與勇氣，可是，我們很少在他的詩

裡面經歷叛逆與逃逸，所以，讀他的詩有一種「追隨」的
快感，比較缺乏「反思」的樂趣。他的氣質是儒家的、父
親的、支配的。（頁74-75）

關於余光中的評論文章汗牛充棟，多長於精品細讀、剖情析采
——當然，亦不乏運用（或濫用）理論之作。像前引這段文字能
以如此「印象」筆觸勇敢切入最敏感的評價與定位問題者，反倒
非常罕見。所謂「詩壇上最具備『父的形象』的詩人」余光中，
在我輩這批「七年級」評論者筆下又會是何種形象？除了詩作的
陽剛特徵，保守的極右意識型態，儒家、父親與支配的氣質……
在在皆「與我心有戚戚焉」外，余光中其人其詩在我輩心中，其
實更趨近於「祖」。稱其為「祖」，不是因為年齡或輩份上的差
距，而是借自江西詩派「一祖三宗說」裡的「祖」。[69]這裡絲毫
沒有要把余氏與杜甫並比之意。事實上，我認為稱余光中「在新
詩上的貢獻，有如杜甫之確立律詩」（黃維樑，1994：4），作
為贊詞自無不可；視為定論，就多少顯得有些勉強。余氏固然在
全盤西化與保舊僵化間走出了一條自己的詩路，但除熊秉明所論
之「三聯句」外，我們很難認同余光中對現代詩有何「創體」或
「確立」之功——將此評價移至余氏所撰之現代散文上，或許更
為合適。

　「祖」當然是個被建構出來（而非自然而生）的尊稱。最
早欲尊詩人余光中為「祖」者不在臺灣，而在香港。雖然余光中

[69] 「江西詩派」一名始於北宋呂本中作《江西詩社宗派圖》，自黃庭堅以
　下，列陳師道等二十五人「以為法嗣」（其實這些人中有一半以上不是
　江西人）。到了元代，方回在《瀛奎律髓》中又提出「一祖三宗」之
　說，視杜甫為此派祖師，而把黃庭堅、陳師道和陳與義算作三大宗師。

73

從來未以領袖自居，但他一直都是「余群」、「余派」、「沙田幫」乃至「沙田文學」[70]裡聲譽最隆、成就最高、影響最廣的頭號代表。在臺灣，雖鮮聞有自命「余群」、「余派」者，唯經余氏撰文品評後而開始廣受注意的青年詩人，至少有方旗、方莘、方娥真、羅青等。[71]加上他的詩作又被選入中學國文課本，成為人人必讀的基本教材，本地之「余風」顯然未見停歇。當然，就像杜詩之筆法、風格與路數不是習詩者唯一的選擇，余光中也不是我輩唯一的選擇。但在臺灣的詩／文學愛好者中，有誰不知余光中大名？有誰不曾讀過余光中詩文？這跟一個真正的傳統詩愛好者，卻一生不曾讀（或習）老杜詩的機率一樣小之又小！

但別忘了，「祖的形象」也是壓力的來源。余光中的存在，讓我輩深刻自覺到一種晚生（belatedness）的焦慮。這位前行代詩人似乎已把詩創作的一切題材與技巧用盡，更儼然成為「詩傳統」的化身。後起的當代詩人則像一個個具有俄狄浦斯情節（Oedipus Complex）的孩子，總以為自己活在傳統強大的陰影之下，故其所思所想並非在如何繼踵前賢，而是該如何另闢蹊徑。要成為一名「強者詩人」，唯有進入此「詩傳統」中並對之進行修正、位移與重構，[72]方能替自己開闢空間並擺脫晚生的

---

[70] 學界曾對「沙田幫」、「沙田派」、「沙田文學」的說法是否能夠成立有過論爭，如古遠清〈蹊徑獨闢，和而不同〉、劉登翰〈余光中・香港・沙田文學〉、喻大翔〈沙田派簡論〉等文。請參見黃曼君、黃永林主編，2002：33-68。

[71] 共通點為：這些青年詩人們「第一本詩集」最重要的評論或序言，皆為余光中所撰。如〈玻璃迷宮〉（方旗）、〈震耳欲聾的寂靜〉（方莘）、〈樓高燈亦愁〉（方娥真）、〈新現代詩的起點〉（羅青）等。

[72] Bloom（1989：13-15）從強者詩人的生命循環中追蹤出下列六種「修正比」（即一個詩人如何偏離另一個詩人的方式）：Clinamen（誤讀或偏移）、Tessera（續完和對偶）、Kenosis（打碎與斷裂）、Daemonization

宿命。這就是Harold Bloom著名的「影響焦慮」說（the anxiety of influence）。余光中巨大的「祖的形象」，實為任何一部詩史皆無法輕易略過的景觀。[73]

　　曾淑美指出，讀余光中的詩「有一種『追隨』的快感，比較缺乏『反思』的樂趣」；其實，我以為閱讀其詩作最直接的快感（或痛感？）無他，就是「焦慮」。後起的當代詩人讀余光中，自然便帶有「創造性校正」的味道。

二、

　　次述「評價」。詩一向是余光中的最愛，多年來他正是憑藉著持續創造、經營與發表詩作，逐步建立起自己在文學史上的偉岸身影。怎料在七〇年代後期諸多「非文學」因素影響下，「它」竟有過搖搖欲墜的危機！1977年8月20日，《聯合報・聯合副刊》登出余氏〈狼來了〉一文，其中引用毛澤東〈在延安文藝座談會上的講話〉指「『工農兵文藝』正是配合階級鬥爭的一種文藝」，並斥責「目前國內提倡『工農兵文藝』的人」之不是，逕言「不見狼而叫『狼來了』，是自擾。見狼而不叫『狼來了』，是膽怯。問題不在帽子，在頭。如果帽子合頭，就不叫

（魔鬼附身）、Askesis（自我淨化）、Apophrades（死者回歸）。

[73] 巧合的是：杜甫其人其詩對江西詩派而言，實亦成為強大的「影響焦慮」。楊玉成（2002）就借多起「杜甫夢」為例，說明杜甫一方面成為宋人最大的偶像與經典（等同於「道之文」），一方面也成為最大的夢魘與揮之不去的陰影。宋人借「出處」建構家系神話，過程卻充滿失憶、誤讀、改寫、影響的焦慮，最後倒果為因將古人解釋為自己不成熟的前驅。江西詩派的地位因此而確立，卻同時埋下了自我解構的因素。

『戴帽子』，叫『抓頭』。」[74]文章刊出後，部分文藝界人士深感恐慌。學者徐復觀（1978：333）便認為〈狼來了〉作者「給年輕人所戴的恐怕不是普通的帽子，而可能是武俠片中的血滴子。血滴子一拋到頭上，便會人頭落地。」在當時的政治環境與氣氛中會寫作這類文章，其用心和目的恐怕並非一句「余光中反對專橫和極權，反對文學藝術教條化，年前為了貫徹主張，竟發表了頗為意氣用事的言論」[75]（黃維樑，1979：10）足以道盡。2004年5、6月間，陳映真在臺灣《聯合報》、趙稀方在大陸《中國圖書商報》分別發表〈視線之外的余光中〉與〈懷想胡秋原先生〉嚴詞批判〈狼來了〉，餘波蕩漾，迄今未歇（距余光中發表此文已逾27年）。[76]

〈狼來了〉事件之後，是「陳鼓應『三評』余光中」所引起

---

[74] 有論者認為，這裡的「抓頭」是「要求政府情治單位抓人」（郭楓，2003：189）。

[75] 作為「余學」首倡人與最重要的研究者，黃維樑對「斷章取義、歪曲原意」的「惡評」自是相當不滿。《火浴的鳳凰》、《璀璨的五采筆》二書中「評價、介紹、訪問余光中的文章目錄」皆未收錄與〈狼來了〉有關之評論，是編者已認定這些文章全數都是「斷章取義、歪曲原意」的「惡評」？還是特意為余光中「隱『惡』揚善」？

[76] 2004年5月21日出版的《中國圖書商報・書評周刊》一次刊出四篇批評余氏的文章，其中尤以趙稀方〈視線之外的余光中〉最具「殺傷力」，也引起了最多的討論（媒體甚至逕稱之為「余光中事件」）。趙稀方此文原為《中華讀書報》約稿，該報在完成排版後又兩次撤下，最後終於決定不便發表。9月11日的《羊城晚報・花地》則同時刊出余光中對此「事件」的首次回應〈向歷史自首？〉、黃維樑〈抑揚余光中〉及趙稀方對黃維樑此文之回應，余氏在文中表示：他在香港寫〈狼來了〉「當時情緒失控，不但措辭粗糙，而且語氣凌厲，不像一個自由主義作家應有的修養。政治上的比附影射也引申過當，令人反感，也難怪授人以柄，懷疑是呼應國民黨的什麼整肅運動。」

的震撼。1977年11月與12月,《中華雜誌》接連刊登〈評余光中
的頹廢意識與色情主義〉、〈評余光中的流亡心態〉兩文,並迅
速結集為《這樣的「詩人」余光中》一書出版。1978年,〈三評
余光中的詩〉亦發表於《夏潮》第27與28期。作者陳鼓應原任職
於臺灣大學,後因「台大哲學系事件」被迫離開杏壇。三篇評文
一出,文學界人士議論紛紛,支持陳鼓應批判余光中者固然大聲
叫好,而反對其論述者亦執筆痛斥陳氏好以偏蓋全、斷章取義,
且於詩之修養明顯不足。一時間竟有李瑞騰、黃維樑、司馬文
武、吳望堯、寒爵、姚立民、茅倫、郭亦洞、江杏僧、孔無忌、
田湜、雷公雨、東方望、陳嘉宗等多位作者參與這場論爭。除了
臺、港,連新加坡的《南洋商報》都刊載了相關的評論文章。在
政治與資訊重重阻隔下,中國大陸的媒體要遲至九〇年代初才
開始對「陳鼓應『三評』余光中」一事有所瞭解。[77]持平而論,
陳鼓應雖非「詩壇中人」,亦無創作經驗,但誰又能剝奪一名讀
者坦率發言與執筆論詩的權力?只要他能在撰文時提出己見,並
進而努力論證,其見解與詮釋至少就可「聊備一說」。問題是,
他解詩的「視角」實在太過獨特,[78]往往讓筆者難以苟同。譬如
被他批評為「色情詩」的〈雙人床〉與〈如果遠方有戰爭〉,我
認為是余光中以個人私密情慾對抗國族龐大敘述的反戰力作,
陳鼓應(1977:32、33)卻僅憑字面意義就斷言余氏「生命中只
有性」、「至於他為何一聞戰鼓,便急於上床,這種『創作動
機』恐怕只有待於變態心理學家來給予分析了」更是令人不禁大

---

[77] 如廣州《華夏詩報》1991年才在討論「一尊『偶像』轟然自行崩塌」、
「陳鼓應領隊批判余光中」。

[78] 陳鼓應解現代詩其實頗類於顏元叔解古典詩,兩人視角之「獨到」,常
讓筆者有啼笑皆非之嘆。

嘆：這樣的「文學批評」，未免太過輕易！陳氏這三篇評論最大的弊病，正在於嚴重混淆了敘述學中的真實作者與隱含作者之別[79]——這樣的「解詩人」陳鼓應，唉！

　　經過鄉土文學論戰期間「狼來了」與「陳鼓應『三評』」兩事件的衝擊，余光中在詩史／文學史上的評價多少都受到動搖——這點於青年作家與讀者間最是明顯。例如在《鏡子和影子》、《詩與現實》兩書中對余光中文學成就給予高度肯定的陳芳明，回憶起當時「在報紙上，我捧讀著余光中所寫的〈狼來了〉一文。文中的每字每句不再是召喚，而是一針針的刺痛。我站在三十歲的生命分水嶺，回望成長時期的種種歡愉與苦痛。內心的惆悵遠遠超過了憧憬，我意識到自己即將走向另一個山頭。對於余光中的迷戀，我不能不毅然捨棄」（2001：193）。當時有許多文學青年像陳芳明一樣選擇了「告別余光中」，[80]其中一

---

[79] 在敘述學中，所謂「作者」分為「真實作者」（現實生活中的作者）與「書寫作者」（從事書寫行為的作者）兩類，而後者可再細析出「隱含作者」（implied author）、「編撰作者」（dramatized author）、「編撰敘述者」（dramatized narrator）。「隱含作者」指以各種題材、形式、意義在系列文本中出現的作者，其不斷向讀者展示出一連串相關的個人特質，以形成敘述之風格。

[80] 陳芳明最早發表的回憶文章是〈交錯〉，1985年9月初刊於《臺灣文藝》第96期。文中指責余光中在1977年「寫了一篇短文，對臺灣現實主義的作家做了許多不恰當的指控，這是我感到震驚異常，也使我陷於疑惑的深淵。他的詩沒有對臺灣的不公不義發出抗議，我寧可認為他是以沉默來表示他的態度。魯迅說過，最大的輕蔑便是一語不發，而且臉也不別過去。對於他的無語，我也作如是觀。可是，當一場論戰的波濤來時，他選擇站在有力者的一邊，而且是那樣的毫不遲疑。這對我不僅是一個震撼，甚至也使我在其他朋友面前極為難堪」（1998：174）。請注意那句「他選擇站在有力者的一邊，而且是那樣的毫不遲疑」——就是基於這個理由，多少作、讀者選擇了「告別余光中」！

部份更從此再也沒有回頭。

　　余光中曾提出一個有趣而嚴肅的問題：誰是大詩人？他認為「文學史該怎麼寫，以及某些次要的問題，例如詩的形式曾經歷了怎樣的變化等，都和這問題有極密切的關係。一個大詩人的地位確定後，其他的優秀詩人，便可以在和他相對的關係及比較下，尋求各自的評價，且呈現一種史的透視。一個大詩人的代表性確定後，我們便可以從他的身上，看出他的時代怎樣感受生活，怎樣運用文字，怎樣運用文字去表現那種感受」（1972：71-72）。在這篇〈誰是大詩人？〉中，作者先舉英美現代詩人為例，最後要我們反躬自問：誰，是我們的大詩人？誰是比較有希望的候選人？我們是否已產生了這樣的候選人呢？

　　或者筆者該這麼問：歷經前述這些論戰烽火與筆墨官司，[81] 余光中究竟還是不是「我們的大詩人」？抑或，余氏正如他所批評過的戴望舒，「在絕對的標準上，只是一位二流的次要詩人（minor poet）」（2003：155）？在此不妨援用他自己對「大詩人」的幾項評價標準[82]來逐一檢視。

（一）聲名和榮譽

　　余光中雖以為這「應該是最不可靠的標準」（1972：73），但恐怕沒有人敢懷疑他在這一項上能否達到「最高標」。別忘

---

[81] 余氏〈評戴望舒的詩〉、〈論朱自清的散文〉對戴、朱二人作品與成就多所批評，九〇年代初期在中國大陸發表後引起不少爭議，甚至招來譏諷與辱罵。

[82] 筆者根據的評價標準，借自〈誰是大詩人？〉。余光中另有一篇〈大詩人的條件〉，採W. H. Auden為《十九世紀英國次要詩人選集》所撰序言的看法，對「大詩人」提出了五項條件：多產、廣度、深度、技巧、蛻變（2003：45）。

了，他是極少數能以「臺灣詩人」身份享譽中國大陸者。除了榮獲前述之「2003年度散文家獎」外，2002年福建有「海峽詩會──余光中詩文系列活動」、常州也舉辦了「余光中先生作品朗誦音樂會」，類似的活動多不勝數。當代華文詩人中享有如此盛名與榮耀者，能有幾人？[83]

（二）產量

在《余光中詩選：1949-1981》中詩人說「迄今我出版過十二本詩集，加上尚未結集的近作，總產量在五百三十首以上」（1981：1），至《余光中詩選（第二卷）：1982-1998》出版，十七年間詩人又發表了三百二十首詩。「前後兩本詩選相加，選了整整二百首詩，約為我總產量的四分之一稍弱」（1998：1），這樣算來余光中迄今應該已寫作了一千首詩作！加上對岸百花文藝出版社2004年1月印行的九大卷《余光中集》，請問他的產量是多，還是不多？

（三）影響力

若沒有足夠影響力，怎會有「余群」、「余派」乃至「沙田幫」？還有，詩人以為「在普通的情形下，大詩人，尤其是提供創作方法且啟示新感性的大家，一定擁有大量的效響作者」（1972：74）。證諸台港新馬等地的詩刊與文學性雜誌，或非虛言──畢竟當年多少人都曾那麼的「余光中」啊！

---

[83] 除了享有盛名外，余光中在大陸的讀者數量才真是驚人。對岸的文學愛好者，誰不知這位「臺灣詩人」寫過那首廣被傳誦的〈鄉愁〉？1989年人民教育出版社在編高中第四冊語文課本時，也選了余光中詩作〈蟋蟀吟〉為教材。十幾年過去了，迄今讀過此詩的學生何止千萬！

（四）獨創性

高度的originality當然是大詩人的必要條件，但陳鼓應在〈三評余光中的詩〉中卻專闢一節「余光中作品的模倣與因襲」，還洋洋灑灑舉出了九個例子。乍看有理，其實大謬。余氏是欲以妙筆「轉化」（而非抄襲）這九個中、西文原始範例，點鐵成金、奪胎換骨本是常見作詩手法，實不足為怪。不過，詩人也不是每次都能順利推陳出新，至少陳鼓應文中所舉〈孤星〉、〈我向高空射枝箭〉、〈我不再哭泣〉等作（收於早期詩集《藍色的羽毛》與《天國的夜市》）就不怎麼成功。

（五）普遍性

余氏認為「普遍性」可作二解：「第一是雅俗共賞，第二是異地同感，也就是放諸四海而皆準」（1972：75-76）。要論雅俗共賞，余光中自《白玉苦瓜》之後的作品絕對堪稱「標準」。至於異地同感牽涉到翻譯問題（而詩卻是最「抗拒」翻譯的），迄今資料依然極為有限，只知德國學者Detlef Kohn曾以余光中作品研究為題完成其博士論文。

（六）持久性

它當然是「一個相當可靠的標準，時間把傑作愈磨愈亮，把劣作愈磨愈損」。但余氏也指出：「持久性的標準還有一個不便，那就是，不能持之以衡量當代的作者」（頁77-78）。我們無法評估詩人余光中在這一項目所獲得的「成績」，原因在此。

（七）博大性和深度

依據余光中的解釋，「理論上來說，一個大詩人必然具備充分的博大性和深度，但此兩者在一個大詩人身上組合的比例，可以因人而異。」博大性指「詩人對人生的接觸面，包括他在生活上吸收，感受，容納的廣度」；深度則是指詩人「在這樣的範圍內對人生作過什麼程度的思考因而達到什麼程度的瞭解」（頁78）。若要討論博大性（廣度）及深度在詩人余光中身上「組合的比例」，我們會發現他與T. S. Eliot、R. M. Rilke等偏向深度的西方現代主義作家有別，也跟臺灣島上與他同一世代的多數詩人殊異。同樣經過現代主義洗禮，余光中卻顯然沒有部分現代詩人「由於和社會比較隔絕，大半傾向深度的開掘」這類「問題」。關鍵在於：他成功地以批判性的接受態度改造了現代主義，[84]從而避開深而不廣的陷阱與限制。

（八）超越性

所謂超越，第一是要超越自己的「老師」，即詩人最初模仿、學習的對象，第二則是要超越自己。眾所周知，余光中早期詩作有濃厚的「新月」風味，他自己也把「新月」派詩人視為可「承」之「先」（1970：154）。現在呢？徐志摩的詩作無論在質或量上，顯然都無法與今日的余光中並肩。最大的困難，其實是超越自己。余光中詩風屢變、技巧多姿，但自1985年詩人移居高雄後，雖然寫出了不少深具社會意識與介入精神的作品（如〈控訴一枝煙囪〉），對親情與愛情亦多所著墨（如〈三

---

[84] 關於「改造現代主義」這點，請參見陳芳明（2002）在〈余光中的現代主義精神〉一文中深具說服力的討論。

生石〉、〈抱孫〉），只是此後諸詩作的風格、技巧、意象皆
趨於穩固，多重複而少超越。近作《高樓對海》（2000）便是
顯著的例子。今日閱讀余光中，我們的「期待視野」（horizon of
expectations）已越來越難有所改變、修正或重構。

三、

　　三評「經典」。1999年初，由行政院文建會（國家文藝指導
單位）主辦、聯合報副刊（主流文藝傳媒）承辦的「臺灣文學經
典」評選結果揭曉，余光中以「香港時期」出版的第一部詩集
《與永恆拔河》入選。這三十本「以臺灣為中心的文學經典」
（陳義芝編，1999：5）名單與隨後舉辦的研討會，在文學界與
各大、小媒體間都引起許多激烈的討論，從經典性、編選機制、
文學史該採「加法」還是「減法」……一直延伸到檢驗統獨立
場、發言位置，堪稱上世紀末臺灣文壇最豪華、盛大的一次集體
演出。[85]然而，誠如論者所言：「尋索『臺灣文學』的公約數，
認真地展開『臺灣文學』定義與立場的討論，是這次研討會的
一大收穫」（陳義芝語，同上頁）、「這次『臺灣文學經典事
件』最大的收穫應該是那場研討會與論文集的誕生吧？沒有那場
研討會，人們不會知道臺灣文學界對『經典』與『典律形成』
（canon formation）的焦慮竟如此之深；論文集的出版，除了可
收穫幾篇導讀性質的評論外，最可貴處還是保留了講評者對這

---

[85] 可惜這些討論一直缺乏30歲以下年輕一輩的聲音。有鑑於此，筆者曾以
「臺灣文學經典再辯」為主題，邀請了多位不同領域、不同專長、運用
不同學術研究方法的碩、博士班學生撰文暢所欲言，並於2002年1月結集
為《文學經典與臺灣文學》一書面世。

份經典名單的不同意見」（楊宗翰主編，2002：16）。相關的討論當然還可以再延伸下去，不過在此我們更好奇的是：為什麼是《與永恆拔河》？為什麼不是（或沒有）余光中的散文？甚至連余氏自己在接受訪問時都有一樣的困惑：「《與永恆拔河》不一定是我的代表作，嚴格說起來，《白玉苦瓜》也許才稱得上是」、「如果《與永恆拔河》可以入選，我想我的散文起碼也可入選」（陳義芝編，1999：238-239）。

黃維樑（2004：114）曾指出余氏一人同時手握「璀璨的五采筆」：以紫色筆寫詩，以金色筆寫散文，以黑色筆寫評論，以紅色筆編輯，以藍色筆翻譯。若要強迫余光中自行比較金、紫兩色筆孰強孰弱，想必他得頭疼上好一陣子才會有答案。不少人（包括筆者）都以為余氏在散文上的成就大過於詩，只是「詩人余光中」大概不會同意這種說法吧？至少我們必須嚴正地指出：余光中散文作品未能入選「臺灣文學經典」之列，絕對是這次活動的一大遺憾。這個遺憾的發生其實頗為離奇。在「臺灣文學經典」初選時，六十七位票選委員有三十二位投給了余光中《逍遙遊》，得票數高居散文類第二，僅次於梁實秋《雅舍小品》（四十七票）。後來成為三十本「經典」之一的散文類作品及其得票數分別為：陳之藩《劍河倒影》（二十九票）、楊牧《搜索者》（二十八票）、王鼎鈞《開放的人生》（二十七票）、陳冠學《田園之秋》（二十三票）、簡媜《女兒紅》（十九票）、琦君《煙愁》（十六票）。試比較一下初、決選結果，該說七位決選委員對散文的品味比較「特殊」嗎？可惜大家更在意張愛玲小說集是否能作為「『臺灣文學』經典」，反而忽略了該替曾在現代散文領域獨領一時風騷的余光中申訴。

余氏「香港時期」作品《與永恆拔河》既被標舉為「臺灣

文學經典」，試問「香港時期」在他的創作歷程中有何特殊之
處？《與永恆拔河》之於「香港時期」呢？1974年余氏應香港中
文大學之聘擔任該校中文系教授，至1985年始離港返台定居。扣
除回臺灣師範大學客座的那一年（1980年8月到1981年7月），這
十年的「香港時期」實為詩人「一生裡最安定最自在的時期……
這十年的作品在自己的文學生命裡佔的比重也極大」（余光
中，1985：11）。考察以下四位研究者對余詩的分期（黃維樑，
2004：154-155）後，我們不難發現「香港時期」在詩人的創作歷
程中確實佔有承先啟後的地位：

（一）劉裘蒂〈論余光中詩風的演變〉（1986年撰）

最早的格律詩時期（1949-1956）；現代化的醞釀期（1957-
1958）；留美的現代化時期（1958-1959）；虛無時期（1960-
1961）；新古典主義時期（1961-1963）；走回近代中國時期
（1965-1969）；樸素的民謠風格時期（1970-1974）；歷史文化
的探索時期（1974-1981）。

（二）黃坤堯（1996年撰）

第一期為格律詩階段（1955以前）；第二期為西化階段
（1955-1960）；第三期為重認傳統和民族探索的階段（1961-
1974）；第四期為藉香港經驗擺脫傳統文化束縛，重塑自我的
階段（1974-1985）；第五期為藉高雄的野性回歸自然，面向世
界，追尋更廣泛的不朽意義（1985迄今）。

（三）錢學武〈余光中詩題材研究〉（1997年撰）

臺灣第一期（1948-1958）；美國第一期（1958-1959）；臺

灣第二期（1959-1964）；美國第二期（1964-1966）；臺灣第三
期（1966-1974）；香港時期（1974-1985）；臺灣第四期（1985
迄今）。

（四）黃維樑〈情采繁富，詩心永春〉（1998年撰）

新月餘韻、現代先聲、古典新趣（1950-1964）；家國情
懷、民歌風味、詩人地位（1964-1974）；兩岸三地、古今六
合、千彙萬狀（1974-1985）；社會意識、南部風物、永春詩心
（1985迄今）。

就量而計，詩人在「香港時期」間共得詩近兩百首，分別結
集為《與永恆拔河》、《隔水觀音》、《紫荊賦》三書。自處女
詩集《舟子的悲歌》以降，余氏十四本詩集共收錄了五百九十八
首作品，而「香港時期」就佔了三分之一，比例不可謂不大。以
質而論，詩人於文革末期抵達香港這「借來的時間，租來的土
地」（余光中，1979：202），於此矛盾對立之處時時北望而東
顧，因為香港「地理上，和大陸的母體似相連又似隔絕，和臺
灣似遠阻又似近鄰，同時和世界各國的交流又十分頻繁」，而
「新環境對於一位作家恆是挑戰，詩，其實是不斷應戰的內心記
錄」。面對時局與環境的改易，詩人感慨自深，加上沙田麗景的
江山之助，詩風與題材遂又見新變。四川詩人、詩評家流沙河在
〈詩人余光中的香港時期〉中更大膽斷言：「據我看來，余光中
是在九龍半島上最後完成龍門一躍，成為中國當代大詩人的」
（黃維樑編，1994：135）。[86]

---

[86] 此一說法當然見仁見智。筆者倒認為劉登翰（1997：457）對余氏「香港
時期」創作之「失」的判斷更有見地，也更準確：「相對說來，除了對
於沙田居周圍自然景物的描寫，香港作為一座現代化的國際性大都市，

　　檢視詩人香港十年間的詩創作，我們會發現這是一趟由「寄居」到「安居」的逐步認同過程。相較於初期對此地明顯的譏諷批判與邊緣定位（如《與永恆拔河》收錄的〈唐馬〉及〈九廣鐵路〉、〈北望〉），詩人離開香港前所寫的詩篇如〈紫荊賦〉、〈東京上空的心情〉、〈老來無情〉、〈別香港〉（皆收於《紫荊賦》）卻滿溢著不忍惜別的眷眷之心，讀來令人動容。「香港時期」另一值得注意處，為余光中對開闢新的寫作題材[87]之自覺：

> 　　近年論者評我的詩，頗有幾位指出，憂國懷鄉的主題不宜一再重複，以免淪於陳腔。這勸告是對的，任何主題原經不起再三抒寫，而能否刷新題材，另拓視野，也往往成為詩人的一大考驗。不過問題並不如此簡單：相同的主題可用不同的手法來表現，正如相同的手法可用以表現不同的主題。……
>
> 　　《與永恆拔河》所以按主題分輯，也有意顯示，我在憂國懷鄉之外，也嘗試了一些新的主題：例如第二、第四、第五、第六諸輯所處理的事物，便不限於鄉國之思的時空格局，尤其是第六輯裡的那些詩，幾乎每一首的主題都不同。（1979：203-204）

余詩發展至《隔水觀音》時，「直抒鄉愁國難的作品」減少許多，取而代之的是「對歷史、文化的探索」（1983：176-177），

則基本上未曾進入余光中的詩歌視野，因此對於香港在形成自己獨立的具有都市文化特徵的詩歌品格上，余光中的貢獻尚還有限。」

[87] 評論大家如余光中有時也不免會犯些小錯，如下引文對題材（subject-matter）與主題（theme）的混用便很值得商榷。

書中〈湘逝——杜甫歿前舟中獨白〉、〈夜讀東坡〉、〈戲李白〉、〈尋李白〉、〈念李白〉、〈刺秦王〉等作都是顯例。

回頭檢視這一部「經典」詩集《與永恆拔河》，我們會發現書中多數作品其實不脫三大題材：一為懷鄉、二為詠物、三為述志。可是，這三大題材在前一部詩集《白玉苦瓜》中早已出現並頗見成績——試將《與》書中〈北望〉、〈水晶牢〉、〈獨白〉三作和《白》書中〈鄉愁〉、〈白玉苦瓜〉、〈守夜人〉略作比較，即可知筆者所言不虛。就此點而觀，《與》比較像是《白》的延伸。換言之，對《與永恆拔河》的超越性何在，我其實頗有疑問。何況作為一部「經典」詩集，《與》中竟有部分作品語言隨便、詩質鬆散且流於過多的言詮，[88] 如〈國旗〉、〈撐竿跳選手〉等皆是如此。將它們和前作《白玉苦瓜》、《在冷戰的年代》所錄作品並列，高下優劣立判。[89] 最後，不可不提這本「現

---

[88] 在《隔水觀音》「後記」裡，余光中嘗謂：「在語言上，我漸漸不像以前那麼刻意去鍊字鍛句，而趨於任其自然」（1983：178）。殊不知「自然」與「放任」，一直都是最要好的對門鄰居。

[89] 質疑《與》書「經典性」之餘，我更感興趣的是：「經典」與「文學史書寫」間的關係。「文學經典」貌似崇高、神聖且不容侵犯，其實不然。它們都是社會文化關係脈絡中持續性、大規模鬥爭（struggle）下的倖存者，而且類似的鬥爭絕不會有停止的一日——穩定不是其「本質」；變動才是。影響這一場場鬥爭結果的因素繁多，決定各「經典」地位升降的機制也很複雜，但至少我們應該明瞭：追蹤、記載與反思一部部「經典作品集」鬥爭及升降的歷程，不也是「文學史書寫」的一種可能？換個角度想，為什麼寫作詩史／文學史就一定得從「個別作家」整體成就的評述著手？為何不能改以「經典作品集」的文本分析與延伸討論為重心？這樣做的好處之一，在於回歸新批評（New Criticism）對文本細讀精神的極度重視；卻又入而能出，不自限於「文本之內」，可外擴至諸「經典」鬥爭及升降之歷程——有識者應可體會我欲統合文本閱讀（textual reading）與脈絡閱讀（contextualized reading）之用心。

代詩集」《與永恆拔河》中的現代因素與對現代世界的反應竟異常薄弱與匱缺，香港評論家葉輝（2001：216）下面這段尖銳的批評顯然不是沒有道理：

> 余光中在追求戰勝未來（永恆）和精神上承接古典的同時，「現代」的因素恐怕比較薄弱，詩中物品名目有陌生化的企圖，如手錶稱作「水晶牢」、通電話稱作「貼耳書」、摩托車稱作「超馬」，反而給現代事物渲染了古典情緒，隨著嫻熟的格律習套，變得精緻化和工藝化起來了。
>
> 如果我們不滿足於未來（永恆）的追求與過去（古典）的眷戀，相信還可以用詩整理我們所置身的壓縮變形的空間和高頻率的時間節奏，面對而不是逃避我們所處身的現代世界，那麼，我們不可能滿足於任何語言上的、思考上的習套——即使是唐詩宋詞那麼完整的習套。也許，只有跳出習套，才可以較全面的從習套中作出取捨，從而建立起自己與身處的現代世界的新秩序。

引用書目

Bloom, Harold著，徐文博譯：《影響的焦慮》（*The Anxiety of Influence: A Theory of Poetry*）。北京：三聯，1989。

余光中：《天國的夜市》。臺北：三民，1970，二版。

余光中：《望鄉的牧神》。臺北：純文學，1972，五版。

余光中：《白玉苦瓜》。臺北：大地，1974。

余光中：〈狼來了〉。《聯合報‧聯合副刊》，1977年8月20日。

余光中：《與永恆拔河》。臺北：洪範，1979。

余光中：《余光中詩選：1949-1981》。臺北：洪範，1981。

余光中：《隔水觀音》。臺北：洪範，1983。

余光中：《春來半島——余光中香港十年詩文選》。香港：香江，
　　1985。

余光中：《紫荊賦》。臺北：洪範，1986。

余光中：《余光中詩選（第二卷）：1982-1998》。臺北：洪範，
　　1998。

余光中：《高樓對海》。臺北：九歌，2000。

余光中：《余光中談詩歌》。南昌：江西高校，2003。

余光中：〈向歷史自首？——溽暑答客四問〉。《羊城晚報‧花
　　地》，2004年9月11日。

徐復觀：〈評臺北有關「鄉土文學」之爭〉。尉天驄（主編），
　　《鄉土文學討論集》。編者自印，1978，頁332-333。

郭楓：《美麗島文學評論續集》。臺北縣板橋市：臺北縣政府文化
　　局，2003。

陳芳明：《風中蘆葦》。臺北，聯合文學：1998。

陳芳明：〈詩的光澤〉。《聯合文學》第14卷12期（1998年10
　　月）：71-73。

陳芳明：《深山夜讀》。臺北：聯合文學，2001。

陳芳明：〈余光中的現代主義精神——從《在冷戰的年代》到《與
　　永恆拔河》〉。《後殖民臺灣》。臺北：麥田，2002，頁197-
　　218。

陳映真：〈懷想胡秋原先生〉。《聯合報‧聯合副刊》，2004年6月
　　21日。

陳義芝（編）：《臺灣文學經典研討會論文集》。臺北：聯經，
　　1999。

陳鼓應：《這樣的「詩人」余光中》。臺北：大漢，1977。

曾淑美：〈對我們而言，余光中……〉。《聯合文學》第14卷12期
　　（1998年10月）：74-76。

黃曼君、黃永林（主編）：《火浴的鳳凰，恆在的繆斯──余光中
　　暨香港沙田文學國際學術研討會論文集》。武漢：湖北人民，
　　2002。

黃維樑（編）：《火浴的鳳凰──余光中作品評論集》。臺北：純
　　文學，1979。

黃維樑（編）：《璀璨的五采筆──余光中作品評論集（1979-
　　1993）》。臺北：九歌，1994。

黃維樑：《文化英雄拜會記──錢鍾書、夏志清、余光中的作品與
　　生活》。臺北：九歌，2004。

楊玉成：〈文本、誤讀、影響的焦慮──論江西詩派的閱讀與書
　　寫策略〉。輔仁大學中國文學系、中國古典文學研究會（主
　　編），《建構與反思──中國文學史的探索學術研討會論文
　　集》（上冊）。臺北：臺灣學生書局，2002，頁329-428。

楊宗翰（主編）：《文學經典與臺灣文學》。臺北縣永和市：富
　　春，2002。

葉輝：《書寫浮城──香港文學評論集》。香港：青文，2001。

趙稀方：〈視線之外的余光中〉。《中國圖書商報・書評周刊》，
　　2004年5月21日。

劉登翰（主編）：《香港文學史》。香港：香港作家，1997。

原刊於《創世紀詩雜誌》第142期（2005年3月）

臺灣「六○世代」與「七○世代」詩評家特質之比較

一、世代考：從「問題」到「議題」

　　關於臺灣現代詩的「世代」（generation），可以說已經從「問題」逐步轉化為「議題」了。若僅是「問題」，代表它猶待有識者倡議；能變成「議題」，方說明它被引導走向了典律。扣除純屬意氣之爭的筆戰文字，臺灣詩壇第一位把世代「問題化」者，當推能詩、能畫、能評的羅青。他繞過「the Lost Generation」或「the Beat Generation」等西洋窠套，在1985年發表的〈專精與秩序──草根宣言第二號〉中，將臺灣現代詩人劃分為四個世代：[90]

　　　　第一代如紀弦、覃子豪、巫永福、吳瀛濤、鍾鼎文等，多半出生於民國元年至十年間。第二代如余光中、羅門、林亨泰、商禽、楊牧等，多半出生於民國十年至三十年之間。第一代與第二代詩人的童年、少年、青年期多半在戰爭中度過，都有過大陸抗戰經驗或日本殖民經驗，可稱之為「憂患的一代」。

---

[90] 本刊（羅青執筆）：〈專精與秩序──草根宣言第二號〉，《草根》復刊1期（1985年2月），頁1。

第三代的詩人，多半出生於民國三十年至四十五年之間。他們有機會接受安定完整的教育，其成長的環境，基本上仍屬於傳統的農業社會，生產力還沒有大幅度的增加，精神態度都以保守為依歸。但在他們成長以後，臺灣社會工業化及商業化的腳步突然加快，各種傳統的價值觀遭到巨大的挑戰，既成為秩序也面臨了空前的變局。他們可稱之為「戰後的一代」。

第四代詩人多半於民國四十五年以後出生。他們的童年及少年多半在一種快速發展的工業、商業體系下度過。因此，在觀念上，有強烈多元化的傾向。再加上資訊工業近年來的各種突破，使得整個社會面臨了一個具有各種變化可能的未來。專精的知識，成為選擇或掌握變化的必要條件，而未來新社會秩序的建立，也急待大家的追尋與探討。因此，這一代可稱之為「變化的一代」。

羅青身為《草根》社長，當有藉此文以自壯聲勢之用心；但我也必須指出，「憂患的一代」、「戰後的一代」、「變化的一代」等語雖已初具形象，但仍太過粗糙且標準難辨——譬如「戰後」一代，就不曾飽受「憂患」？「變化」一代，難道不能算「戰後」之人？

一年之後，羅青在《日出金色——四度空間五人集》（1986）總序裡就自行調整，迅速將「四代」改為「六代」：第一代出生於民國十年以前，成長於民國一、二十年代；第二代出生於民國二十年以前，成長於民國二、三十年代；第三代出生於民國三十年以前，在民國三、四十年代成長，恰為戰前戰後參半的時代。第四代詩人多出生在民國四十年以前，而成長於民

國四、五十年（臺灣此時正由農業社會快速轉變為工業社會）；
第五代詩人多出生於民國五十年以前，而在臺灣於工業社會邁
向後工業社會的民國五、六十年代間成長；民國五十年以後出生
者應屬於第六代詩人，在他們成長階段的民國六十到七十年間，
臺灣已進入了後工業時期。[91]從《草根》到《日出金色》間所作
的改變，羅青顯然是把「四世代說」中的第三、四代詩人再區隔
為四、五、六代，藉此凸顯戰後不同世代作家，所經歷的「農
業─工業─後工業」變遷。羅青對這樣的區隔顯然頗為自豪，後
來他擔任《臺北評論》總編輯時，在版權頁或封面處都不忘標示
「遊牧─農業─工業─後工業」，在在證明欲宣揚此一理念之企
圖。[92]

　　文鏡出版的詩合集《日出金色──四度空間五人集》，既
是青年詩人的集體火力展示，也成為羅青建構世代區隔的舞臺。
書中作者多為民國五十年以後出生（僅柯順隆出生於民國四十九
年），正代表詩壇最新的「第六代」已經集結。羅青在序文中說
道，這批「第六代」詩人的作品「可以聞到相當濃重的『後現代
主義』氣息」；今日重讀《日出金色》即可知，書中能劃入後現
代詩者委實不多。進一步說，這本詩合集的序言〈後現代狀況出
現了〉，其實更像是羅青欲藉此舞臺反覆演示（perform）何謂
「後現代狀況」──至於臺灣後現代詩的真實「狀況」，跟他所
提出的「第六代」一樣，並非全文重心所在。

　　話雖如此，羅青畢竟是第一位以「後現代狀況」為新框架，

---

[91] 羅青：〈後現代狀況出現了〉。收於柯順隆、陳克華、林燿德、也駝、
赫胥氏，《日出金色──四度空間五人集》（臺北：文鏡，1986），頁
9-10。

[92] 《臺北評論》雙月刊於1987年9月創刊，1988年8月結束，共有六期。

企圖觸及臺灣詩人「世代」問題的評論家。但真正能將「世代」議題化，當屬林燿德及其所力倡之「新世代詩人」論述。不同於羅青僅是藉提出「第六代詩人」以彰顯「後工業時期」必然到來；林燿德選擇回到「文學」場域，以編選、創作、評論、訪談、授課、主辦文學會議等多重形式，將「世代」──以及那「世代交替」之夢──透過自己短促卻璀璨的作家生涯來全力倡導和實踐。[93]就像那首作為詩集《一九九○》題辭的〈我們〉：[94]

> 瓦解與重建並時發生
> 整座紛亂的世界引誘青空擴張
> 優雅地我們為下個世紀的生靈導航
> 人類的詩史正為「我的世代」而存在

　　對詩史中「我的世代」之強烈欲求，讓林燿德的「新世代論述」較諸他人（譬如羅青）筆下更顯豐厚，也更具血肉。關於其「新世代論述」究竟來自「現代」或「後現代」的影響，王浩威

---

[93] 楊宗翰：〈瓦解與重建並時發生：林燿德與新世代論述〉。《自由時報・自由副刊》，2002年2月17日。

[94] 林燿德：〈我們〉。《一九九○》（臺北：漢光，1990），頁i。從林燿德遲至1986年才出版的第一本論著《一九四九以後》，以及他自九○年代後多次提及的「歷史的負擔」，讓我想到：「『一九四九』所代表的『歷史壓力』，不也是新世代詩人們亟欲拋棄的詩史／文學史『負擔』嗎？這麼說來在林燿德心目中，『一九四九』恐怕不僅是個『起點』，而應是一有待（必須！）解放的『歷史的負擔』──林氏生產、倡議『新世代詩人論述』之根由與動力，至此可謂昭然若揭。」前引文見楊宗翰：《臺灣現代詩史：批判的閱讀》（臺北：巨流，2002），頁201-202。

及劉紀蕙兩人有著截然不同的思考。王浩威在〈重組的星空！重組的星空？〉、〈偉大的獸──林燿德文學理論的建構〉中直指林氏理論基礎薄弱，僅是挪用後現代作為武器，其建構手法乃是現代主義而非後現代主義；劉紀蕙〈林燿德與臺灣文學的後現代轉向〉則欲糾正王浩威說法，指出林燿德的世代劃分反而是在進行文學史的「尋根」，並將之視為臺灣文學史的後現代轉向。[95]

我認為接受「現代─後現代」雙重影響的林燿德，是為了挑戰既有文化霸權及詩社權力結構，才會選擇以斷裂的文學史觀來構築「新世代論述」。作家林燿德不是生來就如此「後現代」──從過往文章裡對「大哥」溫瑞安的渴慕，對「大師」羅門的推崇，對「大敘述」的關懷，都不難窺得他從未完全拋棄「現代之子」的履歷。關於林燿德的「現代」或「後現代」血緣爭辯，其重要性實遠不及經他「議題化」後漸成正典的「新世代論述」本身。1990年前後，「主編選集」成為林燿德議題化「新世代論述」的重要策略，其中尤以《新世代小說大系》（與黃凡合編）及《臺灣新世代詩人大系》（與簡政珍合編）最具代表性：

> 如果我們正提出一個新世代宣言，那麼這個宣言的性質和過去曾經在歷史出現的任何專斷、獨裁主義的宣言毫無一致之處。因為我們的內容是一種新世代的多元化氛圍，拋棄僵硬沈重的歷史包袱、也藐視強買強賣的理論策略；我

---

[95] 王浩威：〈重組的星空！重組的星空？〉，收於林水福主編，《林燿德與新世代作家文學論》（臺北：行政院文化建設委員會，1997），頁295-322。王浩威：〈偉大的獸──林燿德文學理論的建構〉，《聯合文學》12卷5期（1996年3月），頁55-61。劉紀蕙：〈林燿德與臺灣文學的後現代轉向〉，收於《孤兒‧女神‧負面書寫：文化符號的徵狀式閱讀》（臺北：立緒，2000），頁368-395。

們有權利擁抱視野所及的一切、化育養成新天新地，也有
權利粉碎人間一切斯文掃地的迷思與龜裂崩頹的偶像。[96]

「新世代」不宜做「單一流派」解，其實「新世代」中包
含了現代主義、新古典主義、浪漫主義、寫實主義和後現
代等多元傾向。他們共同相對於臺灣第一、二代詩人之
處，在思維、形式、創作規模等各種層面的解放、重建與
更新。[97]

　　他總是滿懷信心，一再聲稱「新世代」已佔據臺灣當代文
壇的關鍵位置：「整個八〇年代詩壇的發展，『新世代』形成
了真正主導的力量。」[98]以上這些文字，透露出林燿德欲爭取文
學史詮釋權的雄心，也替他自己的詩史／文學史書寫衝動，找到
一個暫時性的宣洩出口。[99]而《臺灣新世代詩人大系》中選錄的
二十四位詩人，便是林燿德心目中能夠引領風騷的「新世代」正
典人物。我認為：站在同為「世代選集」角度，其所欲取而代
之者，難道不是1977年出現的源成版「十大詩人」，抑或1982年
《陽光小集》版「青年詩人心目中的十大詩人」？[100]

---

[96] 黃凡、林燿德主編：《新世代小說大系》（臺北：希代，1989），頁4。

[97] 簡政珍、林燿德主編：《臺灣新世代詩人大系》（臺北：書林，1990），頁779。

[98] 同前註，頁786。

[99] 英年早逝的林燿德，終究沒有機會動筆完成一部詩史／文學史著作。在〈環繞當代臺灣詩史的若干意見〉中，可以讀出他欲書寫臺灣新詩史之雄心壯志。此文收於林燿德：《世紀末現代詩論集》（臺北：羚傑企業，1995），頁7-33。

[100] 源成版「十大詩人」為紀弦、羊令野、余光中、洛夫、白萩、瘂弦、商禽、羅門、楊牧、葉維廉。《陽光小集》版「新十大詩人」為余光中、

二、「X世代」與「中生代／後中生代」

雖然建構「新世代論述」有成的林燿德於1996年1月猝逝，但後起之評論家已看到將「世代」議題化之可能性，並援之為行文利器。其中較早發聲且最具代表性者，當推具有新聞學專業背景的須文蔚。1997年他發表了〈X世代的現代詩人與現代詩〉，嘗試描繪與捕捉X世代（generation X）詩人的形貌。須文蔚文中的「X世代」，X代表不為人知的意義——他們也確實尚未替自己找到合適名稱。一九六〇到八〇年代出生的「X世代」，已經不容置疑地存在，並且正走向世界舞臺的中心：[101]

> X世代詩人是新觀念的見證者，他們成長於白色恐怖已經漸漸遠離的七〇年代，童年時期的文學知識的養分多半受限於四十九年來台的作家群，和少數如徐志摩、胡適、劉大白未遭到政府查禁的詩人作品之上。同一時期，大眾傳播媒體上的流行文化已經席捲青少年的心靈，X世代是各種新流行媒介的實驗對象，舉凡電視節目，電動玩具，從

白萩、楊牧、鄭愁予、洛夫、瘂弦、周夢蝶、商禽、羅門、羊令野。1990年的《臺灣新世代詩人大系》，則選錄了二十四家：蘇紹連、簡政珍、馮青、杜十三、白靈、渡也、陳義芝、溫瑞安、方娥真、王添源、楊澤、陳黎、向陽、徐雁影、苦苓、羅智成、夏宇、黃智溶、初安民、林彧、劉克襄、陳克華、林燿德、許悔之。1998年此書再版並易名為《新世代詩人精選集》，主編簡政珍僅收錄了蘇紹連、簡政珍、馮青、杜十三、白靈、陳義芝、陳黎、向陽、羅智成、陳克華、林燿德、許悔之，共十二家。

[101] 須文蔚：〈X世代的現代詩人與現代詩〉。宣讀於文訊雜誌社主辦，「第一屆青年文學會議」，1997年11月9日（地點：臺北市震旦國際大樓多功能會議室）。

> LP、錄音帶、MTV、KTV、CD、VCD一路行來的流行音
> 樂，漫畫書，占星術，乃至於個人電腦到網際網路，X世
> 代都一一嚐新，而且都是主要的消費人口。

與看重新舊世代權力交替／收編的林燿德不同，須文蔚呼籲
應該回到文本特色與文學社會結構來看待世代差異。他認為「X
世代」詩人與文學社群的大環境相當疏離，對於參與「大團體」
缺乏興趣，對「世代交替」的革命更是抱持著冷漠、旁觀態度。
X世代詩人詩作也開始遠離紙本，逃逸到更為分眾的BBS或WWW
上發表。須文蔚憂心的是：當大量的作品蜂擁上網，若缺乏有效
的跨媒介經營、編輯與再現，會使得文學傳播的管道顯得分散而
無力量。加上X世代推出的同仁詩刊多半像泡沫般朝生夕死，作
品又罕有（來自前行代或同世代的）評鑑、推薦，網路上良莠不
齊的X世代詩作，又將由誰來評論或體系化討論？

須文蔚嘗試跳出世代論述常見的「新舊奪權」窠臼，可喜
地把焦點轉回現代詩的內部特質及外部社會結構。這顯示他依然
重視文學的自主性（autonomy），以及創作者還保有任意選擇出
世／介入的權利。這當然有實例可舉，我認為詩人、劇場工作
者鴻鴻就是最好的範本。1993年瘂弦在替鴻鴻第一本詩集《黑暗
中的音樂》寫序時提及：「他們面對的是一個問題最少、最小的
時代……所有的壓力好像都不存在了……把詩當作一種生活方
式」。這篇序文的題目，果然就命名為〈詩是一種生活方式〉。
在2006年問市的詩集《土製炸彈》中，鴻鴻意味深長地寫了一篇
〈後序：詩是一種對抗生活的方式〉。[102]從「生活方式」到「對

---

[102]鴻鴻：《黑暗中的音樂》（臺北：現代詩季刊社，1993）。鴻鴻：《土

抗生活的方式」，自由出入，誰云不宜？詩創作本該屬於最不受
羈絆的心靈。

　　當然，須文蔚「X世代」詩人論並非全無問題，最鮮明者當
屬時間跨度過大。文中他舉1995～97年間入選《年度詩選》的詩
人為例，以證明「臺灣現代詩壇的X世代作家群陣容浩大」。但
是把1961、62年出生的陳克華、林燿德，與1976、1978年出生的
林怡翠、商瑜容並置一處，其間差異及理由似乎也很「X」——
充滿不為人知的意義？我想「X世代」跟「新世代」兩者，必然
都會面臨到相似的困境：就算已經廣被接受，成功從問題進化
為議題，但相關詞彙的命名總已（always already）被發現掛一漏
萬、定義有闕，最後甚至召來被全盤否定的厄運。詩人鯨向海的
質疑即為一例：「翻閱過去幾年關於新世代詩風的討論，以對
『新世代』這個語彙本身的質疑挑剔最是精采……於此十分注重
個人化風格的世代，想要再用『新世代』的概念來一網打盡全部
年輕詩人的企圖是否成了一個問題呢？也許真正新世代詩風就是
『無法再用新世代的大論述觀點來討論』？」[103]

　　縱然如此，還是有評論家無所畏懼，以苦為樂。我認為
二十一世紀迄今最突出的世代論述有二，一為「中生代／後中生
代詩人」，一為「60-80／70-90」說。關於前者，以孟樊定義最
為明確：

> 前中生代詩人約莫崛起於一九七〇年代初、中期（如陳義
> 芝、陳黎、詹澈、向陽、羅智成、游喚等人），年齡約為

製炸彈》（臺北：黑眼睛文化，2006）。
[103] 鯨向海：〈有人已經自稱教練——世紀初新世代詩境練投〉。《自由時
　　報·自由副刊》，2009年8月23日。

五十至六十歲左右；後中生代詩人則多數成長於一九八○年代以後（如林燿德、鴻鴻、許悔之、唐捐、顏艾琳等人），年齡約為四十至五十歲之間，出生年代以一九五九年或一九六○年前後為兩個次中生代的分水嶺。[104]

在評論書寫實踐上，孟樊《臺灣中生代詩人論》正是首部以臺灣中生代詩人及其詩作為對象的系統性專論。陳政彥則是從2010年3月起，在《創世紀詩雜誌》逐期撰寫「後中生代」專欄，有急起直追之勢。兩人都選擇採用實際批評（practical criticism），將自己與詩文本的相互撞擊呈現給讀者。至於「60-80／70-90」說，肇始於顏艾琳2012年4月間於永樂座書店策劃之「60-80」詩活動。同年11月《文訊雜誌》推出「『生於60年代』詩路紀行」專題、次年1月印行《生於60年代：兩岸詩選》，以及《乾坤詩刊》2013年秋季號推出「1960世代詩人詩展」，皆可視為詩火莫熄的接力演出。「60-80」一詞，大抵是在描述「60年代出生詩人」的「80年代詩經驗」；至於「70-90」，則純屬我寫作〈閱讀「60／80」，想像「70／90」〉一文時杜撰之詞，意欲重現「70年代出生詩人」的「90年代詩經驗」。[105]

---

[104] 孟樊：《臺灣中生代詩人論》（臺北：揚智，2012），頁7。

[105] 「60-80」四場座談，受邀與談人計有陳謙、田運良、唐捐、鴻鴻、楊宗翰、劉三變、陳克華、楊小濱、顏艾琳、方群、洪淑苓、陳皓等。《文訊雜誌》第325期「『生於六○年代』詩路紀行」專題，海峽兩岸執筆者為陳皓、田運良、唐捐、楊宗翰、顏艾琳、潘洗塵。楊宗翰〈閱讀「60／80」，想像「70／90」〉收錄於《文訊雜誌》第325期（2012年11月），頁65-67。

三、六〇與七〇世代詩評家的特質差異

六〇世代的詩人與詩評家，在八〇年代臺灣政治解嚴的動盪變局中成長，迄今（2013年）皆邁向坐四望五之齡。「南風」、「薪火」、「風雲際會」、「四度空間」、「長城」、「曼陀羅」、「地平線」……這些引領一時風騷的刊物雖已是過去完成式，但六〇世代的詩人與詩評家並沒有寂寞太久。他們之中不乏長年堅守文學崗位者，深知喚起集體回憶、建構「共同歷史」的重要。當他們陸續以此為主題進行書寫、講演、出版、會議……不同形式，相同目的，都是在確認自己與同世代人的詩史位置。你我尚未入列，青史豈容成灰？所以才會有「六〇－八〇」詩活動，乃至「一九六〇文學世代與文本主題」這樣以詩為主的會議。相較於此，七〇世代的詩人與詩評家普遍對「集會結社」十分冷漠，對擘畫及書寫同輩的歷史，更是興趣缺缺。兩個不同世代間的差異，在「詩評家」身上比「詩人」更為明顯。六〇與七〇世代詩評家的特質差異，我認為至少有以下五點：

（一）隨著高等教育日漸普及，六〇世代詩評家比「前輩們」更多地走向學院，差別只在於是「一路直達」或「積極補課」——直達是指一路唸書，直到取得碩博士甚至執起教鞭；補課是指出校門、出社會一段時間後，又再回到校園努力進修。七〇世代則偏好趕搭直達車（學士、碩士、博士一路念到底），且令人不解地幾乎全數出自於中文系。共享的知識背景、類似的學術訓練、重疊的研究領域……，讓人不免懷疑七〇世代詩評家是否終將步入「假集中，真雷同」的危機？六〇世代詩評家的背景，相形下

就豐富多了：

1961年生：江文瑜（外文）

1962年生：洪淑苓（中文）、林燿德（法律）、石計生
〔詩人奎澤石頭〕（社會）

1963年生：羅任玲（中文）、陳朝松〔詩人陳去非〕（法
律系、臺文所）、楊小濱（外文）

1964年生：田運良（陸軍官校）

1965年生：顧蕙倩（中文）

1966年生：嚴忠政（中文）、林于弘〔詩人方群〕（中
文）、須文蔚（法律系、新聞所）

1967年生：丁旭輝（中文）、劉正偉（會計科、應用中文
系、文學所）

1968年生：顏艾琳（歷史）、劉正忠〔詩人唐捐〕（中
文）、陳文成〔詩人陳謙〕（土木工程科、出
版所、文學所）

1969年生：陳大為（中文）、李翠瑛（中文）

臺灣七〇世代比較活躍的詩評家，從1971年生的李癸雲以
降，到丁威仁、陳政彥、何雅雯、楊宗翰、劉益州（詩人
楊寒）、解昆樺、王文仁、余欣娟……每一位從學士碩士
博士都算「血統純正」的中文系人，相當可怕！唯二的例
外應該是林德俊（社會學）與李長青（教育），但他們兩
人的創作者身分遠比評論家身分巨大，對詩評寫作僅是偶
一為之。

（二）在篇幅與形式上，六〇世代詩評家多從匕首般的短論出

發；七〇世代恐怕是受到碩博士論文影響，似乎已習慣非中長篇不寫、非小論文不提，絕少出現百字的論詩文章。臺灣的詩評寫作，至此完全脫離了中國文學悠久「詩文評」傳統，成了格式比賽或夾槓（jargon）競技。或許正是受此影響，面向大眾的報紙，越來越少、也越來越難刊登詩評論；各家學報與大小會議，則成為詩評論劃地插旗的最後堡壘。滿城盡是詩論文，何等盛況？唯盼切莫淪為「篇幅腫脹，創見稀薄」、「行話紛飛，虛言滿紙」。

（三）六〇世代何其幸運，成長於一九八〇年代這段臺灣文學的「黃金時刻」，可以見證聯合、人間兩大副刊天天過招，僅憑一篇報上詩評也可能激起無數認真反對的怒吼。七〇世代詩評家則被拋擲於世紀末的氛圍，從九〇年代末起一路目睹紙本閱讀的逐步衰退。讀者的快速消失迫使副刊生態驟變，放大字級與配圖、主打軟調性文章、每星期剩四天有文學副刊……，登出一篇詩評論竟成了奢侈的夢想。詩評見報並不容易，但見報後能收到回音者更是幾希——畢竟這是個就算獲得十餘座文學獎，也可能還是無人知曉的時代。詩評雖從「副刊」全面退守「詩刊」，可惜坊間詩刊同樣無法抵擋紙本閱讀需求驟減的趨勢。我認為：或許最大的問題不出在「紙本」，而出在「閱讀」？閱讀詩評的需求，今日是否依然存在？發表一篇詩評論，究竟還能帶給讀者什麼欣喜或憤怒的感受？……它們都是七〇世代詩評家無法迴避的問題，以及命運。

（四）經歷過「戒嚴－解嚴」階段的六〇世代詩評家，深知何謂政治禁忌與文字禁區，進而認識到探求歷史真相、考掘自我身分（identity）的重要性。禁忌之牆在六〇世代的青年

時期便土崩瓦解，七○世代遂連牆的樣貌都得全憑想像。很難說究竟是幸或不幸，七○世代的真相在空中，自我在網際，無禁區可踏入，亦無規則可遵循。他們對本土、國族、臺灣意識、中國性等議題雖不冷漠，但遠不及六○世代那樣常保關心。還有，七○世代的外語能力並不見得比六○世代強，但書寫時卻更多地乞靈於外國文學理論。學院內的七○世代詩評家莫不出身於中文系，拿來戰鬥的武器卻是平行輸入或臺灣OEM的洋槍洋炮，罕見有全盤援用中國文學理論來剖析現代詩者。

（五）六○世代詩評家「出道」時多為新銳詩人，能寫能評且樂於加入詩社（還往往不只一個詩社），顯見當時結社風氣之盛；七○世代則不乏只評詩、不寫詩的例子，但無論是詩人還是詩評家，他們普遍對「集會結社」態度冷淡，離開校園後尤其如此。六○世代習慣彼此奧援，七○世代擅長單兵作戰，顯然並非沒有原因──一度共組詩社而生的革命情感，事隔近二、三十年也很難忘懷。[106]

綜上所述，我認為七○世代詩評家的當務之急，應該是「催生詮釋團體」。詮釋團體牽涉到人員、組織、刊物、聚會（或藝文沙龍），日後若要建構「共同歷史」，這些顯然都不可或缺。其中我特別期待藝文沙龍，它不是剛性規定的組織，純屬合則來不合則去的公開活動。當六○世代積極參與的「詩的星期五」停辦多年後，七○世代能夠籌畫系列沙龍「詩評的星期五」嗎？應

---

[106]陳皓、田運良、唐捐收錄於《生於60年代：兩岸詩選》裡的詩社回憶，在在都是證明。見顏艾琳、潘洗塵主編：《生於60年代：兩岸詩選》（臺北：文訊雜誌社，2013），頁183-200。

該讓現代詩評論有機會走出書中、逸出網際，直接面對地上的聽眾。七〇世代若要跨出學院的圍牆，不妨先從舉辦藝文沙龍開始，以公開討論與互相辯難，逐漸培養出「形成詮釋團體」的氛圍。對於未來，我總是樂觀的：誰說詩人只在文學獎頒獎典禮聚首？誰說詩評家只會於學術會議場合切磋？

引用書目

王浩威：〈偉大的獸——林燿德文學理論的建構〉。《聯合文學》第12卷5期（1996年3月），頁55-61。

王浩威：〈重組的星空！重組的星空？〉。林水福主編，《林燿德與新世代作家文學論》（臺北：行政院文化建設委員會，1997），頁295-322。

本刊（羅青執筆）：〈專精與秩序——草根宣言第二號〉，《草根》復刊第1期（1985年2月），頁1。

孟樊：《臺灣中生代詩人論》（臺北：揚智，2012）。

林燿德：《一九九〇》（臺北：漢光，1990）

林燿德：《世紀末現代詩論集》（臺北：羚傑企業，1995）。

柯順隆、陳克華、林燿德、也駝、赫胥氏：《日出金色——四度空間五人集》（臺北：文鏡，1986）。

張默等（主編）：《中國當代十大詩人選集》（臺北：源成，1977）。

須文蔚：〈X世代的現代詩人與現代詩〉。宣讀於文訊雜誌社主辦「第一屆青年文學會議」，1997年11月9日。

黃凡、林燿德（主編）：《新世代小說大系》（臺北：希代，1989）。

楊宗翰：《臺灣現代詩史：批判的閱讀》（臺北：巨流，2002），
頁201-202。

楊宗翰：〈瓦解與重建並時發生：林燿德與新世代論述〉。《自由
時報‧自由副刊》，2002年2月17日。

楊宗翰：〈閱讀「60／80」，想像「70／90」〉。《文訊雜誌》第
325期（2012年11月），頁65-67。

劉紀蕙：《孤兒‧女神‧負面書寫：文化符號的徵狀式閱讀》（臺
北：立緒，2000）。

鴻鴻：《黑暗中的音樂》（臺北：現代詩季刊社，1993）。

鴻鴻：《土製炸彈》（臺北：黑眼睛文化，2006）。

簡政珍、林燿德（主編）：《臺灣新世代詩人大系》（臺北：書
林，1990）。

簡政珍（主編）：《新世代詩人精選集》（臺北：書林，1998）。

顏艾琳、潘洗塵（主編）：《生於60年代：兩岸詩選》（臺北：文
訊雜誌社，2013）。

鯨向海：〈有人已經自稱教練——世紀初新世代詩境練投〉。《自
由時報‧自由副刊》，2009年8月23日。

發表於國立臺北教育大學通識教育中心主辦「第一屆通識教育人文
學術研討會：1960文學世代與文本主題閱讀」（2013年11月16日）

林燿德晚期創作中的幻獸想像

　　閱讀，是跟作家接觸的最佳辦法；反覆地閱讀，更是向早逝作家致敬的唯一途徑。二十世紀華文文學界耀眼的彗星林燿德（1962-1996），以十年的創作時間繳出了三十餘本著作，在臺灣文學史、甚至當代華文文學史上皆堪稱異數。陳芳明《臺灣新文學史》第二十二章「眾神喧嘩：臺灣文學的多重奏」便指出，林燿德的創作橫跨詩、散文、小說、評論，是「臺灣文學史的巨大書寫工程」：

> 他散發的生命熱力，都在前後世代的作家之上。在短短十餘年的文學生涯，他寫出的作品是別的作家需要以一生來經營的。他積極參與活動，並訪談前輩與朋輩的作家，留下可觀的歷史文獻。到今天，還不斷受到廣泛挖掘，卻還無法拼湊完整的面貌。他是一個傳說，因為他代表著世代交替，也代表著開創新局。他其實就是一樁未了的工程。……他的藝術，就是臺灣歷史文化的綜合體。生前受到爭議，死後依然議論不斷。討論一九八〇年代以後的文學盛事，他就是一個座標；既是暗示，也是象徵，更是一個再呈現。[107]

　　林燿德的猝逝讓太多作品未能及時結集，陷入散佚危機，這

---

[107] 陳芳明：《臺灣新文學史》（臺北：聯經，2011），頁686-687。

一樁「未了的工程」不無隨時間湮沒之虞。作為一名普通讀者，我堅信真實作者肉身消滅的遺憾，必須藉由閱讀方能彌補——乃至於重新建構起，那些文本中隱藏作者的魅影。在鄭明娳教授支持與協助下，二〇〇一年我編出一套五冊、共計五十萬言的「林燿德佚文選」。這套書收錄了林氏晚期重要著作，涵蓋了一冊「批評卷」《新世代星空》、兩冊「創作卷」《邊界旅店》《黑鍵與白鍵》、一冊「短論卷」《將軍的版圖》，以及一冊「譯介卷」《地獄的佈道者》。[108]「佚文選」涵蓋評論、小說與極短篇、散文、新詩、劇本與深度對談，還有專欄、短論、序跋、書評、翻譯、中外文學評介。若考量到一九九一年到九六年一月猝逝前，林燿德還繳出了五冊評論、三冊小說、兩冊散文與一冊長詩集的出版成績單，便能看出他生命晚期的寫作速度、數量及橫跨之文類有多麼驚人。

「一九八〇年代以後的文學盛事」之「座標」（陳芳明語），所遺留下來的書寫成果，當然不會只有我在注意。林燿德雖倉促離開人間，但友朋卻不忘繼續推動其著作出版，一九九六年間便有王添源協助出版詩集《不要驚動不要喚醒我所親愛》、渡也協助出版評論集《敏感地帶：探索小說的意識真象》，九七年林水福亦協助出版合編論文集《蕾絲與鞭子的交歡：當代臺灣情色文學論》。[109]此外，聯合文學出版社於一九九七、一九九九年，分別印行散文集《鋼鐵蝴蝶》與小說集《非常的日常》；中國大陸的中國友誼出版社、華夏出版社及浙江文藝出版社，亦分別於一九九六到九九年印行了《都市抒懷》、《一九四七・

---

[108] 五本書皆由華文網股份有限公司，以旗下出版品牌「天行社」印行。
[109] 上述三書，分別由文鶴、駱駝、時報出版。

高砂百合》與《林燿德散文》。聯合文學版的內容，為林燿德
生前自編自選；中國大陸簡體版則令人懷疑，扣除屢見錯漏字之
《一九四七・高砂百合》，出版社及代為編選者的選文「標準」
何在？讀者透過這些簡體版創作集，將認識到林燿德哪一（些）
面向？

　　至於絕版作品集之重新編印，進度雖緩慢但並非沒有動作。
林氏最後一部長篇小說集《時間龍》，二〇一一年由我主編，改
於秀威資訊旗下品牌「釀出版」印行新版。若有能力繼續推動，
我認為新聞預設小說《解謎人》、貫徹都市魔幻及暴力美學的長
篇小說《大日如來》，以及由羚傑企業出版、幾乎沒有發行的
《世紀末現代詩論集》，這三本絕版書都應該列入最優先處理
名單。

　　想要以反覆地閱讀向早逝作家致敬，基本上就得有可供閱
讀的出版品──在文學出版日益艱困的臺灣，這點已成為晚生讀
者認識林燿德的最大障礙。我何其幸運，因為編選佚作的機緣，
可以接觸到相對完整的林燿德各式書寫成果。其實「林燿德研
究」在臺灣並不如想像中冷門，僅2001年前與其相關的各式評論
就超過百篇，多數皆屬作家所撰之雜誌、副刊短文；步入二十一
世紀的「林燿德研究」，重心則移轉到海峽兩岸的文學相關系所
碩博士班研究生，主題廣泛、不一而足，唯對林氏之成績多表肯
定。[110]若以數量而論，相關評論「計有專書一冊（未含出版之學
位論文）、單篇論文兩百五十一篇，以燿德為研究對象的學位論

---

[110] 林燿德生前嘗欲敲開學院大門，卻始終考運不佳；豈知他逝世後最忠心
的讀者，卻來自於這些恐怕根本無緣相識的新生代碩、博士研究生。命
運之神對他的「嘲弄」，莫此為甚。

文有十四篇」。[111]在這些既有研究成果裡，我們可以發現「少年林燿德」與「晚期林燿德」所佔比例最低。我在一套五冊的「林燿德佚文選」中，堅持要留下「唯二」少作當附錄[112]，正是因為對「少年林燿德」深感興趣。或許囿於太感興趣導致影響判斷，我曾把「神州詩社」溫瑞安被捕一事，等同於林燿德慘痛的啟蒙經驗，逼使他化「耀」為「燿」。[113]幸賴鄭明娳〈林燿德論（之一）——少年林燿德〉考察後得知，早在國中三年級（1977年）的手稿〈殺機〉已經署名「林燿德」，並推斷他沒有因為溫瑞安事件讓「浪漫愛國抒情」的少年林燿德，逆轉為理性冷冽的林燿德。[114]

雖然如此，我迄今仍對少年林燿德及其身處之「神州」——由馬華青年在臺北構築的一座美麗而閉鎖的「文學烏托邦」，林燿德和陳劍誰（陳素芳）是社內罕見的臺灣人——充滿好奇；而「晚期林燿德」創作中所開展的視野，亦在我整理佚文選前後不時浮現。面對「晚期林燿德」眾多的書寫成果，我認為可以先耙梳出「幻獸想像」這一條脈絡。

幻獸在現實生活中無法親睹，卻經常出現在故事或神話裡，譬如東西方世界皆有的「不死鳥」鳳凰（phoenix），又或者在中國文化傳說裡祥瑞的仁獸麒麟。至於林燿德作品中最著名的幻

---

[111] 以上為2012年年底前的統計數字，引自鄭明娳：〈整理林燿德〉，《文訊雜誌》第339期（2014年1月），頁76。

[112] 指林燿德首篇文學獎得獎作品〈都市的感動〉，以及最早公開發表的散文〈浮雲西北是神州〉。

[113] 楊宗翰：〈誰能瞭解你的哀愁是怎樣一回事——從林燿德到林燿德〉，《臺灣文學的當代視野》（臺北：文津，2002），頁137-143。

[114] 鄭明娳：〈林燿德論（之一）——少年林燿德〉，《東華漢學》第17期（2013年6月），頁318-319。

獸，應當是那頭神祕的「時間龍」了。長篇小說《時間龍》出版於一九九四年，改編自作者十年前完成的小說〈雙星浮沈錄〉。後者被林燿德自行歸類為延續艾西莫夫的史觀派科幻傳統，結合了歷史、政治、科幻、戰爭；《時間龍》則被作者視為與葉言都〈高卡檔案〉一樣，同屬以「科幻空間」為發展的政治小說。進一步說，《時間龍》和〈高卡檔案〉皆為「微觀科幻」，都在處理「個別或社會的局部性問題」。[115]這樣的「現身說法」，也讓劉紀蕙得出《時間龍》彷彿在展示臺灣文化場域中的權力消長和鬥爭，並可以聯想到臺灣政局轉變之結論。[116]

其實「時間龍」最早出現在《迷宮零件》裡的〈魚夢〉。一億五千萬年前的白堊紀，有一種和抹香鯨體積相似的海龍：

> 在我自己手繪的《末世恐龍圖鑑》第七十七頁上，海龍的想像圖，正以一個華麗的華爾滋身段滑翔深藍色水域，穿越一群愚騃的頭足類生物，這幅圖我複製自一本正式出版的《恐龍事典》。海龍令我震撼的倒不是它瑰奇的造形，而是考古學家給它的名字，它叫做「時間龍」。
>
> 秦始皇夢中的海神一旦化身為大魚，就該是一尾「時間龍」吧。幾億年的地殼變遷、海洋翻覆，不可計數的事物生滅，魚的意象就是永恆的音樂、穿越時間的時間龍，

---

[115] 見劉紀蕙：〈林燿德現象與臺灣文學史的後現代轉折：從《時間龍》的虛擬暴力書寫談起〉，林燿德《時間龍》（臺北：釀出版，2011），頁250。劉紀蕙分別摘錄自林燿德執筆的三篇文章：〈《新世代小說大系》科幻卷前言〉、〈小說迷宮中的政治迴路〉、〈臺灣當代科幻文學（上）〉。

[116] 劉紀蕙，同上註，頁251。

就是生殖和死亡的慾望圖騰。[117]

此處的大魚／海龍／時間龍穿過了上古時空、進入了秦始皇的夢境、見證過帝國的興滅，甚至可能將親睹人類的滅絕。林燿德用虛構的《末世恐龍圖鑑》，想像出一頭能穿越時間的「時間龍」。到了長篇小說《時間龍》中，對它的描述更為細緻，讓它在中華鱘、人面龜、直立虎這些幻獸間最顯突出：「時間龍」是奧瑪南路西海特產，長達兩百多公尺，僅存不到三十隻。其頭部像是火鶴頭部的放大，粗大的鱗片浮泛著輕金屬的光澤，額頂有一排幻美炫惑色澤的深紫色龍珠。那些龍珠彷彿凝聚、吸收了整座海洋的深紫色光澤，抑止不住地流洩海水的幻覺。[118]幻獸時間龍在小說中總是潛伏不出；當它突然出現，就代表著死亡與毀滅即將到來——國會議長賈鐵肩臨死前，在黑闇中竟思及巨大的時間龍標本，並且聽到時間龍的吼聲，就是一例。

晚期林燿德書寫中創造的幻獸，「時間龍」僅是其一。最大規模的展示，當屬一九九四年七月發表於《聯合文學》的組詩〈神獸考〉。就時間推斷，此作與《時間龍》應屬同期作品；刻意以「考」為題，自有探索源流之意。全詩其實由二十首短詩組成，雖互不隸屬，但首首皆有一幻獸存在。有幾隻是大家都聽過的，如獅面人身的史芬克斯（Sphinx）與牛頭人身的邁諾陶（Minotaur）；有幾隻乍看下貌似一般動物，實則已被詩人幻化成「孤獨的聖獸」，如〈豹〉與〈鯨〉。其中最多的，還是詩人從各地神話、傳說、宗教經典間取得靈感，自行想像出的產物，

[117] 林燿德：《迷宮零件》（臺北：聯合文學，1993），頁43。
[118] 林燿德：《時間龍》（臺北：釀出版，2011），頁175-176。

如〈哭獸〉、〈階梯獸〉、〈鏡獸〉、〈時光獸〉等。有趣的是，詩人在每首短詩最後置上的按語，易讓讀者以為這些按語將提供解讀線索。殊不知這些馬來神話、波斯傳說、《聖經》、《山海經》、《搜神記》、《呂氏春秋》中，摻雜許多不可盡信的「來源」——小說家波赫士與馬奎茲的作品，赫然在列。作家筆下虛構的幻獸，其靈感來自於另一重、未必可信的虛構，誰云不可？此外，創作題材上著迷於幻想與虛構，並不代表詩人不願面對真實。〈相柳〉、〈豬鑼坦克〉表面上是以詩批評越南戰爭與拉美殺戮，實則字字句句都在指涉政治，悲憫生命。這些作品所寄託的關懷，不在異域他鄉，而是真正的「當下」。

　　波赫士出任阿根廷圖書館館長時，編寫過一本《幻想生物之書》（*The Book of Imaginary Beings*），列出八十二種傳說中的怪誕生物。十年後這本書出增訂版，更擴展為一百一十七種。林燿德〈神獸考〉顯然乞靈於此，或可說是這類怪誕（grotesque）書寫的延長。但他筆下的幻獸，不像前輩波赫士書中那般靈巧有趣、可供消遣，而是多所指涉與批判，譬如這首〈語言偷竊者禍奇罡〉[119]：

　　　　人類中也出現過類似的賊

　　　　白人曾是黑人的禍奇罡

　　　　漢族曾是非漢族的禍奇罡

　　　　現在，恐怖的禍奇罡化身電視

　　　　用偷來的語言

　　　　交換我們廉價的思想

---

[119] 林燿德：〈神獸考〉，《黑鍵與白鍵：林燿德佚文選III》（新北：天行社，2001），頁48-49。

詩中的禍奇罡（Hochigan）正源自波赫士《幻想生物之書》，牠憎恨具有語言天賦的動物。這個竊賊偷走了溝通所需的工具「語言」，正是讓白人或漢族依然能夠長久穩居「中心」的關鍵。最恐怖的是，它現在已化身為電視吸取人的思想，不分膚色、種族，通通被其廉價交換了──所以是究竟人在看電視，還是電視在看人？人們最後會不會被此詩不幸言中，「個個都喪失描述事物的能力」？

從短文〈UMA・幻獸・烏魯拖拉麵〉中不難窺知，林燿德的幻獸想像與孩童時期喜好不無關係，成年後「牠們」都成了林燿德所謂「創作者的精神產物」。他在文中提及：「近四年寫了幾本未刊行的詩集，和以上內容有關的是《神獸考》、《獸統記》與《博物誌》。其實這些作品似遠實近，脫離現實卻指向現實，有心人自可會心。」[120]以林燿德僅十年的真正創作及發表時間，四年並不算短，但《獸統記》迄今未見「出土」，遑論結集？《博物誌》倒是有被作者在其他作品中引用過，如獨幕劇〈標本製作者〉楔子：「標本製作者的父親是屠夫，他娶了著名狩獵者的女兒。／標本製作者喜愛音樂、泉水和綠野。」但除了這幾行，《博物誌》亦始終未見全貌。

獸之為物，與神之為聖，在林燿德思維中具有同樣重要性。一九九四年年底發表於《中華日報・中華副刊》的散文〈神與獸〉中，他說明遠古的圖騰時代「獸和神合而為一」；隨著人類文化逐漸發展，「神和獸逐漸分離」，而人正是在「神和獸之間發現了自己」。林燿德強調，人類本有神和獸兩種性格，以獸為

---

[120]林燿德：同上註，頁66。

象徵的慾望，和以神為象徵的倫理互相激盪，才能成就豐富壯美的文化記錄。在神與獸之間的人類，將面對世紀末浮現出各式各樣、真偽難辨的「神」，以及因為生態破壞而日趨減少的「獸」。[121]一九九四年發表於《創世紀》的詩作〈爬蟲類〉，跟〈神獸考〉一樣採用組詩形式，書寫對象卻改為實際存在的動物，如〈變色龍〉、〈隱腳蜥〉、〈揚子鱷〉、〈臺灣盲蛇〉等十二種。其中如〈尼羅鱷〉便可見林燿德對生態破壞下，「獸」之處境的心驚齒寒[122]：

> 無法滿足的
> 除了我的胃口還有女人的慾望
> 我穿著她們眼中的皮包而苟存天地之間
> 她們卻意圖配戴我的軀體走到吧臺前墮落
> 想到她們，我實在心驚
>
> 無法回頭的
> 除了我的頸子還有人類的野心
> 我吞嚥他們排放的污水而翻騰嗆咳
> 他們盜取了我的世界只是為了製造更多廢墟
> 想到他們，我的確齒寒

　　林燿德在1994年前後留下的書寫軌跡，屢次涉及上述這些虛幻／實存之「獸」——就算是現實之獸，也多半帶有超越現實的

---

[121]林燿德：同上註，頁120-121。
[122]林燿德：同上註，頁74-75。

虛構特質,譬如「用槽齒銜住太初的奧祕／時時夢見古生物第一批上岸哭嚎的魚」(〈揚子鱷〉)、「一枚枚乾涸的爪痕／巡弋古代曠遠的邊境／巨大的歷史如同森林撞進弧型的視野」(〈蜥蜴〉)等。1993、1994四年間分兩期刊於《動物園雜誌》的小說〈白堊紀末代暴龍記事〉,內容正是在描寫巨大隕石撞擊地球前後,一頭下半身意外陷入瀝青湖的暴龍,目睹恐龍世界的覆滅,並且親歷自己的死亡。1994年另一篇獲得聯合報文學獎散文獎的〈動物園〉,則在想像城市裡的「未來動物園」,如何透過模擬真實技術,創造出絕對的自然,遊客將暢遊在「任何動物都不存在的動物園」中。[123]林燿德在〈動物園〉中特別提及:「人類將現實中的動物重新組構,形成神話和誌異中的怪誕動物:而在怪誕動物身上,我們又看見被扭曲異化的人類生命。」言下之意,這些被模擬、重組抑或變形的怪誕動物,恰恰反映了人性之醜惡。明乎此,城市裡若真有這樣一座電子動物園,那將不會是人類的明日,而是人類的末日了。

以上這些被文字召喚生成的「獸」,不論虛幻抑或實存,其共通性就在映照出創作者對於「時間」的敏感,甚至傷感。面對這位關注文學裡的「世紀末」現象、生前最後一冊評論集取名為《世紀末現代詩論集》的創作者,一九九四年前後這些書寫跨越文類、大量出現,顯然不是偶然與巧合。林燿德晚期創作中對「獸」的想像,值得作更深廣的重讀、探索及考掘。

[123]林燿德:〈白堊紀末代暴龍記事〉,《邊界旅店:林燿德佚文選Ⅱ》(新北:天行社,2001),頁18-28。林燿德:〈動物園〉,前揭書,頁90-98。

引用書目

林水福、林燿德（主編）：《蕾絲與鞭子的交歡：當代臺灣情色文學論》。臺北：時報，1997。

林燿德：《迷宮零件》。臺北：聯合文學，1993。

林燿德：《不要驚動不要喚醒我所親愛》。臺北：文鶴，1996。

林燿德：《敏感地帶：探索小說的意識真象》。新北：駱駝，1996。

林燿德：《都市抒懷》。北京：中國友誼，1996。

林燿德：《鋼鐵蝴蝶》。臺北：聯合文學，1997。

林燿德：《林燿德散文》。杭州：浙江文藝，1999。

林燿德：《非常的日常》。臺北：聯合文學，1999。

林燿德：《時間龍》。臺北：釀出版，2011。

陳芳明：《臺灣新文學史》。臺北：聯經，2011。

楊宗翰：《臺灣文學的當代視野》。臺北：文津，2002。

楊宗翰（主編）：《新世代星空：林燿德佚文選Ⅰ》。新北：天行社，2001。

楊宗翰（主編）：《邊界旅店：林燿德佚文選Ⅱ》。新北：天行社，2001。

楊宗翰（主編）：《黑鍵與白鍵：林燿德佚文選Ⅲ》。新北：天行社，2001。

楊宗翰（主編）：《將軍的版圖：林燿德佚文選Ⅳ》。新北：天行社，2001。

楊宗翰（主編）：《地獄的佈道者：林燿德佚文選Ⅴ》。新北：天行社，2001。

鄭明娳：〈林燿德論（之一）——少年林燿德〉，《東華漢學》第

17期（2013年6月）：287-320。

鄭明娳：〈整理林燿德〉，《文訊雜誌》第339期（2014年1月）：
76-79。

發表於福建師範大學文學院、東吳大學人文社會學院聯合主辦，
「兩岸三地林燿德著作文本學術研討會」
（中國福州，2014年11月29日）

下卷：現代詩異語

臺灣新詩史：書寫的構圖

何謂「文學史」？此一概念應分為三個層次：一是客觀存在的文學發展過程，它由具體的文學活動構成，可稱為「文學實踐史」。二是以文學發展的客觀過程為基礎撰寫出來的文學史，也就是文學史的研究與撰寫工作，可稱為「文學史實踐」。三是從書面文學史中凸現出來的理論架構，即如何建構一部文學史，可稱為「文學史理論」或所謂的「文學史學」。[124]本文所要討論的，正是一部新生《臺灣新詩史》（孟樊、楊宗翰合撰）的構圖與計畫。當然，這樣的「文學史實踐」（筆者偏好用「文學史書寫」一詞）是奠基於對「文學實踐史」的認識理解和對「文學史學」的持續反思。三者環環相扣，實缺一不可。只是學界中人向來鮮少重視「文學史學」，兩岸三地間唯龔鵬程、陳國球、陳平原、葛紅兵等人長期關注此一領域，並發表過一些相關研究成果。試問：要處理「文學史書寫」，怎能夠不識、不解甚至不疑「文學史學」之發展與現貌？

哈佛大學教授、*History of Modern History*作者David Perkins，1992年時曾出版過一本討論「文學史學」的專著《文學史可能嗎？》（*Is Literary History Possible?*）。書中指出：文學史的功能之一，在生產關於「過去」有用的虛構（the function of literary history is to produce useful fictions about the past），即設計「過去」進入「現在」、使「過去」能反映出我們當下的關懷與企圖。[125]

---

[124] 葛紅兵、溫潘亞，《文學史形態學》。上海：上海大學，2001，頁1。

[125] David Perkins, *Is Literary History Possible?* Baltimore and London: The Johns Hopkins

面對這些戮力為「現在」服務的文學史書寫，只問「文學史可能嗎？」恐怕不夠，而該進一步追問：文學史如何可能？亦即在什麼條件之下，文學史才真正可能？

我以為任一部文學史（書寫）要達到真正的可能，唯有先清理掉以下三個怪獸：民族國家、演化／目的論、起源迷戀。先說民族國家（nation-state）。自十八世紀後期現代的「民族」觀念形成以後，歷史研究與歷史寫作就常與民族國家的塑造過程緊密相繫，其中尤以歐洲的英、法、德、義四者為烈。英國歷史學者Stefan Berger等人便揭露這四個民族國家中，許多的歷史研究著作根本是在為各自的民族認同提供歷史正當性，淪為一種可怕與危險的「史學民族主義」（historiographic nationalism）。作為一位歷史研究者，其實並不該「在建構各種民族國家認同上繼續與政府保持邪惡的結盟」，而應「暴露出這些認同其實是多面、易碎、有待爭議，且一直處於可再塑造的狀態」。誠如論者所言：在將民族國家概念「去本質化」（de-essentialising）時，歷史研究者的存在，可以幫助我們防禦民族主義的入侵與擴散。[126]臺灣的情況其實比當年西歐諸國更有過之而無不及。試問：一九九〇年代以來日漸成為「顯學」的臺灣史研究，其研究者是否有認真反思過自己在知識建構與歷史編撰時的「位置」？晚近集學界焦點於一身的臺灣文學史研究，其研究者又能否對「國族塑造工程」的誘惑持續保持警覺／自覺？還是說這些都應該是「『我們

UP, 1992, p.182. Perkins教授另編有一本《文學史的理論問題》（*Theoretical Issues in Literary History*）也值得參考。

[126] Stefan Berger, et al., "Apologias for the nation-state in Western Europe since 1800," in Stefan Berger, et al. eds., *Writing National Histories: Western Europe Since 1800*. London: Routledge, 1999, p. 13.

的』歷史」與「『我們的』文學史」，[127]在「我們／他們」的區分及其歷史邏輯中，根本沒有什麼「多面、易碎、有待爭議、可再塑造」的認同，只有一條特定、穩固、無須質疑的民族國家之路！我曾撰文指出：不論就文學史編寫者、文學史學科、文學史著作三者中哪一點來看，強烈的「在野性質」都是臺灣文學史的特色所在。在今日外在環境與學界氣氛有了重大改變，使臺灣文學史的正當性與合法性都已不再是「問題」之刻，我更主張臺灣文學史要堅持自身長期以來的「在野性質」，依然能冷靜地檢視各式權力的角力與配置情形、思考可能的對應策略，從而讓自己與國家統治權力保持適當的距離。[128]如此苦苦相勸，目的之一不就是為了防止文學史家在民族國家認同的建構上「**繼續與政府保持邪惡的結盟**」！

第二個怪獸是演化／目的論。演化論及目的論預設了歷史的演進方向與可欲的變化結果，甚至直接視後兩者為文學史發展的動因。這類例子實在不勝枚舉，好用乃至普遍被濫用的「本土化」是其一；一九七〇年代末期的「鄉土文學」竟變身為後來的「臺灣文學」是其二；葉石濤說他寫《臺灣文學史綱》的目的在「闡明臺灣文學在歷史的流動中如何地發展了它強烈的自主意

---

[127]「『我們的』文學史」一語，見龔鵬程，《人在江湖》。臺北：九歌，1994，頁27-35。作者指出：「這是一種典型的我族歷史塑造法。在『我們的歷史』中，一切『別人』給予我們的肯定和榮耀，都是應該的，因為它可以用來證明我們確實甚為優秀。可是，『別人』和『我們』有了競爭關係或差異狀態時，卻被看成是對我們的歧視或對我們不夠公平」（頁31）。

[128]楊宗翰，《臺灣現代詩史：批判的閱讀》。臺北：巨流，2002，頁247-249。

願，且鑄造了它獨異的臺灣性格」[129]是其三。文學史中的演化／目的論其實跟前面提到的民族主義息息相關，兩者也一樣努力排外、壓制異質、污名化「他者」。其結果乃是對文學集體記憶的爭奪與扭曲。最好的例子，就在中國民族主義者與臺灣民族主義者對上個世紀三〇年代初、四〇年代末與七〇年代後期三次「鄉土文學論爭」的處理與解釋。不同民族主義的歷史演化論與目的論，建構出各自的論戰情節與高下定位——這點其實無可厚非，因為文學史本來就是史家們各自精心建構下的產物。但演化／目的論這個怪獸為歷史所預設的方向與結果，只會嚴重阻礙我們對「過去」的判斷與認識，讓我們在激情、幻象、虛妄中逐漸迷失。

　　第三個（但一定不是最後一個）怪獸是起源迷戀。所謂「起源」指的不是 "beginning"，而是 "origin"。Georg Brandes早就說過：史學家在從事歷史書寫與研究時，不管如何武斷或偶然（arbitrary and fortuitous），他都得信賴自己的本能或天賦去訂定出一個 "beginning" 來。[130]就像文學史家甲會設定英國浪漫主義開始於1798年《抒情歌謠》（*Lyrical Ballads*）的面世；史家乙面對同樣一段歷史，卻可能會有不同的見解與設定。"origin"卻跟 "beginning" 不同。前者若翻譯為「起源」，後者則可譯為「開始」，兩者的基本區別在：「起源」意謂著「原因」，「開始」卻意謂著「分別」（"Origins imply cause; beginnings imply differences."）。[131]「起源」的存在提供了一個穩固不變的

[129] 葉石濤，《臺灣文學史綱》。高雄：文學界，1993，二版，頁2。

[130] Georg Brandes, *Main Currents in Nineteenth-Century Literature*. New York: Macmillan, 1901, p. 198.

[131] Patricia O'Brien, "Michel Foucault's History of Culture." *The New Cultural History*. Ed. Lynn Hunt. Berkeley & L.A.: U of California P, 1989, p. 37.

中心，史家依此遂能製作、生產出文學史的「連續性」與「傳統」，好滿足其對「正『本』清『源』、『連』續『一』貫」的追求。舉例來說：作為臺灣文學最重要與最強勢的「起源」，「臺灣文學之父」賴和其人其文的存在，似乎就證明並保障了「抵抗與批判精神」這類臺灣文學特質與文學史傳統。殊不知這些「特質」與「傳統」實非自然而全賴建構，況且還極有可能是誤判或錯讀下的建構！[132]對賴和詩文的「再現」是如此，視追風四首〈詩的模倣〉「形成了臺灣新詩的四種原型」、「可以說臺灣新詩是以這四種原型延續下來發展的」又何獨不然？換個角度想：如果哪天在歷史考證上有了新發現，追風不再被視為臺灣新詩第一個作者時，陳千武這類「原型說」解釋還能剩下多少文學史意義？[133]文學史家這種對「起源」的迷戀與迷思，只會不斷製造出傅柯所欲批判的「整體歷史」（total history，即將所有歷史現象集中於一個中心、一個原則、一個精神、一個世界觀），卻對標示各文本與作家實際上的散布狀態（state of dispersion）毫無作用。

三獸盡除，我們才能期待文學史書寫的「可能」，也才好描述這部《臺灣新詩史》書寫的構圖。筆者之前已發表過文章討論《臺灣新詩史》在分期、史觀和敘述這三個面向上的革新與

---

[132]可參考楊宗翰，〈賴和的另一張臉〉。《臺灣現代詩史：批判的閱讀》，臺北：巨流，2002，頁27-51。

[133]「四種原型說」為陳千武所倡，見鄭炯明（編），《臺灣精神的崛起——「笠」詩論選集》。高雄：文學界，1989，頁113。對此說的批判見楊宗翰，〈被發明的詩傳統，或如何敘述臺灣詩史〉。晚近關於「臺灣新詩第一位作者」的討論，可參考向陽，〈歷史論述與史料文獻的落差〉。《聯合報‧聯合副刊》，2004年6月30日。

改變，在此不贅。[134]此三者其實都只是也只該是「手段」，而非
「目的」。寫作《臺灣新詩史》真正的「目的」在問：臺灣的新
詩為什麼會變成今天這個樣子的新詩？會提出此一疑問，自然是
著眼於「現今狀況的診斷」，為的是催生一部「現在的歷史」
（history of present）。至於本文所欲提供的構圖，並非是一個後
現代式的文學史書寫計畫，[135]而是這部《臺灣新詩史》特殊的章
節架構：

第一章　緒論
（文本主義的歷史—把歷史還原為文學本身；兼及接受的
歷史；歷史也有罅漏處；入史的準則—1.創新　2.典型
3.影響）

第二章　冒現期
（第一期：1924年～
　　追風發表日文詩作〈詩的模仿〉、隔年張我軍出版中文
詩集《亂都之戀》）

第三章　承襲期
（第二期：1933年～

---

[134]楊宗翰，〈臺灣新詩史：一個未完成的計畫〉。《臺灣史料研究》第23
期（2004年8月），頁121-133。
[135]西方早在一九八〇年代末期就有後現代式的文學史編寫成果出版，可參
考Emory Elliott領銜主編的 *Columbia Literary History of the United States*（1988）
與 Denis Hollier編的 *New History of French Literature*（1989）。在「後現代」已
漸成一種陳腔濫調的今日，如何檢討並開出文學史書寫與文學史學研究
的新路，恐怕比我們汲汲於學舌「後現代」更為重要吧？

《風車》創刊，鹽分地帶詩人逐漸崛起）

第四章　鍛接期
（第三期：1953年～
《現代詩》創刊）

第五章　展開期
（第四期：1959年～
《創世紀》改版，積極發展超現實主義）

第六章　回歸期
（第五期：1972年～
「關、唐事件」，同年羅青出版後現代先驅之作《吃西瓜的方法》）

第七章　開拓期
（第六期：1984年～
夏宇出版後現代詩集《備忘錄》，眾多「新世代詩人」首部詩集陸續面世）

第八章　跨越期
（第七期：1996年～
迎接數位文學與跨界詩風潮）

　　這樣的章節安排與設計，是在實踐筆者於〈臺灣新詩史：一個未完成的計畫〉中提出的觀點：第一，不循「傳統」臺灣文學

史慣採政治事件或社會變遷作為分期點的惡習，改以重要詩集、詩論集、刊物的出版與文學事件（如文學運動、思潮）的發生為斷代及論述之「點」。這是欲重新確認以詩為中心、堅持文學依然保有一定自律性（autonomy）的必要策略。第二，分期時不特意標示主、支流之別，且只設定大約、可前可後的起始年份，亦不明確指出每一期迄於何時。這種適度的「模糊」不是逃避檢驗，而是因為臺灣詩／文學界往往眾聲爭鳴、群雄競逐，確實少見「單音」與「一統」之刻。[136]討論文學史的進程與時間觀，也不宜跟隨坊間常見的政治史或社會史書寫起舞，輕易地作「一刀切」。

綜言之，筆者以為分時期或章節對文學史寫作者來說都是必要的虛構（necessary fictions）。而各式各樣的文學作品，不也是另一種「虛構」嗎？對時時身處虛構之海的史家來說，所謂的「真實」無他，唯實踐與完成這部《臺灣新詩史》的寫作而已！

原刊於《創世紀詩雜誌》第140、141期合刊（2004年10月）

---

[136] 可以這麼說：臺灣新詩史上的任何時刻都不曾只有一種聲音。單音獨鳴多為史筆化約後的產物，眾聲交響往往才是文學歷史的實貌。所以像「八〇年代後，臺灣的文學走向『多元化』」這類陳述，也就不免近似一句好用的廢話。

曖昧流動，緩慢交替

——「臺灣當代十大詩人」之剖析

一、

　　「十大詩人」之名，首見於一九七七年源成版《中國當代十大詩人選集》。此書由張默、張漢良、辛鬱、菩提、管管共同編選（五人皆為「創世紀」詩社同仁），主動出擊加上舉賢不避親的結果，面世後自然備受爭議。他們所選出的臺灣（現已不能稱為中國）十大詩人為：紀弦、羊令野、余光中、洛夫、白萩、瘂弦、羅門、商禽、楊牧、葉維廉，已故作家及幾位編委則不予列入。暫且不論此名單是否客觀信實，該書總算列舉出「十大詩人」應具備的四項條件：（一）在質的方面，必須是好詩人，至少大部分作品是好的；（二）創作有相當的歷史，且作品水準不得每下愈況，風格尤應演變；（三）具有靈視，能透過創作觀照人生與世界諸相，表現出詩的真理；（四）就對讀者的關係與文學史的意義而言，必須具有相當的影響力。[137]話雖如此，編者也承認入選的十位詩人未必每項皆具，其層次更頗見差異。可見要找尋名實相符的「十大詩人」，亦非易事。持平而論，此書固然難脫當代詩人／詩群自我經典化之嫌，但終究還是一冊用心編輯的厚重出版品，依然有其史料價值。它當然不只是一部「創世

---

[137]張漢良，〈序〉。張默、張漢良、辛鬱、菩提、管管（編），《中國當代十大詩人選集》。臺北：源成，1977，頁2-3。

紀」版的臺灣現代詩地圖或準詩史。經歷過關傑明、唐文標對
現代詩的嚴厲批判，恰選在鄉土文學論戰正式爆發前夕出版的
《中國當代十大詩人選集》，本身就顯現出強烈的自我辯護企圖
——儘管其發言位置與姿態，今日看來早已「人地不宜」（out
of place）。

　　質疑「十大詩人」之選擇方式，加上對「三大詩社」長期
宰制詩壇的不滿，最終具體化為一九八二年《陽光小集》主動舉
行「青年詩人心目中的十大詩人」票選。由向陽、李昌憲、陌上
塵等八位同仁創辦的《陽光小集》，應該是八〇年代初期最有活
力的詩刊，後來更轉型為廣納青年漫畫家（如林文義）及民歌手
（如葉佳修）的詩雜誌。該刊特意製作四十四張選票，供「已有
明確文學成績之新生代詩人（限戰後出生，已由學校畢業者），
就所有前行代詩人中推舉十位，採不具名方式」。[138]四十四位擁
有投票權的詩人中，十五位為《陽光小集》同仁，不過總共也僅
回收了二十九張選票（有效票二十八張；一張只寫「楊牧」一
人，被視為無效票）。該刊扣除已故的覃子豪跟楊喚，依其得票
高低公布了一份新「十大詩人」名單：余光中、白萩、楊牧、鄭
愁予、洛夫、瘂弦、周夢蝶、商禽、羅門、羊令野。覃子豪跟羅
門同獲十一票肯定，楊喚則在覃、羅之後。與七七年「十大」相
較，多了鄭愁予和周夢蝶，紀弦和葉維廉則落於榜外。以所參與
團體而論，余光中、周夢蝶、羅門為《藍星》同仁，《創世紀》
有洛夫、瘂弦、商禽，白萩是《笠》創辦者，楊牧、鄭愁予則被
歸為海外詩人。該刊指出，此比例與各詩社三十年來對詩壇的影

---

[138] 編輯室，〈誰是大詩人：青年詩人心目中的十大詩人〉。《陽光小集》，
　　第十期（1982年10月），頁81。

響似乎也成正比。[139]

恐因這份「民選十大詩人」名單不見太多驚喜，八〇年代中期林燿德就曾批評：[140]

> 《陽光》的票選活動，無異是企圖自製星座盤、重新釐定安排「天體結構」的一項革命性壯舉，可惜候選名單遍及一九四一年之前出生的八十二位詩人，揭曉榜單卻與源成版《中國當代十大詩人》名錄過份接近，僅以周夢蝶、鄭愁予更易紀弦、葉維廉，似無任何突破性的新觀點出現。尤以被剔除之紀弦僅得七票，特別是一件令人驚異之事，紀弦以「現代派」宗主之尊，其影響臺灣現代詩發展之鉅，幾可類比胡適之於中國白話文學，竟不獲入榜，顯示《陽光》認係之詩壇青年世代菁英，大致而言都缺乏歷史觀照的充足能力，可見八〇年代前期中的「承襲期」，正是現代文學史在新浪潮衝擊下的一個危機時代。

紀弦對臺灣現代詩的影響固然關鍵，但是能否「類比胡適之於中國白話文學」，又是另一個問題。用選舉結果來批評《陽光小集》所遴選的投票者「缺乏歷史觀照的充足能力」，筆者以為未免失當。在這群青年詩人選票裡呈現的，正是他們當下認定的文學史視域與理解（只可惜跟林燿德頗為不同），何苦獨以紀弦一人為判準呢？既是「民選」結果，則「天體結構」是否將重新釐定、會如何安排就不是任何人所能預知。除了這份貌似不新

---

[139] 編輯室，〈誰是大詩人：青年詩人心目中的十大詩人〉。《陽光小集》，第十期（1982年10月），頁83。
[140] 林燿德，《重組的星空：林燿德論評選》。臺北：業強，1991，頁19。

的「新十大詩人」名單，或許《陽光小集》選票上的另一項工作「為十大詩人評分」更值得注意。評分項目分為「創作技巧」與「創作風格」兩大類，各類又再細分為五項。在創作技巧部分，「結構」、「語言駕馭」兩項由楊牧奪冠，洛夫獲「意象塑造」第一，余光中在「音樂性」上獨占鰲頭，至於「想像力」則由洛、余二人同分領先群雄。創作風格中的「使命感」、「現代感」、「思想性」、「現實性」四項榜首全由白萩一人囊括，余光中僅在「影響力」上深獲青年詩人認同。從此一選票各項設計與白萩頻頻出線可知，《陽光小集》顯然有意強調觀照現實、直面當代的重要，甚至藉此對前行代詩人「施壓」。

忽忽二十年時光已過，臺灣新詩界老將新秀競逐詩藝，風景更迭豈止一回，也到了該重新整理、評鑑「當代十大詩人」的時候。這是一項莊重的、學術的（而非可供消費或炒議題式的）選舉，帶有一定的文學史意義，最適合的主辦單位自屬學院研究機構與學術刊物。有鑑於此，國立臺北教育大學台文所決定與《當代詩學》合辦「臺灣當代十大詩人」票選，冀為新詩研究學術化貢獻一份心力。詩集是詩人的身分證，故我們決定以有出版過詩集者為對象寄發選票，並且不分流派、詩社、屬性與認同，盡可能蒐集符合資格者的聯絡地址或電子郵件帳號。經層層過濾後，我們總共寄出了209封附編號之記名選票，並成功收到84封回函，回覆率約為40.2％。84封回函中，有效票78張，無效票6張（圈選人數超過十人或未提供選票以示抗議），得出這樣的「十大詩人」名單：洛夫（49票）、余光中（48票）、楊牧（41票）、鄭愁予（39票）、周夢蝶（37票）、瘂弦（31票）、商禽（22票）、白萩、夏宇（同為19票）、陳黎（18票）。必須一提的是，羅門與蘇紹連同獲17票支持，向陽及紀弦亦有15票肯定，

李敏勇、覃子豪、羅智成三人則都得到14票。得票數為10票或以上者，還有李魁賢、白靈、林亨泰、席慕蓉與陳秀喜。

（表一）「臺灣當代十大詩人」選舉得票統計[141]

票數統計（1~70號）					
編號	姓　名	得票數	編號	姓　名	得票數
1	大　荒	7	36	林宗源	4
2	方　群		37	林燿德	6
3	方　思	1	38	紀　弦	15
4	方　莘		39	紀小樣	1
5	方　旗	1	40	洛　夫	49
6	王白淵	5	41	侯吉諒	1
7	王添源		42	孫維民	1
8	文曉村	4	43	夏　宇	19
9	白　萩	19	44	夏　菁	1
10	白　靈	11	45	桓　夫	9
11	羊令野	5	46	唐　捐	2
12	向　明	8	47	梅　新	1
13	向　陽	15	48	許悔之	2
14	李敏勇	14	49	席慕蓉	10
15	李魁賢	12	50	陳　黎	18
16	李勤岸	1	51	陳大為	
17	朵　思	6	52	陳克華	5
18	辛　鬱	4	53	陳明台	2
19	沈志方		54	陳秀喜	10
20	利玉芳	3	55	陳義芝	5
21	汪啓疆	1	56	商　禽	22
22	余光中	48	57	莫　渝	4

---

[141] 本次計票工作由國立臺北教育大學台文所碩士生盧建名所率領的小組負責，「表一」亦由其本人繪製與再三核對，其餘表格由楊宗翰製作。

23	吳 晟	7	58	游 喚	
24	吳望堯		59	張 錯	4
25	吳瀛濤	2	60	張 默	7
26	杜十三	5	61	張 健	1
27	杜國清	2	62	張我軍	2
28	杜潘芳格	5	63	張香華	
29	非 馬	5	64	莫那能	4
30	岩 上	2	65	蔣 勳	1
31	周夢蝶	37	66	渡 也	7
32	林 泠	6	67	焦 桐	2
33	林群盛		68	覃子豪	14
34	林煥彰	5	69	黃荷生	1
35	林亨泰	11	70	葉維廉	7

票數統計（71~100號）					
編號	姓 名	得票數	編號	姓 名	得票數
71	路寒袖	3	86	瘂 弦	31
72	楊 牧	41	87	劉克襄	2
73	楊 華	3	88	趙天儀	1
74	楊 喚	6	89	錦 連	6
75	楊 澤	2	90	蕭 蕭	3
76	楊熾昌	6	91	鍾 喬	1
77	楊雲萍	4	92	鍾順文	
78	詹 冰	2	93	顏艾琳	2
79	詹 澈	7	94	簡政珍	4
80	鄭炯明	6	95	羅 英	1
81	鄭愁予	39	96	羅 門	17
82	蓉 子	7	97	羅 青	6
83	管 管	3	98	羅任玲	1
84	夐 虹	2	99	羅智成	14
85	碧 果	2	100	蘇紹連	17

投票者自行新增名單 （在一百名原始推薦名單外，由投票者主動填寫）					
編號	姓　名	得票數	編號	姓　名	得票數
101	巫永福	1	110	鴻　鴻	1
102	阮　囊	1	111	零　雨	1
103	謝　馨	1	112	林央敏	1
104	萬志為	1	113	丁威仁	1
105	黃智溶	1	114	李長青	1
106	楊維晨	1	115	嚴忠政	1
107	愚　溪	1	116	麥　穗	1
108	鍾鼎文	1	117	林修二	1
109	朱學恕	1	118	瓦歷斯‧諾幹	1

【回函有效名單】

一信、丁威仁、方群、王潤華、方明、白靈、古月、向明、李政乃、李昌憲、李瑞騰、李男、朱學恕、艾農、羊子喬、朵思、辛鬱、汪啟疆、杜十三、杜潘芳格、巫永福、沙穗、非馬、林煥彰、周伯乃、林盛彬、紀小樣、洛夫、侯吉諒、桓夫、陳明台、陳謙、張默、張健、張芳慈、麥穗、淡瑩、渡也、焦桐、葉維廉、黃智溶、黃恆秋、葉笛、喬林、楊雨河、落蒂、蓉子、夐虹、蕭蕭、鍾順文、顏艾琳、簡政珍、藍雲、羅青、羅任玲、羅智成、羅浪、鯨向海、嚴忠政、龔華、林婉瑜、孫梓評、李長青、陳鵬翔、劉正偉、林德俊、曾琮琇、翁文嫻、周慶華、范揚松、李勤岸、劉洪順、何雅雯、孟樊、伍季、廖之韻、鍾喬、趙衛民

（表二）詩人背景資料與得票數

臺灣當代十大詩人					
得票排序	姓　名	出生年	籍貫	目前參與團體	得票數
1	洛　夫	1928	湖南衡陽	創世紀	49
2	余光中	1928	福建永春	藍星	48
3	楊　牧	1940	臺灣花蓮	無	41
4	鄭愁予	1933	河北寧河	無	39
5	周夢蝶	1921	河南淅川	藍星	37
6	瘂　弦	1932	河南南陽	創世紀	31
7	商　禽	1930	四川珙縣	創世紀	22
8	白　萩 夏　宇	1937 1956	臺灣台中 廣東五華	笠 現在詩	19
9	陳　黎	1954	臺灣花蓮	無	18
得票排序九名外 且得票數十票以上之名單					
得票排序	姓　名	出生年	籍貫	目前參與團體	得票數
10	羅　門 蘇紹連	1928 1949	廣東文昌 臺灣台中	藍星 臺灣詩學	17
11	向　陽 紀　弦	1955 1913	臺灣南投 陝西甓屋	臺灣詩學 無	15
12	李敏勇 覃子豪 羅智成	1947 1912～1963 1955	臺灣屏東 四川廣漢 湖南安鄉	笠 藍星 無	14
13	李魁賢	1937	臺灣臺北	笠	12
14	白　靈 林亨泰	1951 1924	福建惠安 臺灣彰化	臺灣詩學 笠	11
15	席慕蓉 陳秀喜	1943 1921～1991	蒙古 臺灣新竹	無 笠	10

二、

　　與二十年前《陽光小集》所列名單相較，新出爐的「臺灣當代十大詩人」增加了中生代的夏宇、陳黎，羅門則以一票之差屈居榜外，已仙逝的羊令野亦不在十大之列。其他八位（當年的「中生代」，現在的「資深前輩」）詩人雖仍廣受詩壇敬重，惟排名之流動頗值得觀察：近年來詩火漸熄的白萩落到第八、早已不再提起詩筆的瘂弦卻無甚變化、洛夫及余光中的第一之爭……。本次票選好似一嚴肅的民意調查，其結果未必能成為定論，但絕對可供有意探索臺灣新詩典律變遷者參考。

（表三）年齡分析

	當代十大詩人	得票排序九名外且得票數十票以上	總計
1925年前出生（80歲以上）	周夢蝶	紀弦、覃子豪、林亨泰、陳秀喜	5
1925～1935年出生（80歲～70歲）	洛夫、余光中、鄭愁予、瘂弦、商禽	羅門	6
1935～1945年出生（70歲～60歲）	楊牧、白萩	李敏勇、李魁賢、席慕蓉	5
1945～1955年出生（60歲～50歲）	陳黎	蘇紹連、向陽、羅智成、白靈	5
1955年後出生（50歲以下）	夏宇		1

（表四）省籍分析

	當代十大詩人	得票排序九名外且得票數十票以上	總計
本省籍詩人	三位	六位	9
外省籍詩人（含「外省第二代」）	七位	六位	13

（表五）目前參與團體分析

	當代十大詩人	得票排序九名外且得票數10票以上	總計
藍星	余光中、周夢蝶	羅門、覃子豪	4
創世紀	洛夫、瘂弦、商禽		3
笠	白萩	李敏勇、李魁賢、林亨泰、陳秀喜	5
臺灣詩學		蘇紹連、向陽、白靈	3
現在詩	夏宇		1
目前未加入任何詩社／詩刊	楊牧、鄭愁予、陳黎	紀弦、羅智成、席慕蓉	6

　　若以年齡、省籍、目前參與團體三點加以分析，我們會發現這份名單恰呈現出當代詩壇既曖昧流動又緩慢交替的樣貌。就涉及「世代政治」此一敏感議題的年齡而論，雖然十中有八為「譬如北辰，居其所而眾星拱之」的資深前輩，卻也還有兩位是五十歲上下的中生代。若擴大到獲得十票以上者，中生代詩人出線的比例亦不低。這批中生代詩人大多出生於1949年以後（也就是八〇年代中期批評家筆下的「新世代詩人」），他們將如何重構眾多前輩形塑出的傳統、力抗此一影響的焦慮，委實令人期待。[142]

　　省籍部分亦有其曖昧之處。源於眾所皆知的歷史因素，長期以來外省籍詩人被視為掌握了臺灣多數的文化資源與發聲媒體，本省籍詩人則被執政的國民黨刻意壓制，在象徵資本（symbolic capital）的爭奪戰中注定成為輸家。這幾年臺灣政局丕變，文學場域隨之劇烈動盪，以前那種對本省籍作家「不公平」的競爭局勢已不復見。但從這次票選結果來看，外省籍作家無論在「十

---

[142]「新世代詩人」之說，可參考：林燿德，《一九四九以後》（臺北：爾雅，1986）；簡政珍、林燿德（編），《臺灣新世代詩人大系》（臺北：書林，1990）；楊宗翰，〈「新世代詩人」林燿德〉，《臺灣現代詩史：批判的閱讀》（臺北：巨流，2002），頁195-220。

大」或「十票以上」詩人中都高達七到五成，這與其在臺灣各族
群間所占人口比例顯然頗有差距。關於這點可能有二種解釋：
（一）文學就是文學、寫詩就是寫詩，跟外省籍或本省籍身分毫
無關係；（二）部分外省籍詩人過去確實享有較優勢的文學資
源，以致他們在詩藝養成階段即有機會提早聚斂及積累資本。

　　檢視這些詩人目前所參與的團體，便會發現所謂「三大詩社
（詩刊）」似乎威力不減當年，《藍星》、《創世紀》、《笠》
入選比例相近，健將亦多數榜上有名。只是這些高壽詩社今日似
乎也不再能「一手遮天」，《臺灣詩學》的蘇紹連、向陽、白靈
與《現在詩》的夏宇都是備受肯定的中生代要角，這兩個團體／
刊物的成員背景、經營模式也跟三位老大哥迥然不同。其中《臺
灣詩學》成員多具學院派色彩，既能寫詩亦能論詩，可說聚集了
中生代最銳利的幾枝健筆。該刊經營十年有成，早已脫離坊間常
見之同仁詩社／詩刊格局及思維，轄下網站「吹鼓吹詩論壇」的
活力亦遠非老大哥們可以想像。[143]暫不論「三大詩社（詩刊）」
的未來命運，且容筆者大膽預測：《臺灣詩學》及其成員，將成
為新世紀臺灣詩壇最重要的競技場與領航人（或許現在已經是
了？）。

　　總之，面對這份選舉結果，我們不禁要問：臺灣詩壇究竟正
處於一場悄悄開始的世代交替，還是一次仍未結束的漫長革命？

---

[143] 「吹鼓吹詩論壇」網址為http://www.taiwanpoetry.com/forum/。對今日臺灣
　　幾份具代表性詩刊的簡介，可參考楊宗翰，〈關於詩的二三事〉。《自
　　由時報‧自由副刊》，2005年9月7日。

三、

　　隨本次「十大詩人」票選活動而起的批評、指教也值得一談。有不少前輩詩人力勸「死者為大」、「逝世詩人不宜列入」，強烈建議主辦單位將作古詩人移出候選名單。這番考量當然有其道理，但我們終究還是沒有照辦。原因並非《陽光小集》也是如此（覃子豪、楊喚原本還在該刊票選「十大」之列），而是我們認為透過本次投票，或可反映出「當代」讀者們對每位詩人成就的評定──這難道不是對往生詩人表示敬意的方法嗎？而且後者既已到達可「蓋棺論定」之刻，更不易有評價不公的顧慮。刻意拒絕他們同場競技，恐怕還有些失禮呢。請相信：「臺灣當代十大詩人」票選活動本源於對所有詩人之善意與榮耀，自非旨在添加憎惡及攻訐的材料。

　　再者，選票上沒有說明「十大詩人」的選擇標準或應具條件，不免引起批評與困惑。這點的確值得主辦單位檢討；但我也不贊成像《陽光小集》那樣，以非常機械、抽象的數字來替詩人「評分」。誰知道那些數字在每位投票者心中是否等值？況且《陽光小集》會這麼做當然有其目的（強調詩應觀照現實與直面當代），從評分結果來看更頗見成效。籌辦這次票選的《當代詩學》卻不預設任何立場──我當然關注詩潮起伏及詩學發展，也提倡研究者應勇於介入；但這次應該要摒棄個人好惡，仔細記錄，安靜觀察。

　　最後，對質疑《當代詩學》有何權力與正當性來舉辦「十大詩人」票選者作個答覆。誰都有自己心目中的「十大詩人」，也都可以由自己來選擇「十大詩人」，可見這不涉及什麼專利或特權。事實上不但有人這麼做，還不避忌諱將名單公諸於世。最近

的例子，就是孟樊在〈臺灣後現代詩史〉中寫道：[144]

> 如果就一九八〇／九〇年代這二十年的表現來看，這十大
> 前輩詩人或因歇筆（瘂弦），或因往生（羊令野），或因
> 創作質量未見提升（紀弦、白萩、葉維廉），「舊十大」
> 應被「新十大」所取代。一九八〇／九〇年代的「新十大
> 前輩詩人」應為（不分排序）：余光中、楊牧、洛夫、羅
> 門、商禽、向明、張默、羅英、李魁賢、朵思。

這份名單雖然標明是「十大『前輩』詩人」且不分排序（有點狡
猾？），但能在一片「性別盲」的臺灣詩壇中提出羅英、朵思兩
位女詩人，確實很有眼光。而這次「臺灣當代十大詩人」選票上
一百名推薦名單裡，有幾位只有三十多歲，可見詩人不分長幼老
少皆具候選資格。若把孟樊版「十大」名單與之相對照，其間同
異當有可供我輩反思之處。還有，就在我們寄出「臺灣當代十大
詩人」選票與說明後不久，詩人丁威仁就在Blog「臺灣聚義堂」
上發起「臺灣當代網路百大詩人」票選活動，其宗旨為：[145]

> 1、基於臺灣聚義堂「聚義起事、作亂文壇」之理念，理
>   當有此義旗高舉之事。
> 2、最近紙媒（詩壇）正積極從事「當代臺灣十大詩人票
>   選」活動，有鑑於此，作為一種「反壟斷」、「抵
>   拒」與「嘲弄」，吾輩當高舉義旗，提倡革命。

---

[144] 孟樊，《臺灣後現代詩的理論與實際》。臺北：揚智，2003，頁29。
[145] 見http://www.pon99.net/phpBB2/weblog_entry.php?e=818。

這次活動的投票者或得票者中，有很多是平面傳媒難得一見的網路寫手，非常年輕乃至未滿二十歲者更不在少數。此一活動或許嚴肅、或許惡搞（兩者兼具？），但我們可以輕易指責它不具備舉辦的權力或正當性嗎？顯然不行。相反地，這項活動跟「臺灣當代十大詩人」票選一樣，皆可為有意探索臺灣新詩典律變遷者提供、補充參考資料。研究者或一般讀者其實都很需要這類資料。從前臺灣詩壇常見輕率批評，偶有大小論戰，卻奇缺真正的學術分析。這類參考資料的持續出現與累積，日後必可供我輩以最嚴謹態度逐一剖析。

原刊於北京大學中國新詩研究所編《新詩評論》

2005年第2輯（2005年10月）

馬華文學在臺灣（2000～2004）

　　《蕉風》於1999年出版第488期後宣布休刊，實為馬華文學史上必須一記的大事。1955年創刊於新加坡的《蕉風》，最重要的功績莫過於自第78期（1959年）改版後提倡「人本主義文學」與「個體主義文學」，進而開啟馬華文學的第一波現代主義運動。同年，白垚發表了現代詩〈蘇河靜立〉，在多位詩人響應下新馬文壇遂颳起一陣「詩再革命」之颶風。至此，長期以來佔據主流位置的現實主義已不再能獨霸新馬，現代主義則逐漸（緩慢地！）成為作家們的另一種選擇。[146]石破天驚大改版後四十年《蕉風》「走入歷史」，無疑象徵著一個舊時代的結束，也讓人期待另一個新時期的開始。[147]有趣的是：這個新時期並非在大馬本地點第一把火，卻選擇於2000年的臺灣文壇插下頭一炷香。

　　該年《中外文學》推出「馬華文學專號」（第29卷4期）以及《赤道形聲：馬華文學讀本Ⅰ》（陳大為、鍾怡雯主編，萬卷樓版）的印行面世，允為此一新時期在評論及創作兩維之肇端。馬華文學論述往年雖曾於《文訊》、《亞洲華文作家雜誌》、

---

[146] 白垚此作曾被溫任平視為馬華文壇的第一首「現代詩」，而「現代文學乃肇其端」。見溫任平，《憤怒的回顧》，吉隆坡：天狼星，1980，頁6。但此說顯然忽視了戰前零星的現代主義書寫，譬如1934年《檳城新報》副刊「詩草」上的部分作品。至於現實主義及其教條幽靈，應該這麼描述：大馬的「老現們」迄今勢力與魅力依舊不死，只是漸次凋零。

[147] 作為馬華文學界水準最高的一份雜誌，《蕉風》的停刊實在令人感傷。幸好，在南方學院馬華文學館的支持下，它終究還是以更多頁數、更大開本的姿態復刊了。江山改、人事變，《蕉風》復刊後之影響力究竟如何，猶待觀察。

《中外文學》、*Tamkang Review*等刊物上零星出現，但像這種厚達350頁、企圖一網打盡馬華文學論述、訪問、創作與史料的「專號」，在臺灣的傳播媒體間還是頭一遭（連歷史悠久的《中外》都罕見如此大規模的製作）。在專號編輯張錦忠的策劃下，論述部份不但有黃錦樹、林建國、楊宗翰、高嘉謙、楊聰榮與張錦忠的論文，也一併收錄了作者們對六篇論文的評論與回應。於此不難想見策劃者欲擺脫大馬本地「論戰傳統」[148]的流弊，催生馬華文學詮釋社群與學術論壇之用心。六位論文作者中，林、張皆出身於外文系，黃錦樹、高嘉謙有中文系師徒之誼，楊聰榮為東南亞研究專家，跟新馬毫無淵源的楊宗翰則多數時間在弄臺灣文學與現代詩。他們最大的共通點，恰為各人之本行與專攻領域皆非馬華文學。這當然不是沒有原因：以臺灣學術界的市場取向，畢業論文研究馬華文學、在校開設馬華文學課程、成立相關系所與研究中心，皆注定會是艱難而寂寞的任務。[149]對欲以馬華文學研究為「志業」（vocation）者，臺灣學術界應不吝給予更多的溫暖與支持——而非只汲汲於鑽研本土知識，動輒冠「馬華」一外來標誌、斥「馬華」為異國情調。《中外》「專號」內容另有訪問、創作、史料三部份。訪問稿有二，分別為胡金倫訪王德威、

---

[148]「論戰」幾乎已成為馬華文學史的發展特色與重要景觀，可惜早期多流於謾罵或意氣之爭。欲一窺馬華文學「論戰傳統」者，推薦閱讀張永修、張光達、林春美編，《辣味馬華文學：九〇年代馬華文學爭論性課題文選》，吉隆坡：雪蘭莪中華大會堂、馬來西亞留台校友會聯合總會，2002。

[149]至於有多艱難而寂寞，不妨參看筆者〈艱難的志業，溫柔的惡聲〉一文所述。此文原刊於中國大陸《東南學術》第175期，2004年3月，頁163-164。，只可惜此刊物編者膽識不足、氣量狹小，竟在未告知作者的情況下擅自刪除所有敏感文字，全篇遂僅存其半。今日全文已重刊於楊松年、簡文志編，《離心的辯證：世華小說評析》，臺北：唐山，2004，頁325-329。

張錦忠訪黎紫書。創作稿也很精彩，涵蓋了詩、小說、散文，作者群中有臺灣讀者較熟悉的陳慧樺、賴瑞和、林幸謙、辛金順，也有趙少杰等多位「魔鬼俱樂部」年輕成員。[150]史料部份則皆為張錦忠所編，〈馬華文學在臺灣編目〉、〈臺灣所見馬華文學論述累增書目〉、〈馬華文學繫年簡編〉三者經反覆校勘，相當信實。有心人若能配合編者未完成的〈馬華文學與文化研究指引書目〉，欲入馬華文學研究之門，應非難事。張錦忠另於二〇〇三年出版了《南洋論述：馬華文學與文化屬性》（麥田版），為「在台馬華文學論述」自一九九八年黃錦樹《馬華文學與中國性》（元尊版）後又一冊結集面世的個人專書。

就創作而論，《赤道形聲：馬華文學讀本Ⅰ》的出版也是大事一件。本書超過五十萬字、近七百頁，分新詩、散文、小說三卷，收錄五十五位作家於1990至1999年間發表的一百八十二篇作品。在規模與視野上，《赤道形聲》都遠遠超過前一世紀九〇年代出版的《馬華當代詩選（1990-1994）》、《馬華當代散文選（1990-1995）》、《一水天涯：馬華當代小說選》三書。「讀本」的不斷出版，實為建構文學典律（canon）工程的重要步驟。兩位編者顯然深知此點，故出版時即以「讀本Ⅰ」為標誌，正暗示了續書面世在期。據編者原先規劃，「讀本Ⅱ」的部分內容應為針對「讀本Ⅰ」所收錄各篇詩、文、小說之細讀與評析。筆者當年亦曾應邀成為「讀本Ⅱ」眾多評論作者之一員，沒想到這個宏大計畫最後還是草草收場，不了了之。所幸兩位主編畢竟毅力非凡，再加上另一位新主編胡金倫，終能於2004年推出《赤

---

[150]臺灣讀者對「魔鬼俱樂部」也不能說完全陌生。長期關心東南亞文壇動態的李瑞騰，即曾以此團體為主題發表過演講。見氏著，《新詩學》，臺北，駱駝：1997，頁288-289。

道回聲：馬華文學讀本 II 》（萬卷樓版）。惟內容已跟最初規劃
有所差異，取消了「入選作品評析」而只保留「文學評論」，
並將全書分為以下四卷：重要議題、文類綜論、作家個論、現象
與史料。至於沒有「入選作品評析」的遺憾，或可在甫出版的
《別再提起：馬華當代小說選（1997-2003）》（張錦忠、黃錦
樹編，麥田版）裡稍獲補償。本書收有老、中、青三代十四家的
小說力作，每篇皆附一則主題解讀，欲「進攻」學院體制與文學
課堂的企圖相當明顯。

　　早期馬華作家想在臺灣文壇發聲，幾無例外都會努力參加各
項大小文學獎競爭。近幾年情況略有變化。雖然賀淑芳、冼文
光、龔萬輝等依然勇奪兩大報文學獎，但更多卓然成家的寫作者
已漸從參賽人躍為評審，出版商也開始主動幫他們將各式創作規
劃成一冊冊新著、精選或重印本。自2000年算起：三字輩[151]的潘
雨桐出版《河岸傳說》（麥田版）；四字輩的李永平出版《雨雪
霏霏：婆羅洲童年紀事》（天下文化版）與《迢迢：李永平自
選集（1968-2002）》（麥田版），陳慧樺出版詩集《我想像一
頭駱駝》（萬卷樓版）；五字輩的張貴興出版《猴杯》（聯合文
學版）、《我思念的長眠中的南國公主》及多冊「張貴興作品
集」（皆麥田版），連久違的方娥真都有《滿樹嬰孩綠》（健行
版）在台現身。六字輩的陳大為是詩、文雙棲能手，詩集有《盡
是魅影的城國》（時報版）、散文集有《句號後面》（麥田
版）。鍾怡雯依舊以散文見長，出版《聽說》（九歌版）、《我
和我豢養的宇宙》（聯合文學版）[152]。黃錦樹亦出版小說集《由

---

[151]馬華文壇慣以「字輩」斷代（可溯自1983年出版的文選《黃色潛水艇》），
　　如1950至59年間出生的創作者皆可被歸為「五字輩」。
[152]其實還應該加上陳大為與鍾怡雯的很多「副產品」，如陳的圖文書《野

島至島》（麥田版）。另有部分馬華作者本身並無留台經驗，但
作品在臺灣出版後引起討論與注目——其中最著名的當推黎紫
書，2001年臺灣印行了她的小說集《山瘟》（麥田版）。

　　僅憑編選與出版讀本，並不足以讓馬華文學進入臺灣的學
院體制。欲成為一門「學科」，舉辦研討會及設置課程才更是重
點。說來可悲，馬華文學及論述在臺灣出沒已近四十年歷史，學
界中人竟只舉辦過一次東南亞華文文學會議（李瑞騰策劃）。遲
至2002年12月，臺灣的第一個馬華文學研討會才於南投埔里的暨
南國際大學召開，主題為「重寫馬華文學史」。這次的論文作者
群，除了已見於《中外》「馬華文學專號」的張錦忠、黃錦樹、
林建國、高嘉謙，還有中央大學的李瑞騰、暨大東南亞研究所的
林開忠及大馬本地重要評論家張光達與莊華興。這場會議的論文
多擲地有聲，的確可奠定日後「重寫」之基礎，但也讓筆者深切
感受到兩項危機：

（一）論文撰寫者中只有李瑞騰是「異鄉人」，馬華文學的
　　　研究與討論有流為「同鄉會」之虞。臺灣知識界對大
　　　馬當地的生活、族群與政治實況普遍缺乏瞭解，對馬
　　　華文學的印象亦多半停留在蕉風椰雨與熱帶情調這種
　　　層次，無怪乎迄今連半個年輕一輩的馬華文學研究者
　　　都培養不出來。

（二）兩天一夜的國際會議，除了角色扮演遊戲般一再交換

故事》、《四個有貓的轉角》與鍾的圖文書《路燈老了》、《枕在你肚
腹的時光》（皆麥田版）。

的主持、發表與講評者，全場百來個座位中聽眾竟不
到五人！筆者私下問東南亞所的學生，他們居然一致
表示對馬華文學所知不多、興趣缺缺。關心馬華文學
的人，到哪裡去了呢？

　　想知道馬華文學於學院體制中有多弱勢，「課程」是一個
很好的觀察點。翻遍臺灣各大專院校資料，沒有相關系所是意料
中事。但無論中文系、外文系或臺灣文學系，除了中央大學中文
系李瑞騰教授在92學年度開了一門「東南亞華文文學專題」外，
眾多文學課程裡還是完全不見馬華文學蹤影，想來實在不無遺憾
（多少奇奇怪怪的課他們都敢開了！）。張錦忠曾說：「在臺馬
華文學」及其論述在臺灣本地連個小產業的規模都沒有，只能擺
擺地攤──這戲謔的玩笑話還真是相當「寫實」啊。

　　馬華文學在臺灣無攤可擺的窘境，倒是未見於校齡尚淺的佛
光大學。至少該校文學所碩、博士班已連續四年開設「世界華文
文學」課程，2004年起文學系大學部亦有「世界華文文學作品選
讀」。關於馬華文學的定義、論爭、歷史發展、創作成績、研究
現況，都是這類「世華文學」課堂講授與討論的主要議題。[153]在
與馬來西亞華社研究中心、新加坡國立大學等單位通力合作下，
該校師生近年內曾多次赴度馬、新主辦及參與東南亞華文文學與

---

[153]碩、博士班課程主講者為新加坡國立大學退休教授楊松年，大學部課程
　　則由楊松年、徐錦成、簡文志、楊宗翰四人合授。雖然如此，我還是認
　　為「世界華文文學」此一框架並非全無問題。且以「世華文學」框架來
　　討論馬華文學固有其便利，但後者在概念上的複雜度與辯證潛能亦難免
　　會遭受化約及削弱。相關批判可參考我為《跨國界詩想：世華新詩評
　　析》所撰序言〈詩想跨國界，華文超國家〉及〈重構框架〉（《中外文
　　學》第33卷1期，2004年6月，頁147-163）。

文化會議。文學系所轄下的「世界華文文學研究中心」，經楊松年主任規劃、協調後更於半年內密集推出《跨國界詩想：世華新詩評析》、《離心的辯證：世華小說評析》、《本土性的糾葛：邊緣放逐、「南洋」虛構、本土迷思》三書（皆唐山版）。最末的《本》書由臺灣印行，作者朱崇科為中國大陸學人，書中文章寫於留學地新加坡，內容卻大多在討論馬華文學，且以序文與之對話[154]的王德威是美國哥倫比亞大學教授……，在在顯現當代華文文學研究已朝跨國／越界的趨勢發展。

猶記得在跟大馬當地人士聊天時，對方曾半開玩笑地說：「馬華文學在新馬，馬華文學研究在臺灣。」其實「馬華文學研究在臺灣」的情勢相當困難，若扣除大馬「同鄉」後更根本不成隊伍。如何突破此一困局，猶待有志者加倍努力。我倒是對「馬華文學在臺灣」的發展前景比較樂觀。「前輩」李永平、張貴興寫作多年，成績有目共睹；而六字輩馬華作者幾乎都能寫、能評、能編並跨足多種文類，在頻繁發表與出版下日漸成為臺灣文學界的要角。且容我大膽預言：未來的臺灣文學史，應已為這些作家保留了席位。[155]

原刊於《文訊雜誌》第229期（2004年11月）

---

[154] 對王德威序文的再回應，見朱崇科〈區域華文文學的活力及限度——以新馬華文文學為例加以說明〉，《當代》第201期，2004年5月，頁110-119。

[155] 大陸學者劉小新在〈論黃錦樹的意義與局限〉中指出：「以異國情調……成功介入臺灣文學場是旅台作家的生存策略」（馬來西亞《人文雜誌》第13期，2002年1月，頁92）；黃錦樹卻也曾感嘆：「和李永平、張貴興一樣，漸漸已無法回頭，不論寫什麼或怎麼寫，不論在台在馬，反正都是外人」（《烏暗暝》，臺北：九歌，1997，頁4）。作為一名臺灣讀者，我的看法比較不同：「異國情調論」或「外人說」都只是一時，且終將過去——因為歷史條件與社會結構的變化雖然相當緩慢，但絕非不動如山。

雙重意識：旅臺馬華作家的臺北書寫

　　截至去年（2005）為止，馬來西亞歷年的留台學生總數已高達三點六萬人，在世界各國留學臺灣的學生數統計排行中穩居榜首。這項結果當然與以下三者關係密切：（一）一九五〇年代起美國為防止共產勢力擴張，提供援助並鼓勵東南亞華裔青年前往「自由中國」──臺灣──留學；（二）臺灣的僑務政策也大力配合，以各式獎勵吸引這些所謂的「僑生」不辭辛勞赴台深造；（三）大馬留台學生九成以上畢業於華文「獨立中學」，中文基礎相對穩固。由於國內接受高等教育的管道並不通暢，受限於政治藩籬亦不可能留學紅色中國，臺灣自然成為比較理想的升學選擇。除了1998年因東南亞金融風暴人數大跌外，每年平均約有一千兩百位大馬青年來台求學。但臺灣的大學學歷除醫學及藥學外，均不受馬來西亞政府承認，留台生日後若非赴第三地繼續深造（譬如選擇歐美的林水檺、鄭良樹，香港的林幸謙），便是返國成為大馬工商界與教育文化界的中流砥柱。到華文獨立中學任教，在早年更是留台生的第一選擇──全國六十餘所「獨中」共兩千多名教職員，就有一半以上具有留台經驗。留台師長的薰染也影響了中學生們畢業後的傾向，一代傳承一代，留台生人數穩定增加乃勢所必然。

　　當然也不是所有留台生畢業後都返國服務。選擇旅居到最後甚至定居臺灣的文學創作者，至少可分為四代（暫不列入現已離台者，雖然他們的寫作成果可能毫不遜色）：第一代的陳慧樺、林綠、李有成，還應加上後來入籍新加坡的王潤華；第二代的李

永平、張貴興；第三代的黃錦樹、鍾怡雯、陳大為、辛金順；第四代的木焱、賀淑芳等。第一代作家以詩人為主，崛起於一九六〇年代，多曾參與「星座」、「大地」詩社的創辦與運作；第二代皆為小說家，在七〇年代末期至八〇年代間屢獲中時、聯合兩大報文學獎，引起臺灣文壇高度重視；第三代成員則各有擅長，黃的小說、鍾的散文、陳大為及辛金順的詩，皆透過九〇年代各大文學獎的加冕而逐漸為讀者熟悉。第四代作家冒現於九〇年代後期，投稿文學獎似乎不再是「出頭天」的唯一辦法，自費出版、城市游擊、行動詩學都成為可能的新選項。以上區隔與大馬文壇固有的「字輩斷代法」毫無關係，我也不認為這四代作家間已形成某種傳統或香火可供延續。雖然這群創作者的成績近幾年很受臺灣文學研究界關注（得「感謝」後殖民論述在學院的流行？），但整體局面還是單兵作戰遠多過集體行動。除了偶爾受報刊之邀撰寫馬華同鄉新作的書評外，這些創作者彼此間少有奧援、更無論戰，一點也不像有組織的社群或團體——這跟大馬本地文學圈的生態可是大不相同。我有時不免覺得今日所謂「馬華旅臺文學」——如果這框架還勉強可用——及其衍生研究，比較像是學術界與文化界的發明（而非發現）。

指出它可能是一個被發明或歸納出的「傳統」，並不妨礙我們對它進行研究與思索。依筆者淺見，旅臺馬華作家及其創作至少呈現了兩種「雙重性」：一為雙重邊緣、一為雙重意識。雙重邊緣指的是相較於馬來西亞與臺灣主流文壇，旅臺作家及其創作注定已被（迫）邊緣化，卻也在這被（迫）邊緣化的處境下找到了特殊的發言位置。雙重邊緣當然與這群作家所佔據的尷尬地理／文化位置有關，但它絕非是匱缺、不足或弱勢的代稱，而是一種深具解放性的論述實踐，可以開掘大馬和臺灣主流文壇之不見

（blindness），進而逼使兩者進行自我反思、批判。

雙重意識（double consciousness）則不那麼明顯，它通常潛伏於詩、小說、散文文本及其潛文本間，有賴讀者細心搜索爬梳。旅臺馬華作家普遍呈現出一種獨特的兩面性（twoness），即同時擁有大馬與臺灣的生活經驗，卻也同時脫離了大馬的文化情境及社會現實、游離於臺灣的主流意識形態之外（別忘了：對台、馬兩地文化圈／文學史而言，旅臺作家及其寫作皆彷彿「在此」卻又「不屬於此」）。創作者在大馬與臺灣的個人體驗，便化為兩種不可協調的靈魂與思想，在文本中以或交替、或對話的姿態出現。故鄉與新鄉的一切，自然是這些作家取材的寶庫，卻也都成為不可承受之輕──畢竟對故鄉或新鄉而言，你所有的文字努力可能只是他們眼中的異國情調。

我以為若欲檢驗這種雙重意識的存在，「臺北書寫」應該是個不錯的選擇。旅臺作家當然不是全部住在臺北，但若說他們幾乎都具備臺北經驗、常懷臺北想像、與臺北文化圈時有接觸並不為過。旅臺作家的臺北書寫可能始於學生時期（政大、師大、台大在早年是東南亞來台留學生的三大「重鎮」）；當然也可能遲至畢業後搬離臺北才宣告開始。陳大為就像後者：他在臺北完成學士、碩士、博士三個學位，卻一直要到定居桃園中壢、在三峽的臺北大學執教鞭之後，才首度繳出十二首以臺北都市為思考對象的詩篇（收錄於《盡是魅影的城國》，時報，2001）。與陳大為的詩與散文相較，小說家李永平無疑早了不止一步。《海東青》（聯合文學，1992）以驚人厚度，不厭其煩地訴說來自東南亞僑居地的男主角靳五對海東鯤京（臺北）的迷戀。續集《朱鴒漫遊仙境》（聯合文學，1998）則讓七個小女孩遊逛於「華西街保安街林森北路九條通，板橋北投艋舺三重埔大龍峒」，在都市

叢林間體驗重重險惡、墮落與誘惑。面對陳、李兩人的臺北書寫，若選擇以游移、對位式的角度進行閱讀，便會發現上述「雙重意識」之存在：譬如陳大為詩文中的怡保與臺北，又譬如李永平刻意迴避的婆羅洲和心神嚮往的「舊」臺北城。

　　有時沒寫出來的部分，可能比寫出來的更有意思。入籍臺灣二十年的張貴興，在寫《柯珊的兒女》（遠流：1988）中的〈柯珊的兒女〉與〈圍城之進出〉時，已嘗試以筆端觀察臺北。但自1992年的《賽蓮之歌》開始，小說主要場景返回故鄉婆羅洲熱帶雨林，在《群象》和《猴杯》等長篇中，曇花一現的臺北城只能勉強算是前言。到了《我思念中的長眠的南國公主》（麥田：2001），因為幾位人物在台、馬間頻繁來往，加上敘述男主角蘇其赴台留學經過，臺北作為小說背景之一方才稍顯清晰——惟其重要性與象徵意涵依舊完全不及色彩斑斕的雨林。如果這些都算是（雖然極其隱微難辨）臺北書寫，我們想問：為什麼？為什麼要選婆羅洲雨林，不選臺北？為什麼是故鄉大馬的膠園棕櫚，不是新鄉臺北的101、京華城？曾有臺灣學者批評：「這類雨林書寫其生活原非臺灣讀者所能想像，而我們的馬華作家卻執意要在臺灣寫其熱帶雨林經驗」（見陳建忠〈失鄉的歸鄉人：評黃錦樹編《一水天涯：馬華當代小說選》兼及其他〉），我覺得這種批評還是太過輕率了。或許，該回到雙重意識上去找答案？

原刊於《文訊雜誌》第252期（2006年10月）

世界華文文學的教與學

　　想在臺灣討論世界華文文學的教學問題，本身就已是個尷尬的「問題」。嚴格說來，世華文學在臺灣學術界還稱不上是一門成熟學科。國內不但書籍資源有限且嚴重缺乏研究者，更致命的是，根本不知該將課開在哪個系才好！對外文系而言，「域外」的世華文學畢竟使用的是華文，再怎麼說好像都不夠「外」；至於傳統的中文系與新興的台文系，雖然在開設部分課程（如文學理論）上漸有共識，但狹義的世華文學既排除了中國本地文學，臺灣文學界亦從不視其為「同鄉」，會落得今日的孤兒處境並不足為奇。開課困難的原因還不止於此：「海外」書籍及期刊蒐羅不易，一般也不被列為館藏重點，故不用期待臺灣各大學或公共圖書館在這方面有何成績。私人反而掌握了較多的藏書，管道則不外編輯寄贈、文友交流、異地購買，或根本是由旅居臺灣的外國學者攜帶入境。圖書資源的難以流通，跟本地的出版生態也有一定關係──「市場」實在太小了，就算再用心經營也很難維持。陳建忠教授曾斷言馬華文學在臺灣「出版毫無障礙」，這未免太過樂觀，甚至略顯無知了。馬華旅臺作家人數雖不多（目前較著名且持續創作者將近十位，多具備學者身份），可是個個火力驚人、質量俱佳，又屢獲各項文學獎，臺灣出版界自然樂於替他們提供舞台。但別忘了，馬華文學除了旅臺這塊，還有被南中國海分隔的西馬和東馬！西馬文壇一向作家輩出，但臺灣出版商究竟「進口」過多少呢？東馬文壇受限於資源長期分配不均，文學人口、發展及活力皆不敵西馬，臺灣讀者遂更無機會接觸、比

較他們與入籍臺灣的張貴興，在「雨林」這個文學地標上不同的書寫策略。如果馬華文學在臺灣真的「出版毫無障礙」，我們對東、西馬文壇怎會如此陌生？就算旅臺作家們在出版上不那麼困難，也都還是一九九〇年代中期以後的事。六字輩的辛金順和陳大為、七字輩的木焱等詩人，甚至還有自費印刷或接受文建會補助出版的經驗。連聲勢最浩大的馬華文學都如此，自不難想像世華文學在臺灣出版市場上的窘境。

要在臺灣開設世華文學課程，豐富的藏書、長期的投入、綿密的人際網絡三者皆缺一不可。世新英語系陳鵬翔、中山外文系張錦忠、中央中文系李瑞騰、佛光文學系楊松年、元智中語系王潤華都是相當合適的人選。這幾位教授中除了李瑞騰外都來自新、馬，對「本國」文學的發展自不陌生，甚至本身就是文學史的參與者或見證人。但真正在臺灣開設過世華文學相關課程者，只有李瑞騰與楊松年兩位。李瑞騰教授長期關注東南亞文學生態，對東馬文學的掌握度甚至還超過絕大多數的大馬本地研究者。92學年度他終於在中文研究所開設「東南亞華文文學專題」，授課大綱如下：

　　一. 導論
　　　　1.「華文文學」概念的分析
　　　　2.「世界華文文學」界義
　　　　3.「東南亞華文文學」的內涵
　　　　4. 簡介「東南亞」
　　二. 東南亞華文文學產生的背景
　　　　1. 華人之移民東南亞
　　　　2. 東南亞之所以有華文文學

3.華社、華教與華報

4.華人社會與華文文學

三.東南亞華文文學的發展

1.古典文學時期

2.華文新文學的產生

3.殖民與後殖民的問題

4.在各自的國家之中

四.各地華文文學

1.馬來西亞華文文學

2.新加坡華文文學

3.菲律賓華文文學

4.泰國華文文學

5.越南華文文學

6.印尼華文文學

7.汶萊華文文學

這是一門全學年課程，上學期會要求修課同學盡量蒐集與整理相關資料，下學期則轉為研究個別作家。臺灣學生對東南亞多半瞭解有限，李瑞騰在授課時便特別強調「地圖」的重要，務求將文學情境與地理環境整合為一。他並提供珍藏的東南亞華文文學與史地資料，加上該校「現代文學教研室」內的藏書，讓需要的同學自由借閱、參考。

楊松年教授長期任教於新加坡國立大學中文系，退休後被聘請至佛光大學文學所。自90學年度起迄今，他一直都在碩、博士班講授「世界華文文學研究」。92學年度再分為「東南亞部分」及「台港澳部分」兩個獨立課程，由黃維樑教授負責後者。93學

年度更首度嘗試在文學系大學部開一門選修課「世界華文文學作品選讀」，由楊松年帶領幾位年輕的助理教授及講師輪流授課，介紹與評析世界各地優秀的華文小說、散文、新詩作品。作為臺灣學院體制內首度（目前也是唯一）以「世界華文文學」為名開設的課程，其授課大綱如下：

一、研究世界華文文學的意義

二、世界華文文學的定義與範圍問題

三、舊體文學、民間文學研究的重要性

四、世界華文文學發展的分期問題

五、世界華文文學中的傳播、整合與衝突的問題

六、世界華文文學研究的資料處理問題

七、副刊研究的實例：方法的探討

八、新馬華文文學的分期問題

九、新馬各期文學的論析：僑民意識濃厚時期的新馬華文文學（1919-1924）

十、南洋思想萌芽與南洋色彩提倡時期的新馬華文文學（1925-1933）

十一、馬來亞地方文學提倡時期的新馬華文文學（1934-1936）

十二、僑民意識濃厚，本地意識挫折時期的新馬華文文學（1937-1942）

十三、僑民意識與本地意識角鬥，馬華文藝獨特性提倡時期的新馬華文文學（1945-1949）

十四、本地意識拓展時期的的新馬華文文學（1950-1954）

十五、本地意識騰漲，愛國主義文學提倡時期的的新馬華
　　　文文學（1955-1959）

十六、本地意識繼續騰漲，後新加坡自治時期的新馬華文
　　　文學（1960-1965）

從這份大綱和實際教學內容來看，新馬華文文學無疑才是楊松年授課的重點。他提供了一種以「僑民意識」與「本地意識」相互競逐、消長為重心的文學史視野，並容許學生輩（譬如我）不斷挑戰他的史觀及判斷。他在新加坡出版的《戰前新馬文學本地意識的形成與發展》及《新馬華文現代文學史初編》則是這門課程的主要教材。楊松年治學一向重視原始資料，在新加坡授課時還會要求學生利用圖書館的微卷，對早期報刊進行地毯式閱讀。可惜臺灣各圖書館都沒有這些微卷，本地學生遂只能透過《馬華新文學大系》之類選集來重建（已被選擇過的！）歷史。至於黃維樑教授負責的「台港澳部分」，比較偏重港台作家個人作品集的細讀，討論的對象有余光中《與永恆拔河》、西西《像我這樣的一個女子》、黃國彬《琥珀光》、張曉風《星星都已經到齊了》、白先勇《臺北人》與袁哲生《羅漢池》。

　　世華文學課程可以教的當然不是只有「東南亞」或「台港澳」。事實上，美國與加拿大的華文文學作品已逐漸形成它本土的文學傳統（native literary tradition）；而韓國的許世旭、美國的韓秀、法國的高行健，哪一位不值得我們關注與討論？但現行的課程安排顯然不易安置他們。其次，我們或許可以考慮暫時擱置「華文」一詞的限制，在課堂上談談像哈金這樣以英文寫作的作家。蘇州大學文學院曹惠民教授在本科（大學部）開過「臺港文學」課程，碩、博士班則另設「臺灣文學」、「香港文學」與

「華文文學」三門，哈金正是「華文文學」上課時的討論重點之一。此類設計恰可供臺灣學界反思：如果世華文學可以討論臺灣日文作家自行中譯的作品，又為何不能進一步接受像哈金這類邊緣／離散創作者的「外語」書寫呢？哈金的中譯小說在書肆大量流通，應可視為對一向自命「正統」的中國大陸文學界的逆寫與挑戰（高行健現象亦然）。這樣看來，關於世華文學究竟是「華文文學」還是「華人文學」的長久爭議，說不定也會變得更為有趣。

比較令人擔心的，還是臺灣學生的學習心態與學術環境。不管是以「世界華文文學」還是「東南亞華文文學」為名，修課同學幾乎清一色都繳交關於旅臺作家群的研究報告，李永平、張貴興、黃錦樹、陳大為、鍾怡雯等幾位馬華作家更是大熱門。這當然與著作、資料在台容易取得密切相關，但這種「集中」對開展學術視野恐怕弊多於利。本地的世華文學學術環境亦相當惡劣：缺乏專屬學術社群、少有相關學術活動，而成立於臺北的「世界華文作家協會」會員數雖然驚人（六千！），但性質接近文人雅集，見面、聊天、參觀、交誼，論學從來就不是重點。臺灣的世華文學研究者多為獨自打拼的「個體戶」，迄今依然累積不到十篇的碩、博士論文亦可證明他們還真是擁抱了一門「艱難的志業」。由佛光「世華文學研究中心」主辦，今年即將登場的首屆「世界華文文學研究獎」，應該能讓低迷已久的學術環境興起一些波瀾；不過，臺灣最需要的還是一份穩定出刊且保持開放的學術刊物——對岸有《華文文學》、《世界華文文學》與《世界華文文學論壇》，我們呢？

原刊於《文訊雜誌》第236期（2005年6月）

期待千島詩國再現

　　菲華文學的歷史起點，一般上溯至1934年《天馬》與《海風》兩本華文新文學刊物。至於臺灣跟菲國之間最早的文藝因緣，要屬一九六〇年代學校暑假期間，每年舉辦的「菲華青年文藝講習班」（後改為「菲華文教研習會」）。菲國文聯從臺灣聘請作家來此地講學，其中包括了余光中、覃子豪、紀弦、蓉子等重要詩人。六〇年至七〇年代初，菲國青年文藝作者創作風氣甚盛，現代詩尤其受到青年作家的歡迎，由雲鶴等人創立的「自由詩社」則是第一個由青年作家組織的文藝團體。充滿躍動青春與蓬勃生氣的菲華詩壇，在1972年9月，總統馬可士（Ferdinand Marcos）宣布全國實施軍事戒嚴法（簡稱軍統）之後幾近冬眠。軍統時期所有報刊均被封閉，華文報中唯有《聯合日報》（1973年由《公理報》與《大中華日報》合併而成）獲准出版，但不得開闢文藝副刊。菲華的文藝愛好者，被迫只能投稿大陸與台港等地的文學園地。軍統時期菲華雖無出版機構，但施穎洲編的《菲華小說選》與《菲華散文選》（臺北：中華文藝，1977）卻順利在臺灣面世；加上鄭鴻善編選的《菲華詩選全集》（臺北：正中，1978），這大抵就是彼時臺灣讀者所能窺得的菲華文藝印象。

　　1981年馬可士宣布解除軍統，菲華文壇也因此重獲新生。由《東方日報》重新改組的《世界日報》，於同年6月1日面世。創刊號的《世界日報》開闢了由曉華主編的「文藝副刊」——這是菲華的文學愛好者在近十年的軍統時期後，第一次讀到的純文學

副刊。「軍統」與臺灣的「戒嚴」性質十分接近，但臺灣在戒嚴時期猶未完全禁止文藝報刊出版，故不難想見「軍統」對菲華文藝的傷害究竟有多深。繼《世界日報》之後，《聯合日報》也接著開設「竹苑」副刊，由黃梅、蔡慶祝與吳勝聰負責編務。五、六〇年代的文藝團體如耕園、椰風、晨光、辛墾等都開始恢復活動。「新潮文藝社」更毅然向政府申請登記立案，成為軍統解除後，第一個獲得政府承認的菲華文藝團體。此時在臺灣出版界，也陸續重現菲華文學的身影，如女詩人張香華主編菲律賓華文詩選及作品選《玫瑰與坦克》（臺北：林白，1986）、《茉莉花串》（臺北：遠流，1988）（後者於1990年由北京的中國華僑出版社重印，列入「菲律賓華人女作家選集」）。1982年，時報出版社曾委託張香華的丈夫柏楊主編一套五冊的《新加坡共和國華文文學選集》，這對夫妻可謂是東南亞華文文學的在台知音，值得記上一筆。中國大陸對此時也開始出版菲華文藝選集：1983年有福建人民出版社的《菲華新詩選》，福建省海峽文藝出版社則於1985與1989年分別印行《菲華散文選》及《恍惚的夜晚——菲華小說選》。1986年2月25日，「人民力量」勝利，馬可士下台。終於等到媒體與言論完全解禁，一時間新報創設、舊報復刊，且五家華文報皆開設文藝副刊，計有《聯合日報》「竹苑」（黃梅主編）、《世界日報》「文藝」（雲鶴主編）、《菲華時報》「岷江潮」（秋夢主編）、《商報》「新潮」（藍天民主編）、《環球日報》「文藝沙龍」（林驪主編）。時至今日，五大報中《聯合日報》、《世界日報》及《商報》三者依然屹立不搖，但《菲華時報》易名為《菲華日報》，《環球日報》則被新辦的《菲律賓華報》取代。五報雖各有副刊，但無須諱言，功能與表現皆猶待加強。我認為文學副刊作為一種特殊的媒體，應該

扮演如傳播學者馬奎爾（Denis McQuail）所稱「意義的交換」者
的角色，通過文壇訊息的流通及文化場域的意見交換，提供本地
文學界一個具有創造性、互動性和開放性的空間。在這個空間
裡，可以充分分享文學訊息、自由呈現文化場域的各式觀點，以
便多樣並真實地記錄本地文學發展及文化思潮的起伏。有這樣的
副刊、這樣的媒體，才是菲華文學之幸。

　　作為一名來自臺灣製造的文學觀察者，我對菲華文學的前
景其實頗感憂慮。據統計，菲律賓華人佔全國總人口百分之一點
六，約一百一十萬人。相較於東南亞各國華人人口與全國人口的
比例，菲華人實在不能算多。以菲國境內一百二十多家華文學
校，近十萬名師生來看，五家華文報的合計發行量才四萬份，
「菲華青年不愛讀華文報」已是人所皆知的事實。至於文學社
團，菲華目前共有二十四家文社或詩社，會員逾二百人，已結集
出版作品則在二百種上下。菲華文學團體幾乎都是跟各報商借版
面，一週出刊一版或半版，罕見中斷或停刊。能維持此局面誠屬
不易，可惜往往只委由一人編輯組稿，且在新血難覓的情況下，
作者及編者年齡都普遍偏高。今日菲華青年對華文多半興趣缺
缺，日常生活多講菲語及英語。這也不能全怪他們：臺灣與大陸
在菲國的僑務部門鬥法多年，期間雖互有勝負，惟免費提供給華
校的教材同樣死板乏味，老師教來辛苦，學生讀來痛苦。眾多華
文教材中學生比較有興趣的，還是中國出版的《說話》及臺灣出
版的《生活華語》，理由無他，「簡單」兩字而已。既然強調簡
單，便難於文學層面有何期待或要求。在詩歌活動部分，菲華校
聯（菲律賓華文學校聯合會之簡稱）常舉辦現代詩朗誦比賽，要
求各校選派中學生參加。此舉固然立意良善，但指定選詩卻太偏
重境外詩人，對本地菲華詩人的鼓勵不足。譬如今年校聯指定各

校朗誦臺灣詩人余光中的〈黃河〉及羅門的〈麥堅利堡〉，卻不見本地詩人大作。加上這裡的詩歌朗誦太強調表情與聲調，常引來年輕一輩華人私下訕笑，連帶著對現代詩也多所誤解。校園裡罕見有華文文學社團，至於「詩社」那更是鳳毛麟角，該列入保護類動物列管了。

其實優秀的菲律賓本地詩人所在多有，十餘年前我已經讀過和權、月曲了、雲鶴、藍菱、謝馨的詩作，還有施穎洲的譯詩。施穎洲可能是世界上任期最長的報社總編輯，或許還是全世界「筆齡」最久的專欄作家。近六十年來他一直堅守著崗位，並持續翻譯詩作。1965年，他的第一本譯詩集《世界名詩選譯》由臺北皇冠出版社印行後，馬上成為當時的暢銷書。六〇年代到七〇年代間，他的《世界名詩選譯》、《古典名詩選譯》、《現代名詩選譯》三書先後問世，合稱《世界詩選》，涵蓋了二十多個國家的古今大詩人及其代表作三百首。隨後他又翻譯了莎士比亞的一百五十四首十四行詩，是為《莎翁聲籟》；最近臺北九歌出版社又再版其《中英對照讀唐詩宋詞》，可見臺灣讀者對施老絕不陌生。或許還有很多臺灣愛詩人跟我一樣，年輕時是先透過施老的翻譯來接觸西洋詩呢！

和權、月曲了、雲鶴三人的短詩在臺亦不乏讀者。廣被臺灣各級學校列為參考書的九歌版《新詩三百首》，都有收錄他們的大作。至於另兩位女詩人，藍菱算是臺灣現代派盟友，雖然她出生在馬尼拉，在菲國受教育，後來才赴美定居，但她的菲律賓身份卻未曾被遺忘。謝馨或許該算臺灣詩人，她本來是空中小姐，嫁至菲律賓後，方提筆寫起有關本地生活的詩篇。上述五位在臺灣的各大小詩選集裡都是常客，算是臺灣讀書界最熟悉的菲華代表詩人。我不禁要問：然後呢？都過了近二十年，新一代的菲華

詩人在哪裡？究竟是我接觸有限、視力不佳，還是這些年來菲華
詩人面臨了強烈的世代斷層危機？以中國大陸學者最愛談的「鄉
愁」為例，雲鶴的〈野生植物〉就像余光中的〈鄉愁〉，已成為
描寫海外華人命運及其心靈創傷的名作。但新一代菲華詩人是怎
麼用詩眼看「鄉愁」的？世代既然有異，新世代對此一主題的書
寫有何變形、位移或轉化？前行代或中生代又如何與之對話？當
然，我還想到有一群以華文以外的其他文字（如英語或菲語）來
創作的「華人」作家群。他們同樣在表現華人的心態及思想，也
同樣面臨「身分認同」與「文化認同」的困惑。文壇若囿於語言
有別，視其為「他者」而不予討論、關注或鼓勵，則菲律賓華文
詩或華人詩的未來發展，恐怕都不容樂觀。

原刊於菲律賓《世界日報》文藝版（2008年7月29日）

在臺灣閱讀菲華，讓菲華看見臺灣：
《菲律賓・華文風》書系的出版意義

　　很難想像都到了二十一世紀，臺灣還是有許多人對東南亞幾近無知，更缺乏接近與理解的能力。對臺灣來說，「東南亞」三個字究竟意味著什麼？大抵不脫蕉風椰雨、廉價勞力、開朗熱情等等；但在這些刻板印象與（略帶貶意的）異國情調之外，臺灣人還看得到什麼？說來慚愧，東南亞在臺灣，還真的彷彿是一座座「看不見的城市」：多數臺灣人都看得見遙遠的美國與歐洲；對東南亞鄰國的認識或知識卻極其貧乏。他們同樣對天母的白皮膚藍眼睛洋人充滿欽羨，卻說什麼都不願意跟星期天聖多福教堂的東南亞朋友打招呼。

　　臺灣對東南亞的陌生與無視，不僅止於日常生活，連文化交流部分亦然。2009年臺北國際書展大張旗鼓設了「泰國館」，以泰國做為本屆書展的主體。這下總算是「看見泰國」了吧？可惜，展場的實際情況卻諷刺地凸顯出臺灣對泰國的所知有限與缺乏好奇。迄今為止，臺灣完全沒有培養過專業的泰文翻譯人才。而國際書展中唯一出版的泰文小說，用的還是中國大陸的翻譯。試問：沒有本土的翻譯人才，要如何文化交流？又能夠交流什麼？沒有真正的交流，臺灣人又如何理解或親近東南亞文化？無須諱言，臺灣對東南亞的認識這十幾年來都沒有太大進步。臺灣對東南亞的理解，層次依然停留在外勞仲介與觀光旅遊──這就是多數臺灣人所認識的「東南亞」。

　　東南亞其實就在你我身邊，但沒人願意正視其存在。臺灣人到國外旅遊，遇見裝滿中文招牌的唐人街便倍感親切；但每逢假日，有誰願意去臺北市中山北路靠圓山的「小菲律賓」或同路段靠臺北車站一帶？一旦得面對身邊的東南亞，臺灣人通常會選擇「拒絕看見」。拒絕看見他人的存在，也許暫時保衛了自己的純粹性，不過也同時拒絕了體驗異文化的契機。說到底，「拒絕看見」不過是過時的國族主義幽靈（就像曾經喊得震天價響，實則醜陋異常的「大福佬（沙文！）主義」），只會阻礙新世紀臺灣人攬鏡面對真實的自己。過往人們常囿於身分上的本質主義，忽略了各民族文化在歷史上多所交融之事實。如果我們一味強調獨特、純粹、傳統與認同，必然會越來越種族主義化，那又如何反對別人採用種族主義的方式來對付我們？與其矇眼「拒絕看見」，不如敞開心胸思考：跟臺灣同樣擁有移民和後殖民經驗的東南亞諸國，難道不能讓我們學習到什麼嗎？臺灣人刻板印象中的東南亞，究竟跟真實的東南亞距離多遠？而真實的東南亞，又跟同屬南島語系的臺灣距離多近？

　　臺灣出版界在2008年印行顧玉玲《我們》與藍佩嘉《跨國灰姑娘》，為本地讀者重新認識東南亞，跨出了遲來卻十分重要的一步。這兩本以在臺外籍勞工生命情境為主題的著作，一本是感性的報導文學，一本是理性的社會學分析，正好互相補足、對比參照。但東南亞當然不是只有輸出勞工，還有在地作家；東南亞各國除了有泰人菲人馬來人，也包含了老僑新僑甚至早已混血數代的華人。《菲律賓‧華文風》這個書系，就是他們為自己過往的哀樂與榮辱，所留下的寶貴記錄。東南亞何其之大，為何只挑菲律賓？理由很簡單，菲律賓是離臺灣最近的國家，這二、三十年來臺灣讀者卻對菲華文學最感陌生（諷刺的是：菲律賓華

文作家在一九八〇年代以前，一度以臺灣作為主要發表園地）。臺灣跟菲律賓之間最早的文藝因緣，當屬一九六〇年代學校暑假期間舉辦的「菲華青年文藝講習班」（後改為「菲華文教研習會」）。此後菲國文聯每年從臺灣聘請作家來岷講學，包括余光中、覃子豪、紀弦、蓉子等人。1972年9月21日總統馬可士（Ferdinand Marcos）宣布全國實施軍事戒嚴法（軍統）之後，所有的華文報社被迫關閉，所有文藝團體也停止活動。後來僥倖獲准運作的媒體亦不敢設立文藝副刊，菲華作家們被迫只能投稿台港等地的文學園地。軍統時期菲華雖無出版機構，但施穎洲編的《菲華小說選》與《菲華散文選》（臺北：中華文藝，1977）、鄭鴻善編選的《菲華詩選全集》（臺北：正中，1978）卻順利在台印行面世。八〇年代後期，臺灣女詩人張香華亦曾主編菲律賓華文詩選及作品選《玫瑰與坦克》（臺北：林白，1986）、《茉莉花串》（臺北：遠流，1988）。可惜《茉》書面世後迄今逾二十年，臺灣出版界再也未見具規模、有計畫的菲華文學出版品。今昔對照，近十餘年來台、菲之間的文學交流真的是「從熟悉到陌生」，就只差沒有宣布「文學斷交」了。

　　東南亞各國中，以馬來西亞的華文文學最受矚目。光是旅居臺灣的作家，就有陳鵬翔、張貴興、李永平、陳大為、鍾怡雯、黃錦樹、張錦忠、林建國等健筆；馬來西亞本地作家更是代有才人、各領風騷，隊伍整齊，好不熱鬧。以今日馬華文學在台出版品的質與量，實在已不宜再說是「邊緣」（筆者便曾多次提議，《臺灣文學史》撰述者應將旅臺馬華作家作品載入史冊）；但東南亞其他各國卻沒有這麼幸運，在臺灣幾乎等同沒有聲音。沒有聲音，是因為找不到出版渠道，讀者自然無緣欣賞。近年來臺灣的文學出版雖已見衰頹但依舊可觀，恐怕很難想像「原來出版發

行這麼困難」、「原來華文書店這麼稀少」以及「原來作者真的比讀者還多」——以上所述，皆為東南亞各國華文圈之實況。或許這群作家的創作未臻圓熟、技藝尚待磨練，但請記得：一位用心的作家，應該能在跟讀者互動中取得進步。有高水準的讀者，更能激勵出高水準的作家。讓我們從《菲律賓・華文風》這個書系開始，在臺灣閱讀菲華文學的過去與未來，也讓菲華作家看見臺灣讀者的存在。

原刊於《文訊雜誌》第284期（2009年6月）

必須完全忠實：
菲華作家施穎洲的翻譯使命

　　2013年11月30日清晨，菲律賓文壇最高齡的資深作家施穎洲病逝於馬尼拉崇基醫院，享壽九十有八。祖籍福建晉江的施穎洲，三歲時隨父母移居菲律賓，是典型的從旅居到安居、定居的菲華人。自1945年起，他先後擔任《中正日報》、《大中華日報》、《聯合日報》等中文報總編輯，據稱是世界報業史上任期最長的一位總編輯。今日菲國的中文報市場雖嚴重衰退，但《聯合日報》還是與《世界日報》、《商報》並列前三大華文報紙，在菲華社會具有相當影響力。施老晚年雖不能親自至報館執行編務，但長期以「龍傳仁」筆名撰寫每日專欄「隨思錄」，允為《聯合日報》一大特色。定期刊登於《聯合日報》的兩大版《菲華文藝》，施老一共編了二十六年，直至幾年前他在家中不慎跌倒，導致視網膜嚴重受傷，才開始委託小說家董君君（本名黃秀琪）擔任主編一職。

　　在「報刊編輯」與「專欄作者」之外，他還一個有趣的嗜好兼專長：蒐集田徑比賽記錄，所以又被稱為菲華社會「田徑比賽統計權威」。施穎洲的人生經歷及多重身份堪稱傳奇，但我認為他詮釋得最好的角色，應該是「讀書人」與「翻譯家」兩者。在我離臺赴菲之前，便曾耳聞施穎洲大名並拜讀過多首譯詩；旅菲兩年期間，我雖與菲華文友們頻繁接觸，跟施老之間卻不巧僅有一次談話。遺憾的是，我只記得老先生從頭到尾都在「談自己」，彷彿想讓每個聽眾都徹底認識他的成績與事功。我對這類

談話興趣本來就不高，但為了更瞭解他，還是默默當了兩年《聯合日報》上「龍傳仁」隨筆文章的死忠讀者。實話雖然傷人，我還是必須說：施穎洲也好、龍傳仁也罷，其隨筆僅是做到文從字順，並彰顯出驚人的記憶力與絕對的自信心。我認為他的成就終究不在創作上，而是閱讀與翻譯。在家族長輩庇蔭與賢妻許玉堂照顧下，施穎洲一生不需為金錢所苦、為工作所役，自律甚嚴、從無惡習的他遂能成為一名真正的讀書人。菲華社會從商者眾，施穎洲選擇了一條人跡罕至的道路，終其一生可謂是「以編輯為業、以讀書為樂」的典範。

我個人最感興趣的，還是施老「翻譯家」的身份。臺灣讀者對「施穎洲」三個字並不陌生，因為他的翻譯著作從一九六〇年代起，便陸續在臺北皇冠出版問世，直到2006年九歌都還印行了《中英對照讀唐詩宋詞》（次年並發行增訂新版）。他喜歡翻譯的文類明顯以詩為主，小說則數量不多，倒是曾與公子施約翰合譯過一冊《菲律賓短篇小說集》（臺北：皇冠，1971）。他從很早以前就打定主意，要翻譯出一部「世界詩選」。1954年還曾與詩人覃子豪隔海通信，討論出版「世界詩選」的可能性。這個計畫最後成為《世界名詩選譯》（1965）、《現代名詩選譯》（1969）及《古典名詩選譯》（1971）三書，共收錄了一百二十位作者的三百篇詩作。值得注意的是，「世界詩選」三部曲的出版順序與實際時序並不相同：最先問世的《世界名詩選譯》收錄十九世紀名作，應為「第二」；其次印行的《現代名詩選譯》收錄十九世紀過後的當代作品，應為「第三」；最後出版的《古典名詩選譯》反倒是「第一」，收錄了十二世紀以降的作品（還補上前兩冊未及收錄的詩人詩作）。所謂的「古典名詩」並非指「古詩」，而是像譯者所言，是「流傳不朽、成為典範的詩」。

　　「世界詩選」的規劃與實踐，著實令人欽佩。至於為何只選譯三百首，譯者表示：「我已經將我三十多年選譯的最好的詩收入我的世界詩選；除非改換選譯的標準，我只能收入三百首」。什麼是翻譯家施穎洲遵行、信仰的標準呢？他早在1951年的〈譯詩：理論與實際〉中便明白指出：「翻譯只有一個標準，就是完全忠實於原作」。這是指包括譯詩的字句、節奏、音韻、體裁、風格、情調、神韻，都應該力求忠實於原作。在《現代名詩選譯》的〈談譯詩〉中，他還強調一首忠實的、理想的譯詩，必須符合兩個條件：

> 一、譯詩應該忠實地譯出原詩字句全部的意思，是及格的意譯，也是及格的直譯。
> 二、譯詩應該像原詩一樣是一首好詩，保持原詩的種種特點。
> 　　品評譯詩，首先應該將它拿來與原詩對讀，看它有沒有將原詩的全部意思忠實地譯出；其次便看它是不是好詩，像原詩一樣的好詩。通過兩重考驗，才是好的譯詩。

施穎洲「世界詩選」三部曲，正是這些標準、條件、考驗下的翻譯實踐。為達到自己對翻譯「必須完全忠實」的追求，他每每耗去大量時間，反覆閱讀原作，並參考不同語言的眾多譯本。譬如韓波（Arthur Rimbaud）的〈醉舟〉，他就參考了五種不同的英譯；波特萊爾（Charles Pierre Baudelaire）的〈冥契〉，也參考十種譯本。菲律賓國父、詩人黎剎（José Rizal）那首〈我的訣別〉更是先根據西班牙原文，再參考十九種英譯、四種中譯、一種法

譯之後，逐字推敲而得。在《世界名詩選譯》自序中，施老特別指出：譯詩最難處，在於「傳神」。為達傳神之目地，「譯者要與詩人品行互換，情感交流，靈魂相照的時候，才能捉住原詩的神韻，譯詩才能傳神」。

他對「世界詩選」三部曲的編譯成果顯然深具信心，遂繼續推出《莎翁聲籟》（臺北：皇冠，1973），將一百五十四首莎士比亞十四行詩全數譯出。他還在《古典名詩選譯》中直接點名朱湘、梁宗岱、戴望舒、顧一樵，說這四人可能都曾有過選譯世界名詩的構想，但或囿於個人興趣、或藝術尚未圓熟，終於沒有太大成績。施穎洲指出，這四人與譯有數百首英美詩的余光中，應該還是「譯詩比較有成就的」。

外文詩中譯已有顯赫成績，中文詩英譯遂成為施老後期翻譯事業的重心。《中英對照讀唐詩宋詞》其實不只涉及唐宋，全書一百二十篇詩詞還上溯晉代陶潛〈飲酒〉、下及元代馬致遠〈秋思（天淨沙）〉。施穎洲以英文抑揚四音步譯中文五言詩，用抑揚五音步譯中文七言詩，力求「走進詩的境界，承受詩人的品性與情趣，心心相印，情感交流，把那千金一刻化成永恆」之境地。李商隱〈夜雨寄北〉：「君問歸期未有期，巴山夜雨漲秋池。何當共剪西窗燭，卻話巴山夜雨時。」施老譯文：

You ask my homing date, no date to tell.

Night rains on Mount Pa the autumn pools swell.

When shall we by west window candle snuff

And talk about night rains on Mount Pa fell！

原詩與譯詩的押韻位置、「巴山夜雨」的重複出現，這類

基本功固不待言；最可見施老翻譯功力處，當屬行末押韻的單詞"tell"、"swell"及"fell"。此譯用字精確簡潔，頗能彰顯施老翻譯在「忠實」之外的特色。從事翻譯工作七十年的施穎洲，前三十多年將外文詩中譯為「世界詩選」，後三十年欲以中文詩英譯為「中國詩選」，其譯詩既追求文字上的忠實、更在乎文學上的忠實，允為把翻譯當作一生使命（Calling）的華人翻譯大家。

原刊於《文訊雜誌》第340期（2014年2月號）

逾越的愉悅：
半世紀來第一本《臺灣跨界詩歌選》

　　若從林亨泰、詹冰的圖象詩算起，臺灣跨界詩創作開展迄今已逾半世紀。起步雖早，但最精彩的表現應屬一九八〇年代以降的跨界創意：「詩人畫會上街展」（1983）、「視覺詩十人展」（1986）、「詩的聲光」（1986起持續多年）……，詩作紛紛躍出紙面，從躺著變成站著。九〇年代後期白靈、大蒙、德亮、須文蔚、杜十三承其餘續，成立「全方位藝術家聯盟」，詩從站著變成奔跑，不一小心就跑到了各文類的界線。

　　文類界線有何作用？一是供讀者參考，二是讓作者跨越——於是2005年起，林德俊、林群盛、許赫等人組成的「玩詩合作社」籌畫了一連串「詩遊戲」與「詩行動」，既要挑戰舊有之文類疆界，也欲打破非文學（實用）／文學（無用）的對立思維。活動策劃人林德俊在商業性最強的《蘋果日報》上付費刊登詩廣告，邀請一群詩人用詩佔領廣告版面，乃至煞有其事地「誠徵詩人」、「尋找詩蹤」。詩廣告挑戰了作者的創意因子，讀者的閱讀習性，也挑戰了媒體的辨詩能力：像這句「親愛的，請來、請來殖民我」（劉哲廷〈空虛先生售屋〉），差點被《蘋果日報》懷疑為色情廣告而拒刊。《蘋果日報》分類廣告竟遭當代詩人「蘋果日爆」，無怪乎媒體記者爭相報導此一詩之逆襲（按：二十年前胡寶林視覺詩〈一則分類小廣告〉即有同樣構想，但被報社廣告部門無情拒絕）。從2009年「行詩走肉團」街頭廣發詩傳單跟陌生路人擦撞、《聯合副刊》經營有成的「聯副文學遊藝

場」、臺北詩歌節的影像詩創作……，看來詩之逆襲顯然尚在延續。

詩／畫／影／劇／聲／光，六者間的曖昧模糊、融合交媾，既構成了作者的挑戰，亦擴展了讀者的想像。詩從文字形式推進到行動層次，半世紀來已創造出新的傳統，一個應命名為臺灣「跨界詩」或「跨界詩歌」的新傳統。所謂「跨界詩歌」是指：超出純文字表現形式之詩歌作品，向其他文類或藝術類型乃至生活範疇跨界之詩作。舉凡圖象詩、小說詩、歌詩或詩意歌詞、演詩或詩劇、視覺詩、物件詩、裝置詩、數位詩、影像詩、行動詩與詩行動……以上皆屬跨界詩歌作品。為了集體展示半世紀來臺灣跨界詩的成績，筆者與中國大陸的徐學教授合作編選出這本《逾越：臺灣跨界詩歌選》（中國福州：海風出版，2012）。經與顏艾琳、陳靜瑋、林德俊三位編輯顧問磋商，最終決定書中不分世代或詩齡，僅依姓氏筆畫排序，依次收錄大蒙、白靈、林煥彰、林群盛、林德俊、崔香蘭、張國治、陳克華、游書珣、焦桐、葉覓覓、路寒袖、管管、德亮、鴻鴻、顏艾琳、蘇紹連的作品。這十七位詩人，加上未蒙同意或無法聯繫的杜十三、夏宇、陳黎、劉亮延，正是編者們心目中「半世紀臺灣跨界詩歌」的正典名單。在沒有更好的選擇之前，這些跨界詩歌只能以紙本（實體書）出版的方式呈現；至於無法以文字再現的「詩行動」與「詩影像」，就暫存在YouTube之海中供捕撈搜尋與自由分享。編者們也期待有更多「數位詩集」誕生，方可承載未來跨界／數位詩歌創作的種種可能。

自從2007年Amazon推出電子書閱讀器Kindle後，電子書、電子紙張等消費性電子產品邁向高度成長階段。隨著「硬體」變革更新，「文學」亦產生了新的可能性。臺灣身為全球最大的電子

紙張製造國，本具有發展數位閱讀產業的絕佳條件。隨著近年讀者消費習慣的明顯改變，臺灣出版業者也開始投入並經營電子書與數位閱讀平台。值得注意的是：早期將紙本內容掃描為PDF檔案即被稱為「電子書」；今日的「電子書」或「加值型電子書」卻以更豐富的數位界面設計與服務取勝，讓閱讀一本書不再只能用眼看或用心讀，而是各種感覺的交錯，並加入了強大的社群及互動功能。雖然有硬體發展優勢，但無須諱言，臺灣的數位出版囿於規模及收益有限，迄今尚未成熟。與其他國家相較，此點更為明顯。張崇仁主編之《99年圖書出版產業調查報告》（臺北：行政院新聞局，2011）便指出：中國大陸民眾數位化閱讀不斷成長，手機閱讀比例已達到23%，充分展現數位閱讀在該地市場的潛力；2010年美國圖書出版產業淨收入為279億美元，其中實體銷售金額為244.3億美元，電子書總銷售金額為35億美元，占整體市場12.6%，顯示電子書市場仍在持續成長；2010年度日本電子書的市場規模已達670億日元，預計2014年電子書市場規模將超過1,500億日元。而觀察臺灣出版業的收入來源，在比例上，紙本書販售依然是出版業者主要收入來源（佔90.1%），來自數位出版品的收入仍非常微小，只占整體收入的1.4%，顯示臺灣數位出版內容市場仍有待耕耘。且據調查，在臺灣有出版電子書的業者中，其數位出版品格式以PDF居多，佔73.2%，遠高過ePub和Flash的總和。可惜PDF檔案只是從紙本書過渡到電子書間的權宜之計，無法為數位科技所能提供的特殊閱讀體驗提供多少「加分」。PDF格式畢竟離聲色光影、感覺交錯或感應互動……都太遙遠了。

　　上述之數位硬體（如電子書、電子紙張）的發展與數位內容（如數位詩作、數位詩集）的貧瘠，其間落差確實值得深思。無

論如何，數位時代的來臨，讓「關於詩的創意」變得更容易具體實現及快速傳播，並大幅增加了社群集體創作的可行性。當適合閱讀體驗的數位詩作與詩集真正大量出現，聲光、影音、互動、連結等各種技術將成為常態，並融合為臺灣新詩創作的一部分。既然身處數位時代，評論者就應該關注數位科技的發達對詩人本身、詩作內容及表達方式產生了什麼影響，並提出相應的評論對策。

《逾越：臺灣跨界詩歌選》的面世，見證了詩人們如何果敢地逾越了詩的邊界，並替讀者創造出愉悅的閱讀體驗。在逾越與愉悅之間，且看當代詩人如何在數位雲端繼續馳騁，以創意挑戰既有邊界，用詩跟整個時代抗頡。

原刊於《文訊雜誌》第318期（2012年4月）

一群青年藝術家的畫像：
台大現代詩社與七〇年代的羅智成

　　詩是最殘酷的文類——既是「青春限定」，又是「貴族體質」，臺灣現代詩始終無法擺脫環境的敵視與讀者的漠然，逼得詩人只好在文字裡自焚，盼望燃起的火光能帶來一絲溫暖。當年輕的校園詩人面對周遭的狐疑冷漠，唯有選擇聚集結社，互擁取暖的成分往往大過詩觀抑或理念之契合。也幸好有這樣的結社，讓詩這個文類始終能在校園內危而不墜，險而不滅。校園有詩，詩人結社，詩社出刊……，這些校園詩刊與社團終究培育了無數文學新苗，允為現代詩發展史上的「新手農場」。

　　我曾在〈集會結社之必要——臺灣戰後大學詩社／詩刊群相〉（《文訊雜誌》第301期，2011年11月）中指出，這些校園詩社的共通點十分明顯：不太嚴謹的組織、時見窘困的經費、質樸粗糙的編排設計印刷。還有，它們的壽命多半短暫，成員多半游離，刊物多半不定期。壽命短，故不流行登記立案；成員散，故難掌握確切名單；刊物雜，故蒐集保存皆無比困難。短、散、雜，對研究者來說可是每項都很「致命」。就現有資料研判，臺灣戰後第一個大學詩社，應是1951年由林曉創辦峯的「台大詩歌研究社」。除了創辦人林曉峯，楊允達與羅行亦是社中要角。該社社刊命名為《青潮》，是不定期的詩歌綜合雜誌，早期除了新詩，還收錄了一部分舊詩詞與詩論。「青潮」刊名的由來，一是指青色的海潮，二是指青春的熱潮。在那個化筆端為槍口的五〇年代，該刊〈復刊之獻〉亦不能免俗做出交代：「今日，在反攻

抗俄的陣線上，《青潮》也擔負起它的本位工作。它有兩大使命：學習與創造」。

　　1957年的台大校園，來自香港的「僑生」余玉書又組織了「海洋詩社」，同年5月出版《海洋詩刊》。當時用原名「余祥麟」擔任社長的余玉書，是在就讀台大中文系期間創辦「海洋詩社」與《海洋詩刊》，臺北、彰化、九龍都還各設了一個辦事處，方便聯絡。他在發刊號上寫道：「在文學史上我們可以知道，海洋文學，有著光榮的里程碑。《海洋詩刊》是意味著跨過重洋，我們要發現詩的處女地，探勘深層的礦苗，墾殖荒野的叢林」、「今日，在海洋藍色的旗幟下，在悲壯的螺角號聲中，我們詩的聯合艦隊宣告出發，我們將從事詩的新處女地的探險和開拓，我們承認新詩是『橫』的移植，但我們更強調『縱』的繼承」──詩是一座橋，唯其能溝通港台兩地；詩是一座梯，唯其能從現在爬向古典。而背負著「僑生」身份赴台求學的余玉書（們），只能用勤寫詩、組詩社、印詩刊的方式，抒發對隔海家園的深切思念。今日看來，《海洋詩刊》應為戰後臺灣文學史上，第一份自覺應該追求與建構「海洋文學」的雜誌。

　　作為臺灣第一學府，五〇年代「台大詩歌研究社」與「海洋詩社」首開風氣之先，但皆囿於難以維持，終不免消散於歷史雲霧中。臺灣大學真正「長壽」的校園詩社，當屬1976年由羅智成、廖咸浩、詹宏志、楊澤、苦苓、方明、天洛等人所創的「現代詩社」。該社曾數度易名，1976到1989年叫「現代詩社」，1990到2000年改稱「詩文學社」，至2001年又改回「現代詩社」。石計生（奎澤石頭）、劉裘蒂、林宗毅、王聰威……都當過該社社長。九〇年代起，該社以書籍形式出版了九本詩刊：《陌生的沉默海洋》（1993）、《海洋之旅》（1995）、《凝》

（1996）、《詩針》（1997）、《迷詩》（1998）、《百葉窗》
（1999）、《不可思議的房間》（2000）、《靜物》（2003）、
《即景》（2009）。

　　七〇年代臺灣大學「現代詩社」的誕生，約莫與政治大學游
喚、陳家帶等人組成的「長廊詩社」同時；但最能作為強烈對照
者，卻是高雄醫學院曾貴海、江自得、王浩威等人的「阿米巴詩
社」。這個島嶼南方的社團，正如其名阿米巴（amoeba，即變形
蟲），社刊之開本與外貌經過多次變形，但「社會參與」、「人
文關懷」卻是從來不變的堅持。以詩言志是「老阿米巴」與「小
阿米巴」共同的理想，他們希望能在醫學技術之外，找出身為醫
學院學生該有的人文精神。

　　與「阿米巴」相較，台大「現代詩社」之成立比較接近歷史
的偶然，很難視為各社員詩觀、理念或生命的契合。羅智成、廖
咸浩、詹宏志、楊澤、苦苓、方明、天洛等，青年時期的詩作風
格本就異多於同。離開校園、羽翼漸豐後，羅智成與楊澤成為新
一代詩人中的佼佼者，苦苓的政治詩、方明的涉事詩亦走出了自
己的特色；其他幾位成就另在他方，就算詩心猶在，惟詩筆之重
量已非手腕所能負荷。詩是最殘酷的文類，在此又是一則警世
顯例。

　　學生時期便詩作質量兼具的楊澤與羅智成，其實也都有困頓
於工作，望詩而興嘆的停筆乾涸期。楊澤1977年由洪範出版《薔
薇學派的誕生》，兩年後又有龍田版《彷彿在君父的城邦》，隔
年又增訂印行時報新版。詩集密集連發，彷彿盛事慶典——誰也
沒想到煙火來匆匆也去匆匆，一直要等到1997年，才又有了元尊
版詩選集《人生不值得活的》。然後又是寂靜的十五年，期間楊
澤雖非無詩，但數量少得難以結集成冊。當然，比起完全放下詩

筆的瘂弦，或者勉力續寫卻新不如舊的余光中、鄭愁予，楊澤（始終帶著異議者／對抗者色彩的）抒情詩還是更值得我們等待。

至於羅智成，則是完全不一樣的典型——不，應該說是「非典型」。自七〇年代後期起，楊澤迷人的「薔薇學派」與羅智成（高中便完成詩學構想）的「鬼雨書院」，一直都是文藝青年們的兩座夢中宮殿——更別提臺灣五、六乃至七年級詩人，誰不曾想過一睹全貌？彼時的社會氛圍與文學風向，著重鄉土、寫實、批判與反映。楊澤的詩，多少還可以找到外在現實的指涉，甚至還留有中國性（Chineseness）的遺跡與哀愁。羅智成則選擇走自己的路，完全不在意詩篇與外在現實的對應，誠如其日後所云：「做為一個新知識與新經驗的冒險者，我們不甘但也不必畏懼淪為少數。只要真誠地面對自己，我們必能更加接近世界的真相與生存的意義」（〈少數宣言〉）。

七〇年代的青年藝術家羅智成，耽溺於思考、能詩復能畫，印行出版《畫冊》（1975）與《光之書》（1979），也完成了《泥炭紀》的初稿。我們可以在其中看到象徵主義的影響，當然還有紀德、里爾克與一點方莘的影子。他以僧院、宮殿、異教徒為背景，親暱召喚／認真虛構「Dear R」與「寶寶」，並開展各種可能性的探索。甜蜜的抒情小品依然是這個階段的強項，如《光之書》中〈蒹葭之3〉：

> 風
> 冷冷地向我們取明的燭火瞥了一眼
> 那乍暗而未復明的一瞬
> 妳華麗的愛情

驚惶地向我探詢

「聽」！

我說。

風吹奏著群山……

此時的青年藝術家，揚情感而抑敘述，重精雕詩句甚於經營結構。一直要到〈那年我回到鎬京〉（1980）、〈問聃〉（1981）、〈離騷〉（1982），抒情才真正與敘事結合，孤獨的夢想者才終於完整把握到「文明」的重量。沒有這些收錄於《傾斜之書》（1982）的艱難蛻變，青年藝術家羅智成就不可能在中年繳出長達2700行、大幅改寫神話傳說的《夢中情人》（2004）。唯有這般決絕地向甜蜜的七〇年代告別，才會孕育出新絕句《地球之島》（2010）與歷時十二年方完成的《透明鳥》（2012）。

七〇年代的台大現代詩社已是一則傳奇。其間誕生了「薔薇學派」、矗立過「鬼雨書院」，迄今居然只剩下羅智成不改其志，依舊用詩的形式進行神祕的蠱惑與深僻的探索。校園詩人真正的問題，通常都是在離開校園後才會出現。其實詩人結社／不結社，往往只是偶然的機遇與巧合。聚散離合之間，唯有詩才是必然。一人既可成「鬼雨書院」，創作又何需「團結聯盟」？

原刊於《聯合文學》第330期（2012年4月）

閱讀「60-80」，想像「70-90」

　　由詩人顏艾琳策劃的1960詩人展／1980詩刊展，2012年4月間於「永樂座」書店熱鬧登場。我有幸受邀參與其中一場三人座談，另外兩位對談者是皆於1964年出生的鴻鴻與劉三變。此系列活動共有四場座談，由策劃人邀約一群出生於六〇年代的「現代詩文青」，現身／獻聲說明他們在八〇年代對詩的熱情與夢想。這群詩人皆已年過四十，邁向五十，堪稱一路從文青走向文壯；更壯麗者應屬他們昔日擘畫的星圖，譬如「南風」、「薪火」、「長城」、「新陸」、「象群」、「地平線」、「曼陀羅」、「四度空間」……。對現在三十歲以下的青年學子來說，這些詩社或刊物太過陌生，比不上學校圖書館逐期訂閱、龜壽鶴齡的《笠》與《創世紀》。我生於1976，唯一加入過的詩社「植物園」活躍於九〇年代，怎麼看都像「60-80」的次一世代。但這次座談會中唯一不屬於「60-80」的我，卻一直羨慕六〇詩人的整齊筆陣、壯盛軍容，以及八〇詩刊所處之解嚴前後「最後革命年代」。

　　解嚴前後的動盪與激情，今日既難再（亦不必）重現。我以為現代詩自有其「詩的民主與正義」，不需動輒拿刀動槍、血肉相見。同樣是「革命」，詩人執筆與戰士拔劍更應明確區隔，且革命氣質通常遠較革命口號更為動人。六〇世代詩人中最具此一「革命氣質」者，允以陳克華、林燿德、鴻鴻、唐捐、林群盛五人為代表。其中既有陳克華的外星狂想與性別試探、林燿德對四大主題（星球、戰爭、都市、性）的上下求索，亦有鴻鴻筆下詩

與生活、自由的坦然連結。唐捐《意氣草》乍看低調，殊不知這靡花惡草竟誘惑我主動寫下生命中第一篇評論；1969年生的林群盛以動漫與遊戲為職志，處女作《超時空時計資料節錄集 I 聖紀豎琴座奧義傳說》正是臺灣詩史上最「卡通化」的詩集。比起同時期羅青的厲聲疾呼、Frederic Jameson及Ihab Hassan的特徵羅列，這五位六〇詩人作品中的另類視野與革命氣質，似乎更能進一步啟發我個人的「後現代想像」。

詩作如此張揚炫目，詩刊又豈甘於保持沈默？八〇詩刊的最重要推手，可以現在鮮少與詩壇互動的楊維晨為代表。以跨詩社模式集結各地青年詩人的「象群現代詩社」，於1986年9月推出文庫本大小的《象群》創刊號。楊維晨在〈莊嚴與幽默——象群創刊詞〉裡述說這群詩人：「一方面在創作主題風格上幾乎南轅北轍，一方面又分別盡是各個詩社的菁英與新銳，而卻共同組成了一個詩社，可不可能？」他還指出：「我們決定不『具體』地發展『象群』；『象群』的成立以及持續將只依於同仁們在藝術上的默契，而不是依於對任何詩學詩觀的認同或共識。換言之，我們將不主動舉辦任何對外的活動，也不會讓『象群』介入任何批評論戰的紛爭之中，除了藝術——『表現的美』的堅持之外，『象群』沒有任何風格。」

除了楊維晨，《象群》創刊時另有吳明興、黃靖雅、林燿德、胡仲權、許悔之、陳建宇、黃智溶、羅任玲等人以詩為援。1987年3月第三期問世後，《象群》便與以東吳大學文藝研究社詩組為班底的《南風》合併，改組為八〇年代海峽兩岸最「豪華」的詩刊《曼陀羅》。因為得到豪友印刷負責人陳清敏的支持，在楊維晨主導下的《曼陀羅》，還一次推出了三本詩集：黃靖雅與楊逸鴻合著之《山月默默》、方飛白《阿拉伯的天空》，

以及楊維晨自己的《無聲之聲》。臺灣的詩刊／詩集封面罕見燙銀處理，內頁全採雪銅紙印刷更非常態，主張「追求精緻文化／享受完美人生」的《曼陀羅》出版品，問世後馬上引起矚目。

可惜《曼陀羅》的精緻華美，依然無法抵擋文化界的潛規則：市場是詩刊最大的敵人。先是最大的外援「豪友出版社」不堪虧損，楊維晨、方飛白諸君只好創辦「雲葉出版社」接棒。棒子還沒接穩，招牌卻換了不止一次（曼陀羅設計工作室、曼陀羅創意工作室、吉光片羽工作室），都是為了讓刊物存活下來。這趟求生之旅邁入第四年，《曼陀羅》才主動在第十期上宣布「我們喊了暫停」（楊維晨語）。這期間《曼陀羅》曾還推出鴻鴻《黑暗中的音樂》、楊維晨《無言歌》與羅任玲《密碼》這三本同仁詩集，再加上全套共三十二張的詩書籤。

因彼時的圖書館典藏制度並不健全，加上很多詩刊跟《象群》一樣只印三百五十份（甚至更少），與我同輩之「70-90」世代對這些「60-80」故事通常十分陌生。我1994年高中畢業、進入大學前夕，曾特意四處蒐集「60-80」的刊物與詩集。經過一番「補課」閱讀，十期《曼陀羅》與六本同仁詩集很快就擄獲我的目光──雖然他們不曾戰勝市場，但至少願意靠近市場。至於楊維晨「青春期」的詩我個人雖感受不深，但無礙於讚賞他的胸中宏圖與頑固堅持。

《象群》的跨詩社集結模式，對我應該也有所啟發。1994年我與另外三十九個多為新鮮人的大學生，創辦「植物園現代詩社」與《植物園詩學季刊》，便採取了跨校際的方式。因社員分居全台各地，最遠一位家住馬公，連社名都得郵寄選票後才能確定。猶記得當年我提的「植物園」只以一票之差，險勝孫梓評所倡之「詩人有限公司」。且當年不知好歹冠上「詩學」兩字，

竟也是偏愛詩歌評論的我「偷渡」而成。1998年六位「植物園」社員大學畢業，同時出版詩合集《畢業紀念冊：植物園六人詩選》，正式向青春歲月告別，自校園詩社「畢業」。曾為植物園同仁，後來又出版個人著作者有：林怡翠（現居南非，著有詩集《被月光抓傷的背》等多部）、陳思宏（現居德國，著有長篇小說《態度》、散文《叛逆柏林》等多部）、孫梓評（著有詩集《你不在那兒》等多部）、張耀仁（著有小說集《親愛練習》等多部）、黃永芳（著有小說集《尋找獨角獸》）、何雅雯（著有詩集《抒情考古學》）、邱稚亙（著有詩集《大好時光》）、洪書勤（著有詩集《廢墟漫步指南》）等。

現在回顧起來，與意氣風發的「60-80」世代相較，「70-90」催生的《植物園》雖然同享愛詩之心，但畢竟還是虛胖的——創作人數與作品數量皆然。一度備受期待的林思涵、邱稚亙、黃永芳、潘寧馨早已停筆，洪書勤2011年印行之《廢墟漫步指南》半為舊作，何雅雯與我取得博士學位後更是多評詩、少寫詩。真正的「線上詩人」，似乎只剩孫梓評與林怡翠。但以兩人的筆力與才氣，豈甘囿於「現代詩」這單一文類？他們在小說與散文上繳出的成績，在「70-90」世代中更為突出。

閱讀「60-80」，想像「70-90」，便能深刻體會到詩社／詩刊的興衰只是一時，世代之間的傾軋更多為虛晃。往事縱然似夢如煙，至少還有詩留下些許殘痕，見證著我們曾經勃發的青春。

原刊於《文訊雜誌》第325期（2012年11月）

還要新世代多久？

──2012詩與詩論的年終回顧

　　去年年終我於《聯合文學》發表〈詩的盛世〉，試圖證明2011年既發生了許多詩的盛事，從出版角度來看亦允為詩的盛世。豈料文章發表後，被慣稱為「新世代」的各年級代表性詩人不約而同，於十二月輪流施放煙火：五年級唐捐施展《金臂勾》，六年級李長青交付《給世界的筆記》，七年級林達陽傳遞《誤點的紙飛機》。唐的戲謔癲狂、李的直面現實、林的虛構迷離，三本詩集絕不妥協地各成一窗風景，也象徵了三個年級間「世代差異」具體成形。期盼甚久才等到所謂「新世代」分裂歧出，我又怎能不滿懷欣喜，迎向2012？

　　企業經營需要KPI關鍵績效指標，所幸評估詩及詩論還用不到這套。惟僅就數量而言，2012年的詩集與詩論出版量皆明顯減少，亦不復聽聞去年「詩集出好多呦，都沒錢買了怎麼辦？」這類哀嘆。好書畢竟不會也不該寂寞，「經典重出」的幾本夢幻逸品應是今年的第一個亮點。蘇紹連《童話遊行》、羅智成《光之書》、劉克襄《革命青年》，在在重現上個世紀八〇年代解嚴前的壓抑氛圍下，向內挖掘的詭奇想像以及向外吶喊的鏗鏘自覺。其中《革命青年》彙整自《松鼠班比曹》《漂鳥的故鄉》《在測天島》三書，是劉克襄憤青時期的珍貴代表作。今日聞名的「觀鳥達人」與「市場超男」，早年實以政治詩起家。這些作品質樸單純卻理直氣壯，諷世刺人時堅持一個也不饒恕，其質地遠非學院或咖啡館內的革命詩人可比。至於他以「劉資愧」本名印行百

餘冊（後又焚燒殆盡）的《河下游》，恐怕跟羅智成《畫冊》一樣，都在詩人「悔少作」考量下復刻無期。

第二個亮點則是五、六年級詩人漸成臺灣詩創作的中堅世代，評質抑或論量，率皆如此。比他們更早一輩，當然還有陳黎、羅智成，乃至更資深的張堃等皆有新作問世：困於惡疾的陳黎以兩百首「再生詩」完成《妖／冶》，教皇羅智成孵育十年乃有長詩《透明鳥》，張堃裁縫生活入詩遂能感受《影子的重量》。但五、六年級的詩隊伍顯然更為龐大。羅任玲《一整座海洋的靜寂》、鴻鴻《仁愛路犁田》、李進文《雨天脫隊的點點滴滴》、隱匿《冤獄》、孫梓評《善遞饅頭》，以及黥向海「新歌加精選」式的《犄角》，是今年中堅世代最能彰顯個人風格的六本詩集。至於楊寒、木焱、薛赫赫、邱靖絨、游政穎這幾位六年級詩人，創作資歷都超過十年，也都選擇於2012年印行新詩集，唯皆難抗同一世代黥向海《犄角》的魅力與威力。鯨詩勝在風格成家，難以襲仿。不獨是本地，若將臺灣六年級其他詩人的作品抹掉名字放到對岸詩壇，鯨詩應該還是最難找到「中國好朋友」的特異聲音。

第三個亮點是七年級詩人日常雖活躍於網路，但也開始主動結集成冊，以饗實體書讀者。活躍於各大小文學獎的作者，今年似乎特別勤於露出：阿布《Déjà vu似曾相識》、廖啟余《解蔽》、徐培晃《火宅》、潘家欣《妖獸》、吳俞萱《交換愛人的肋骨》與推出第三本詩集的羅毓嘉《偽博物誌》，毫無疑問都是七年級最具代表性的創作者。羅毓嘉繼《嬰兒宇宙》後的這冊《偽博物誌》，再度獲得寶瓶文化加持，應是七年級詩人中首位蒙大型出版社特意培育的新星。悠遊網路世界者不難發覺，羅毓嘉與黥向海雖有十歲差距，但兩人皆屬跟隨及按讚者眾多的超級

FB名人。讀者們透過部落格或臉書與作者頻繁互動，究竟對羅與鯨的創作有何「影響」，應該是值得持續追蹤觀察的議題。但《偽博物誌》中最能打動我的，竟是那篇後記〈這是一本靜物之書〉。兩年前剛踏入職場的高材生，如何抵抗財經記者一職尾隨的誘惑、貪婪與冷酷⋯⋯羅的散文在此比詩更為精準動人。說到「貪」，我必須承認自己是個貪心的人，都到年底了還在期待林餘佐、崔舜華、波戈拉三位七年級詩人的作品能夠整編印行。畢竟讓讀者品嚐了一整年渴望與折磨交替的滋味，明年總該作個交代吧？必須一提的是，我認為「新世代」一詞，放在今日的五、六年級身上已沒有多少意義。對邁向知天命的五年級和迎接不惑之齡的六年級來說，「究竟還要新世代多久？」林燿德九〇年代前後提出的「新世代詩人」論，其內容與描述恐怕已逾時效——臺灣現代詩走到此刻，真正的「新世代」應該由七年級詩人拿出作品來承擔。

最後一個亮點來自詩刊。《臺灣詩學》居然健康平安、從不脫期的走了二十年。當年的詩刊界小老弟，迄今已成為唯一同時擁有詩論壇與學刊的創、評重鎮。今年《現在詩》又輪到夏宇主編，於是有了實驗性十足的《劃掉劃掉劃掉》。最年輕的詩歌游擊隊《好燙詩刊》也以連續三十六個□□□□□來表示主題（馬賽克），主編「煮雪的人」還祕密出了一本《小說詩集》。積極深入高中及大學招募社員的《風球》，活動不曾間斷，人數仍在擴增。資深的《創世紀》、《笠》、《乾坤》當然還在⋯⋯，光看詩刊這塊，2012算是「過得還不錯的一年」吧？

未盡圓滿者，當屬2012年詩評論的欠收。網路上討論最火熱的「《中時》謝微笑」與「《聯合》鍾神話」兩大文學公案，詩論家們既難以切入、亦幾無參與，詩評論之弱勢可見一斑。以著

作而論，蕭蕭推出力作《後現代新詩美學》，為自己經營多年的新詩美學三部曲劃下完美句點；六年級則有陳政彥《臺灣現代詩的現象學批評：理論與實踐》、楊宗翰《臺灣新詩評論：歷史與轉型》。這些書的共通點，就是學院味太重了些。至於顏艾琳《詩樂翩翩》偏向文創教學，嚴格說來並非新詩評論。我個人最引頸盼望的，還是數位文學界「雙蔚」須文蔚、陳徵蔚的最新評論結集。臺灣的詩創作早已不再侷限於紙本或平面，當超文本／跨文類／多媒體的詩洶湧奔至，請問評論者要拿什麼工具與之交鋒？以什麼作標準評斷高下？

原刊於《聯合報》副刊（2012年12月22日）

傳奇已止，研究待續
——還林燿德以真實

面對二十世紀華文文學界耀眼的彗星，一個讀者除了以閱讀憑弔其英年早逝，究竟還能夠做些什麼？為了想要認識和呈現「完整的寫作人林燿德」，在學者鄭明娳教授與作者妹妹林婷全力協助、支持下，我才有機會於2001年主編一套五冊、共計五十萬言的「林燿德佚文選」。由華文網印行的這套書，收錄了林燿德的晚期重要著作，共涵蓋了一冊「批評卷」《新世代星空》、兩冊「創作卷」《邊界旅店》《黑鍵與白鍵》、一冊「短論卷」《將軍的版圖》，以及一冊「譯介卷」《地獄的佈道者》。

既名為「佚文選」，主要是想收錄作者未曾（來不及！）結集出版的書寫成果。這五十萬字包括文學評論、小說與極短篇、散文、新詩、劇本與深度對談，還有專欄、短論、序跋、書評、翻譯、中外文學評介。若考量到從1991年到1996年1月猝逝，林燿德在這五年間還繳出了五冊評論、三冊小說、兩冊散文與一冊長詩集的成績單，更能看出他生命晚期的寫作速度、數量及橫跨之文類有多麼驚人。作為同世代作家群中的領先者，他究竟為何不斷想跟時間賽跑？為何著急於創造與實踐「新世代論述」？為何主動挑戰甚至挑釁疆界的存在，彷彿塔羅牌中的「愚人」般期盼「藉著醉意踏出懸崖、去體會墜落的快感」？這些都成為我後來一再思索的問題。

「佚文選」出版後，2002年3月我寫下〈火光之隙，讀林燿德〉（《幼獅文藝》第579期），透露了在編選過程中的一點

「堅持」：在晚期五十萬字未結集創作總整理外，林燿德首篇文學獎得獎作品〈都市的感動〉及最早公開發表的散文〈浮雲西北是神州〉，都是我個人堅持要留下作為附錄的。向陽在〈描繪早逝詩人的畫像〉（《誠品好讀》2002年5月號）中敏銳地指出：

> ……編者的用意又希望「多留存一些林氏生前的文字」以全其真，勢必出現作品水準參差、少作與成熟之作並置、嘔心瀝血之作與遊戲文章隔頁的現象。以附錄I所收兩文〈都市的感動〉與〈浮雲西北是神州〉為例，前者為林燿德參加全國學生文學獎得獎作品、後者為高中時代參加神州詩社所寫散文，均為少作，林燿德生前著作未收，應有藝術水平的考量；楊宗翰作為《佚文選》編者將之納入，則有留存已逝作家少作的計慮。

若非囿於能力有限，我真正想要收錄的，豈只有這兩篇而已？想觀察一名作家的成長及轉變，我認為林燿德的創作初萌期——或說是「少年林燿德」時期——理應獲得更多關注。王浩威、劉紀蕙對林燿德究竟屬於「現代」抑或「後現代」的討論固然饒富深意；但我更感興趣的，卻是那個「從來就不『一以貫之』的林燿德」。一九七〇年代末期參與「神州詩社」的少年林燿德，年輕易感的衝勁中混淆了行動、愛國與浪漫情懷；直到國民黨政府下令殲滅「神州」、逮捕「大哥」溫瑞安及方娥真，那個美麗而封閉的「文學烏托邦」始逢遽變，幾乎要讓還是高中生的他從此啞筆無墨。這般慘痛的啟蒙經驗，不但使少年林燿德被迫一夜長大，也讓他終生對身分認同問題保持敏感，筆下對政治議題常懷嘲諷。

經過此一成長磨難後「不再少年」的林燿德，開始極度約束詩文裡的「自己」，不輕易於作品中顯露私我感情。他最常被歸類的兩個標籤：「都市文學」和「後現代」，其實也最符合他後來的轉變——「都市文學」強調知性，色調趨冷偏硬；後現代思潮的「不確定性」，恰好成為林燿德批判世事的準繩。在2001年前後資料有限的狀況下，對「少年林燿德」的觀察，僅僅只能算是我個人的閱讀「心得」，遠遠談不上開展出什麼「研究」。至今我依然相信「少年林燿德」和「神州」、「三三」甚至作者父親林瑞翰教授間，還有很多可談的往事或發現，也衷心期盼能看到更多研究者就此進行深入的考掘。

在編輯「林燿德佚文選」的過程中，我發現僅2001年前與林氏相關的各式評論就超過了百篇，多數皆屬作家所撰寫的期刊或報章短文。一晃眼又過了十三年，這段期間的「林燿德研究」，生產重心則移轉到海峽兩岸的文學相關系所碩、博士班研究生，且主題廣泛、不一而足。林燿德生前嘗欲敲開學院大門，卻始終欠缺臨門一腳；豈知他逝世後最忠心的讀者，卻來自於這些恐怕根本無緣相識的新生代碩、博士研究生。近年來在學術會議上，偶爾會聽到「不應該『神話林燿德』」的呼籲；其實我建議，對作家致敬的態度與方式，應當是「傳奇已止，研究待續」——讓大家用更多紮實的研究及討論，還林燿德以真實。

既然工作未完、必須待續，我就提出一些想法，盼能對「研究『林燿德研究』」有些幫助：

（一）與各世代作家間的競爭／互動

在林燿德逝世多年後，晚一年出生、同世代的楊照遲至2010

年3月始發表〈遲來的悼亡〉（《聯合文學》第303期）。此文的
副標題是要談「林燿德的《銀碗盛雪》、《一座城市的身世》、
《一九四七高砂百合》」，結果這三本書在文中出現處不多；出
現最多的，卻是林燿德跟楊照兩人間談不上「愉快」的互動。
楊照也坦承年輕時對這位同輩作家「保持沉默，近乎完全的沉
默」、「擔心自己對他作品的敵意，中間畢竟攙夾了嫉妒的成
分」。畢竟兩人一為「小神州」、一為「小三三」，而林燿德當
年獲得的肯定與掌聲比楊照「來得多且明確」。面對這樣誠實
的告白，更引發了我對「同輩作家如何看待林燿德」這件事的
興趣。除了林燿德（1962）、楊照（1963），臺灣一九六〇世代
作家中，稍長者有王浩威（1960），稍晚者有羅任玲（1963）、
田運良（1964）、黃啟泰（1967）、顏艾琳（1968）、陳裕盛
（1968）……。這些與林燿德文學生命有過或長或短交會的作
家，今日又是怎麼看待他的創作成績？對同世代作家如此，對不
同世代作家更該逐一檢視：被林燿德奉若爸爸的羅門（1928）、
視同兄長的羅青（1948），當然還有「大俠」兼「大哥」的溫瑞
安（1954）。連未滿三十歲的七年級作家群中，都可以找到像朱
宥勳（1988）小說〈堊觀〉那樣，被部分讀者「誤遞」為與林燿
德〈惡地形〉對話之作——但作者原初想致意的，卻是另一位小
說家黃錦樹（1967）。

（二）海峽對岸如何看待林燿德

　　林燿德生前與中國大陸文人多有往來，我就寫過一篇〈「現
代派」的隔代會遇〉（《幼獅文藝》第570期，2001年6月）談施
蟄存與他之間的互動交流。但一直要到逝世後，林燿德的創作才

能以兩冊專書的形式登陸：《都市抒懷》（北京：中國友誼，1996）、《林燿德散文》（杭州：浙江文藝，1999）。《林燿德散文》當初首印一萬冊，這對生前幾無「再版記錄」的林燿德來說，不知道算不算另類的遲來肯定？作為帶有「懷念故人」色彩的選集，讓人不禁想問：海峽對岸出版社及編選人的選文標準何在？中國大陸讀者透過這兩本書，將認識到林燿德哪一（些）面向？林燿德生前對「臺灣的大陸文學研究」及「大陸的臺灣文學研究」皆不乏批判，現在的中國大陸文學界，又是如何看待林燿德當時亟欲矯正時弊之用心？

（三）被刻意忽視的其他類型創作

　　林燿德本身對動漫畫相當熟稔，他的小說與詩作便不時透露出這方面的背景。但是他跟《YOUNG GUNS》作者、漫畫家林政德合作的全彩漫畫《鬥陣1》（臺北：大然，1992），卻鮮少被人討論。這是國產長篇漫畫第一次在報紙上連載，劇本正是由林燿德撰寫；另一舞台劇本《和死神約會的一百種方法》（臺北：晴衣工作室，1994）由戴晴衣與林燿德合著，同樣也幾無研究者提及。書名聳動的《淫魔列傳》（臺北：羚傑，1995）出版後也乏人問津，其實林燿德這本專寫幽靈人種、女巫異端、性虐待、戀童癖、分屍魔的書，用意深遠：「幾百年來發生在地球上女巫的悲劇，如果還能帶給我們什麼教訓，那就是：一個真正成熟的社會必須包容『另類』、『少數』和『異端』，不論它傳承自古老斑駁的史前時代、或者是自發於我們所處身的現實時空」（頁65）。

196

（四）重新編印林燿德作品集

更年輕一代的讀者想要認識林燿德，多半只能往圖書館跑。面對這種絕版書阻礙作者／讀者相識的困境，取得家屬合法授權後，由我主編、重印林燿德最後一部長篇小說集《時間龍》（臺北：釀出版，2011）。關於重新編印，這當然只是一個開始。倘若能夠安排處理順序，我想推薦《解謎人》、《大日如來》、《世紀末現代詩論集》這三本絕版書優先。由黃凡、林燿德合著的《解謎人》（臺北：希代書版，1989），《中時晚報》於1988年3月至11月間逐篇連載，匯集成書後共有十四章，是彼時罕見的新聞預設小說。《大日如來》（臺北：希代書版，1991）更是臺灣第一部標榜「都市魔幻長篇」的暴力美學示範之作。各章插圖由王幼嘉繪製，序詩為林燿德詩作〈日出金色〉、後記〈無限〉亦為詩作，全書在在可見小說、詩作、插圖間的互文性（intertextuality），各種創作形式相互吸收、改造、充盈或折抵。《世紀末現代詩論集》則命運多舛，跟《淫魔列傳》一樣1995年經羚傑企業出版後，因為幾乎沒有發行，早已列入林燿德三十餘冊著作中最難尋找的前兩名了。若容許我提出近期最想編輯的一本書，那應該是《閱讀林燿德》──它需要至少一場研討會、幾篇好論文，還有更多願意「還林燿德以真實」的研究者／閱讀者。

原刊於《文訊雜誌》第339期（2014年1月）

然而詩　以及文學跨界

　　現代詩的魅力之一，在於對任何解釋都保持開放與寬容，平等而博愛。哪怕作者態度上再怎麼「橫征暴斂」，讀者就是有權力逕行「自由聯想」——若能持之有故、言之成理，就算讀法遠到天邊，任誰都得尊重那朵雲的存在。品味這些天南地北的迥異解釋，或許正是讀詩（評）的某種樂趣？譬如林亨泰這首寫於一九五〇年代的〈風景No.2〉：

　　防風林　的
　　外邊　還有
　　防風林　的
　　外邊　還有
　　防風林　的
　　外邊　還有

　　然而海　以及波的羅列
　　然而海　以及波的羅列

　　向陽認為：「這首詩通過『防風林』、『海／以及波的羅列』兩組隱喻，暗示了戒嚴年代臺灣人民遭到國民黨以重重防風林禁錮於島內，不被准許接近大海、觀看波的羅列的鎖國待遇，讀來令人動容，詩中的『然而』清楚寫出了臺灣被禁錮然而企盼

自由的心境」。[156]這是從時代政治背景（戒嚴）出發，將臺灣視為（被囚禁的）客體所做出的推衍。進一步想：不管是遼闊的海，還是羅列的波，對身處海島的居民而言，都成了可遠望、卻不可企及之物。

張雙英在《二十世紀臺灣新詩史》中，提供了一種完全不同的讀法：

> 將每塊「種滿農作物的田地」之「外圍」都有「防風林」的景象，也成功地描繪出來了。至於也以重複形式出現的最後兩行「波浪羅列的海」，則點出了「防風林」要防止的對象：逼使海面產生出一波波巨浪的狂風。

> ……這樣的作品，不僅成功地將寫實與超現實融合在一起，而表現出臺灣農村的典型景象，同時也深刻地寓含了農村生活的艱辛在內，所以實在可列為這一類詩的上品之作。[157]

這裡將戒嚴政治歷史背景完全剔除，解讀遂全部圍繞在農村生活之上，連要對抗的敵人，都從禁錮身心的專制政權變為不可預測的大自然威脅。有趣的是，兩種解釋都有其道理；林亨泰在一篇訪談裡的「夫子自道」，也不妨立此存照：

> 我喜愛音樂，但是我所講的是「詩的音樂性」，和音樂不

[156]向陽：〈文化的海，以及波的羅列〉，《中國時報》人間副刊，2003年12月22日；此文收入龍應台《面對大海的時候》（臺北：時報，2003）。
[157]張雙英：《二十世紀臺灣新詩史》（臺北：五南，2006），頁135-136。

同。所謂詩的音樂性，不一定是像古詩一樣押韻，現代生活步調很快，「速度感」也是一種音樂性。例如〈風景NO.2〉這首詩，是我從溪湖坐車到二林，沿途看到一排排的防風林，過了二林以後，就是海，可以看到一波波的海浪，我把坐在疾駛的車上所看到的情景寫下來。很多人寫詩時，本身是靜止不動的，站在一個定點來觀看，描寫不斷變動的事物。我寫這首詩的視點不同，我本身是在動的，我一動，景物也隨之變動，這種「速度感」就是一種音樂性。[158]

這種「速度感」當然是現代性（modernity）的產物，也是林亨泰的重要詩法。從動態的速度感而生發出的「音樂性」，詩人指出唯有「朗讀」方能顯現：

> 另外，詩的間隔，換行，停頓的地方也能夠表現音樂性，所以，詩一定要朗讀，例如：「防風林（停一拍）的（停二拍）外邊（停一拍）還有（停兩拍）防風林（停一拍）的（停二拍）外邊（停一拍）還有（停二拍）防風林（停一拍）的（停二拍）外邊（停一拍）還有（停四拍）然而海（停一拍）以及波的羅列（停二拍）然而海（停一拍）以及波的羅列」這樣吟誦，才會有時間的關係，唸到第二句才產生第一句；因第三句才有第二句……時間的逐漸移動，這就是音樂性，也就是生活的速度，生活的韻律。所

---

[158] 莊紫蓉：〈追求音樂與繪畫的詩境──詩人林亨泰專訪〉，網址http://www.twcenter.org.tw/b01/b01_8001_1.htm。2014年4月1日瀏覽。

以，我的詩必須讀出來才有立體感，才有韻味，只用眼睛看的話，只是呈現平面而已。

這段訪談，提供了向陽、張雙英評文中俱未觸及的另一種可能：節奏、速度與韻律，成了解詩的關鍵。隨著晚近文學理論的開展與啟示，詩人早已被請離神壇，不再享有「獨霸解釋權」的專斷、優勢地位。但林亨泰此處的自剖，還是豐富了〈風景No.2〉的閱讀層次，甚至驅使我們去想像：既然此詩的間隔、換行、停頓，可以呈現（present）出音樂性；為什麼不進一步嘗試，如何用音樂來再現（represent）這首詩？除了詩人自己提及的「朗讀」，至少還有歌詠、演奏、舞蹈、劇場、攝錄影、新媒體……不同藝術形式／載體可以再現〈風景No.2〉，揭露這首詩（在文字以外的）萬千魅影。

像這樣源於文學跨界而生產出的「新詩意」，其實早有先例。我在《逾越：臺灣跨界詩歌選》編序中便提及，若從林亨泰、詹冰的圖象詩算起，臺灣跨界詩創作開展迄今已逾半世紀。上個世紀八〇年代以降的跨界創意尤為精彩，1983年有「詩人畫會上街展」、1986年有「視覺詩十人展」、1986年起多場「詩的聲光」演出皆值得一記。九〇年代後期白靈、大蒙、德亮、須文蔚、杜十三承其餘續，成立「全方位藝術家聯盟」；2005年起又有林德俊、林群盛、許赫等人的「玩詩合作社」，繼續邊玩邊探索文類（乃至文學）的邊界。[159]當詩人果敢地跨越了詩的邊界，其實更能替讀者創造出愉悅的閱讀體驗——或該說是觀賞、閱

---

[159]楊宗翰：〈踰越的愉悅：半世紀來第一本《臺灣跨界詩歌選》〉，《文訊雜誌》第318期（2012年4月），頁50-52；此文收入徐學、楊宗翰主編《逾越：臺灣跨界詩歌選》（中國福州：海風，2012）。

聽、連結、互動的全新體驗。

這類「現代詩跨向遠親近鄰」的企圖，晚近在年輕一輩創作身上尤為凸顯。旅居柏林、著有詩集《邊地微光》與《月照無眠》的女詩人彤雅立，便曾與音聲創作者王榆鈞在臺北寶藏巖國際藝術村合作過「詩聲音」的（再）創作。[160]無以名狀卻充滿力量的「邊地」，是兩人關懷的交集處；選擇進行詩聲音的（再）創作，同樣也是想進入詩與聲音的邊地。另一個嘗試成果，則屬《月照無眠》詩聲雜誌。[161]從辛卯中秋（2011年9月12日）至壬辰元宵（2012年2月6日），每逢月圓透過網路媒介發刊，六期內容皆由彤雅立選詩、謝杰廷負責音樂及視覺，提供閱聽人「文學—音樂」、「視覺—聽覺」、「中文—外文」交融的獨特體驗。這份《月照無眠》詩聲雜誌嫻熟運用數位化創作工具，開拓了音聲實驗的邊界，也透過月亮傳達出詩人身處異鄉的家國之思。

另一位女詩人吳俞萱則跨得更遠，從2012年年底出版的詩集《交換愛人的肋骨》中挑選了十首，次年1月5、6日在淡水的一處展演空間，嘗試以十種動態表演形式再現（包括獨角戲、朗誦、踩高蹺、肢體默劇、錄像裝置、詞曲創作、人體雕塑、現場音樂、火舞藝術、傳統唱腔、舞踏）。[162]書名中的「愛人」，顯然是吳俞萱對心儀導演、畫家、作家、舞踏藝術家的稱呼，她選擇先以詩創作向他們致意；再結合一群同好，以各自擅長的藝術

---

[160] 彤雅立：《邊地微光》（臺北：女書，2010）、《月照無眠》（臺北：南方家園，2012）。

[161] 《月照無眠》詩聲雜誌中文版 http://sleeplesssoundmagazine.tumblr.com，外文版 http://fullmoonsoundmagazine.tumblr.com。

[162] 吳俞萱：《交換愛人的肋骨》（桃園：逗點文創結社，2012）。

形式跟「愛人們」對話。與影評人暨舞踏演出者吳俞萱相較，何俊穆通常被歸類為兼擅編、導、演的劇場人，2014年3月出版了首部詩集《幻肢》。[163]新書上市尚未滿月，何俊穆便結合自己擔任團長的新劇團「始作場」的十位伙伴，在臺北迪化街的思劇場演出「失去之物：《幻肢》詩集讀唱演」。關於4月5日這場結合詩與誦讀、音樂、影像、戲劇的「讀唱演」，何俊穆雖不認為是「劇場與詩的相互跨界」（他的理由在於：詩和劇場對自己而言，同屬一物）；但仍不免令人思及當年「河左岸」劇團黎煥雄的詩化語言，以及小劇場能夠對詩創作帶來的多重衝擊──當然，還有其挾帶的巨大能量。[164]當眾人逐漸習慣於「先有詩，再（藉改編之名）跨向劇場」模式時，我想到的卻是：如何讓劇場演出化為詩行？建議何妨讓劇場先行，繼而以詩筆再現／召喚那些演出後，被視為不（可）能復活的演員─觀眾間互動之「魔術時刻」。

原刊於《創世紀詩雜誌》第179期（2014年6月）

---

[163] 何俊穆：《幻肢》（桃園：逗點文創結社，2014）。

[164] 關於「劇場與詩的相互跨界」之討論，出自楊宗翰與何俊穆在「遠流別境」書店的公開對談「『科學不能回答的都交給詩』系列1：在異鄉長出《幻肢》」（臺北：華山1914文化創意產業園區，2014年4月17日）。對談記錄見https://news.readmoo.com/2014/05/15/science-vs-poetry-1/。

從龜壽鶴齡，到再《創世紀》

　　「創世紀」從1954年10月正式結社並發行同名詩刊，迄今恰滿一甲子。臺灣歷來數百種現代詩社／詩刊中，能夠常保活力、挺立長青，旗下從創辦人到社員乃至作者群，都「真正」經得起檢驗者，跨越世紀之交的「創世紀」允為最佳代表。詩人雅好結社早非新聞，所以臺灣從來不缺詩社／詩刊，其命名與宗旨有些也頗為嚇人；但最後多半或囿於經費、或困於人事、或陋於佳作，終至宣布停刊或自行拆夥，無聲引退者更是不勝枚舉。值得注意的現象還有：在戰後的戒嚴時期，組織一個詩社或維繫一份詩刊何其不易，卻還是有大批詩人前仆後繼偏要往「歹路」行。解嚴後對糾眾結社採取開放態度，廢止出版法更使得人人都能自辦刊物、不須核准，豈料新興詩社／詩刊的狀況反倒大不如前？推測原因，我想應與戒嚴時期文人欲藉組詩社取暖、辦詩刊同溫；解嚴後百花齊放，創作者目光被牽引至更為喧譁直露的別處，不再仰賴隱喻或非詩不可了。現代詩的讀者人數在解嚴後反而呈現衰減之勢，理由或許亦復如是。

　　從二三發起人、三十二開本單薄瘦弱的「創世紀」詩社／詩刊，到歷經風浪終至能走過一甲子、累積一百八十期，在這樣的成績背後，究竟有著什麼樣的驅動力？臺灣並不是沒有其他老牌現代詩社／詩刊，「創世紀」憑什麼能擺脫龜壽鶴齡的沉重包袱，勇於與眾不同？我認為關鍵不是其高舉的風格主張，而是編輯上的更替革新。

　　如眾所知，《創世紀》的風格主張至少有過三次重大變化：

從最初的「戰鬥詩」，到中期的「新民族詩型」，再到上個世紀六〇年代的「超現實主義」，創世紀諸君不愧是戰後臺灣現代詩革命的急先鋒。尤其是1959年4月第11期改版為二十開本，該刊不再鼓吹「形象第一，意境至上」、強調「中國風，東方味」的「新民族詩型」，轉而提出重視詩的「世界性」、「超現實性」、「獨創性」及「純粹性」。《創世紀》在高雄左營登高一呼，除了招喚了來自全台的社內社外優秀詩稿，詩評論部分亦大有斬獲，譬如刊登李英豪〈論現代詩的張力〉、季紅七篇〈詩之諸貌〉、葉維廉〈詩的再認〉與〈靜止的中國花瓶〉、洛夫〈詩人之鏡〉、瘂弦〈詩人手札〉，林亨泰〈概念的界限〉、辛鬱〈談詩的語言〉、商禽〈詩之演出〉。歐美詩人譯介部分也很精彩，秀陶譯艾略特〈傳統與個人才能〉、季紅譯雪脫維爾（Edith Sitwell）〈詩人之視境〉、林亨泰譯〈保羅・瓦雷里方法序說〉、洛夫譯〈超現實主義之淵源〉、李魁賢譯〈里爾克傳〉……，這些對同時代的創作者與讀者都有相當啟發。

風格主張的丕變雖引人注目，對招攬可能社員、鞏固團體認同亦居功厥偉，但「超現實主義」五個字顯然不足以支撐《創世紀》的後續五十年。三位創辦人洛夫、張默、瘂弦在這份詩社／詩刊成立三十年時毅然交棒，讓沈志方、侯吉諒、江中明三位青年詩人從第66期（1985年4月）起負責編務，正是繼第11期重大改版後，編輯上更替革新的重要一步。因為新血的加入與激盪，「《創世紀》等同『超現實主義』」的刻板印象才確定剝落──從創作實踐上來看，沈、侯、江三人就不是超現實的信徒。此時期的《創世紀》適逢臺灣八〇年代末期的「大陸熱」，1988年8月的第73、74期合刊推出「兩岸詩論專號」，洛夫、謝冕等大師級詩人與詩論家隔海同刊交會，一併開啟了日後海峽兩岸頻繁的

詩歌交流。

　　沈、侯、江三人因各有要務，《創世紀》自第75期（1989年8月）改由鬼才藝術家杜十三接編。在他手上新闢的「大陸詩頁」，將刊物的重要篇幅留給臺灣讀者十分陌生的對岸詩人，尤其是82期（1991年1月）及83期（4月）的大陸第三代詩人作品特輯，把海子等中國大陸當代一流創作心靈介紹到臺灣，意義不可謂之不重大。

　　對大陸詩人來稿採開放態度，不代表就得犧牲臺灣本地詩稿的能見度。自第87期（1992年1月）由簡政珍接任主編後，《創世紀》策劃了「臺灣中堅詩人作品展」，選刊尹玲到顏艾琳等二十一家新作。簡政珍另將刊物區塊重新規劃，分別開闢「臺灣海外詩頁」、「大陸詩頁」、「國際詩頁」，讓不同地域的詩創作都有大展身手的機會。與沈志方、侯吉諒、江中明、杜十三不同，簡政珍教授是《創世紀》歷來最具詩評論功力與詩學底蘊的主編，故他執編期間的評論來稿質量俱佳，《創世紀》儼然成為彼時最具「詩評力」的兩大現代詩刊——另一份則是以企畫詩評論議題見長，由尹玲、白靈、向明、李瑞騰、渡也、游喚、蕭蕭、蘇紹連八人於1992年12月創辦的《臺灣詩學季刊》。

　　自106期到115期接下來的兩年（1996年3月到98年6月），總編輯由辛鬱出任，主編則由出身學院、具有傳播學者背景的須文蔚擔任。須文蔚看到彼時新興的網路詩創作，以及大專校園詩風再起，在主編《創世紀》期間對兩者投入甚多關懷，「大專校園現代詩特輯」、「青年詩人創世紀講讀會」都出自須文蔚的企編創意，對拉近年輕讀者跟老牌詩刊間的距離深具貢獻。任職於中央研究院歷史語言研究所，從事胡適相關研究的詩人學者艾農，則自第116期（1998年10月）接編到120期（1999年9月）。

他規劃了多次「詩的跨世紀對話」，讓洛夫與李瑞騰、瘂弦與杜十三、葉維廉與蕭蕭等不同世代的詩人在《創世紀》上對談，並分別設計了「散文詩」及「旅遊詩」等專輯。艾農是須文蔚就讀高三時的老師，因緣際會接手《創世紀》編務，可惜就是時間太短，否則發揮處應當不只如此。

面臨世紀之交，創辦人張默自第121期（1999年12月）起擔任總編輯，陸續招攬中生代的楊平、辛牧、李進文等加入編輯行列。其中關鍵人物是實際執行最多編務的辛牧，他彼時最亮眼的展現應屬主編之第140、141期合刊「《創世紀》50周年特大號」。張默與辛牧的編輯組合，繳出了「臺灣早期詩人略論」、「擁抱大地系列」、「早期詩刊追蹤與編目」及陳文發、張國治的「詩人群像」、「詩人顯像」，皆值得再三細讀。八十二歲的張默於第169期（2011年12月）宣布卸下總編一職，下期起改由中生代方明的團隊接棒。辛牧則續任主編並於一年多後接任總編輯，另邀李進文擔任主編。這段期間不但世代實質輪替，內文版型也有變動，將數十年不變的直排右翻，徹底翻轉為橫排左翻。辛牧對於雜誌編務，著重長期專欄的開闢與經營，譬如：由白靈、李翠瑛、陳素英執筆「推薦一首詩」專欄剖析名作，「詩發現場」專欄介紹各大學校園的詩社團與詩教學，「後中生代」專欄品評此世代詩作特質，「張漢良詩學專欄」請出這位好久不見的比較文學大師，「學院與詩的內外」由楊宗翰設定每篇談一個詩議題，「詩人後花園」由陳文發以攝影及文字重現許多不該被遺忘的身影及故事……。從像是「1980後新銳詩人特集」等專欄設計與理念，也可看出《創世紀》有意向下扎根，面對最新世代的來襲——畢竟在老牌詩刊上，能允許謝三進大玩〈○世代詩人選輯……才不，是詩集〉（第174、175期，2013年3月、6月）這

類從詩題旁抽離詩人姓名的「猜謎」，確實相當罕見。

　　迄今已有七篇碩博士論文以「創世紀」為研究對象，這說明了「創世紀」已經資深到沒有研究者敢忽視，在學院殿堂及文學史籍間必當有其地位。臺灣歷來數百種現代詩社／詩刊中，它已樹立起不易企及的「創世紀障礙」。但遭逢紙質媒體式微、詩社／詩刊與網路世代創作者連結薄弱等危機，一甲子後該如何再《創世紀》？恐怕才是編輯團隊及詩社同仁，在歡慶後必須直面的嚴厲挑戰。

原刊於《文訊雜誌》第348期（2014年10月）

因為洛夫的緣故：
認識詩人的四個關鍵詞

一、解構

　　洛夫說自己2014年最新詩集《唐詩解構》，是一種「古詩新鑄」。在我看來，此書名為「解構」，實為「解放」——解放了五十首原作的詩想，化為筆下新生之詩腦詞心胳臂雙足翅膀。借新詩逼古詩（不得不！）動起來跑起來跳起來飛起來，或許恰是詩魔願意如此苦心孤詣之主因？《唐詩解構》一併解放了白居易那首通篇隱語、似詩實詞的〈花非花〉（此作本為《長慶集》長短句詩，經後人採入詞中）。反正人生本如夢幻泡影，孰詩孰詞、亦詩亦詞、非詩非詞……自然也不是那麼重要了。

　　其實詩人早在1996年就寫過一首〈解構〉，唯對象並非詩詞，而是張愛玲名句「生命是一襲華美的袍，爬滿了蝨子」。張愛玲十九歲即繳出此篇〈天才夢〉，字裡行間滿是聰穎早慧的鋒芒；洛夫寫這首詩時已年近七旬，對時間與歲月的感受應比少女愛玲多了不止一層。他選擇分列「昨日、今日、明日」三段為主架構，在對「一襲華美的袍」之穿／脫之間，不著痕跡地誘使讀者體悟禪宗三大境界：看山是山、看山不是山、看山又是山。至於前三段不分昨日、今日抑或明日，皆統一以「留下了袍」作結，原來都是在為全詩收束作足準備：「留下了袍子／便留下了蝨子／留下了蝨子／便留下了歷史和／癢」。此一「癢」字，既暗和張愛玲旅美晚年深受蟲患與皮膚病所苦，亦明白嫁接上「歷

史」,填補了少女愛玲原句缺乏的厚度。詩人所謂解構,顯然跟去除中心、顛覆(靠語言規則建構起來的)邏輯體系無甚相關;洛夫版的解構是藉由現代詩書寫,來釋放原作中被忽視、乃至被壓抑的種種訊息。

二、十大詩人

　　1982年向陽、李昌憲等人創辦的《陽光小集》舉行「青年詩人心目中的十大詩人」票選,該刊扣除已故的覃子豪跟楊喚,依得票高低公布了一份新「十大詩人」名單:余光中、白萩、楊牧、鄭愁予、洛夫、瘂弦、周夢蝶、商禽、羅門、羊令野。忽忽二十年時光已過,臺灣新詩界風景更迭豈止一回,我與孟樊遂提出應該重新評鑑「臺灣當代十大詩人」,盼藉由研究機構(臺北教育大學)與學術刊物(《當代詩學》)合辦一場具有文學史意義的活動。2005年揭曉的這次「十大詩人」選舉,所有選票皆來自出版過個人詩集的臺灣詩人,結果洛夫以一票「險勝」余光中,首度奪得第一。我想那次票選等同於一場嚴肅的即時民意調查,結果未必能成為定論,但絕對可供有意探索臺灣新詩典律變遷者參考。

　　至於余、洛兩人之間的詩藝高下,或許一時難斷,但文學史家終究必須面對。我曾發表過一篇〈與余光中拔河〉,嘗試從「形象」、「評價」、「經典」三者切入,或可視為「重新議題化」余光中其人其詩的努力。譬如我反對黃維樑在《璀璨的五采筆》中稱余光中「在新詩上的貢獻,有如杜甫之確立律詩」,因為余氏固然在全盤西化與守舊僵化間走出了一條自己的詩路,但除了熊秉明所論之「三聯句」外,我很難認同余光中對現代詩有

何「創體」或「確立」之功（將此評價移至余氏所撰之現代散文上應更爲合適）。近年來各大媒體刊登余先生詩作時，讀者讚嘆其鋼筆字之工整，有時甚至比詩作本身更具話題性。與此相較，洛夫則屢屢自我挑戰，就算是小詩戲筆也能玩出新體（如《隱題詩》），二十一世紀猶能繳出三千行長詩《漂木》，晚近的詩與書法結合更跳脫「詩句抄錄」層次而臻「雙藝跨界」。一是常面愛河默想的余，一是避居雪樓煉丹的洛，這兩位臺灣代表性詩人「誰老得更漂亮」，顯然不應該沒有答案。

三、一滴淚

我還清楚記得初次讀到六十四節、每節兩段十行的《石室之死亡》系列時，內心遭受之衝擊與悸動。全詩從1959年7月首刊於《創世紀》第十二期，到1965年元月正式結集出版，歷時五年半。首節前兩行「祇偶然昂首向鄰居的甬道，我便怔住／在清晨，那人以裸體去背叛死」誕生於金門遍地砲彈聲中，擊打的卻是 1992年像我這樣一個不識愁滋味、遑論死神形貌的青春高中生。當年自覺最有深刻感應者，竟是第33首「而我只是歷史中流浪了許久的那滴淚／老找不到一副臉來安置」──我心裡暗忖：這究竟是什麼樣的老靈魂啊？其實彼時洛夫也只不過是名三十歲上下的軍人。

青年洛夫的那滴淚，到了最新詩集《唐詩解構》之〈登幽州台歌〉仍在流浪。八十多歲的詩人將陳子昂原作「台」易爲「樓」，讓樓上的人「從高樓俯首下望」，方知世人「誰也沒有閒功夫哭泣」。豈能料到舉目所見，皆有物而無人；原來詩中那位樓上的人，早已化爲「天長地久的一滴淚」了。敘述者不再是

《石室》裡第一人稱的我，《唐詩》改以第三人稱全知全能觀點，把無比孤寂的蕭索情緒，壓縮在那滴銜而未流的淚中。陳子昂原作中的「愴然」與「涕下」，無論是狀態抑或動作，這類「說明」在洛夫新作裡都被剔除——取而代之者為層層進逼的畫面，以「一滴淚」彰顯出渺小個人和茫茫時空之強烈對比。

四、白髮

過往經驗告訴我，「大師當道」通常都伴隨著「小鬼橫行」，對所謂大師者流尤須謹慎。在這個價值錯亂失序的年代，純粹愛詩讀詩比起認識某大詩人，會是一個比較不容易失望的選擇。我從九〇年代肇始便成為洛夫的讀者，卻始終沒有生發過一絲想親炙請益的念頭。對詩人的最深印象／影像，竟還停留在1963年那張洛夫、瘂弦、辛鬱、商禽、楚戈到平溪水潭的集體裸泳照片。我是在新竹任教期間，恰巧看到中華大學舉辦「2005洛夫詩書雙藝展」海報，才想到下課後可趕赴會場，聆聽漂木詩人分享異域雪樓的「二度流放」詩生活。大雪當然沒伴隨洛夫通關來台，但刻意不染的滿頭白髮，還是讓我感受到亞熱帶竟也能雪意逼人。

恰逢出版社推出《因為風的緣故》有聲詩集，洛夫當晚在迎曦東門城的「今夜風城飄詩」朗誦暨演唱會上，第一次聽到兒子莫凡現場演唱這首同名作。這也是他們父子首度聯袂登台演出。我有幸坐在台下近距離觀賞，彷彿看到大雪隨著歌聲旋律，在詩人身上節節敗退撤離——雪化了，髮黑了，禪跑了，魔離席了，連超現實都走了……。現場只留下，一個愛子如詩的父親。

原刊於《印刻文學生活誌》第134期（2014年10月）

文學電影，紀錄想像：
對「他們在島嶼寫作Ⅱ」的反思

　　十月臺灣，詩香滿溢。穿越一甲子、橫跨兩世紀的「創世紀」詩社，六十週年社慶自放煙火，十月既出版了厚達三百一十二頁的第180期詩刊，還在臺北與高雄兩地舉辦多場活動，涵蓋文學研討會、高中生詩歌朗誦、封面及詩人手稿展、隆重社慶兼宣布交棒……。幾份重要文學刊物亦難得有志一同，十月皆以詩為主題策劃、開展專輯，《聯合文學》推出「當代臺灣青年詩人軌跡」，集中介紹三十歲上下的臺灣當代詩人，並於學校咖啡館策劃「『蔓延』詩集裝置藝術展」；《印刻文學生活誌》打造「創，世紀詩人：洛夫、瘂弦」專號，訪談、對談、評論盡在其中；《文訊》則以超過一百頁、佔全雜誌近半的篇幅，資料詳盡、精心規劃「創世紀詩刊60週年」專題。遠景出版社也於此時印行洛夫最新詩集《唐詩解構》，全書古詩新鑄，硬殼精裝燙金，得一冊便可管窺其詩、書、畫三藝之美。連一年一度的臺北詩歌節，十八場以「為理想勞動」為主題的活動，最後一場壓軸講座都留給了「創世紀的魔幻時刻」，邀請張默以降、老中青幼不同世代的八位詩社同仁暢談與吟詩。

　　其中最具影像魅力者，當屬由行人文化實驗室策劃、目宿媒體統籌拍攝的紀錄片【他們在島嶼寫作Ⅱ：詩的照耀下】。兩部電影《無岸之河》、《如歌的行板》從10月18日起，在臺北、新竹、臺中、臺南、高雄五地熱映。其中擔綱「主演」者，正是創世紀三巨頭中的洛夫及瘂弦。採紀錄片形式、以本地文學家為主

題的電影，在商業市場上並不多見；但2011年4月起推出的【他們在島嶼寫作】第一系列六支影片，卻取得了極大社會關注度，以及出乎意料的票房佳績。細繹原因，我認為其成功之處有三：第一是「對象」，選擇了六位具影響力的當代作家當傳主，林海音、周夢蝶、余光中、鄭愁予、楊牧、王文興六人多屬文壇傳奇等級，對觀眾或讀者自有其吸引力。第二是「導演」，陳懷恩、林靖傑、楊力州、溫知儀、陳傳興雖屬不同世代、迥異背景，但在紀錄片領域皆屬一時之選（陳傳興還被迫接下某導演丟下的爛攤子，最後一人導了兩部）。第三（也是我認為最重要的）則是「行銷」，以「前誠品人」為主體的目宿媒體行銷團隊，辦事到位，戰力堅強。透過媒體經營、話題創造、校園及海外市場開拓，他們硬是把文學作家紀錄片拉到更高位置，讓那陣子文青們最夯的話題都圍繞著：「你也在島嶼寫作了嗎？」

　　強力行銷固然功不可沒，但【他們在島嶼寫作】這六部影片確實有不少處跳脫臺灣紀錄片傳統，亦可見到每位導演及其團隊之風格經營。新穎的敘事及拍攝手法、不同形式的多樣媒材設計、片頭的詩篇燒熔及活字鉛版印刷再生……，這些在過往臺灣「文學紀錄片」領域都十分罕見。可以拿來作為對比的，就是春暉影業製作、曾在台視播映的【作家身影】。分為兩個系列、每一系列共十三集、每集五十分鐘的【作家身影】，第一部份為「中國五四文學作家」，第二部分「臺灣文學作家（咱的所在、咱的文學）」。或囿於距今年代久遠，其敘述方式及拍攝手法都相當傳統，並以忠實紀錄傳主生平、保存珍貴史料影像為目的，「虛構」與「想像」顯然不在其優先選項中。【作家身影】及【他們在島嶼寫作】都共同選擇小說家王文興當對象，兩片的導演在詮釋手法及挖掘嘗試上就迥然有別，恰可供有興趣深究者逐

一對比、玩味。

　　經過一千兩百八十九個日子的漫長等待，擬拍攝七部的【他們在島嶼寫作II】先推出洛夫《無岸之河》、瘂弦《如歌的行板》。2015年起，將另有白先勇、林文月以及被稱為「香港三部曲」的劉以鬯、也斯、西西。此一選擇既擴大、深化了對「島嶼」的想像，亦堪稱是個勇敢的決定——畢竟劉以鬯跟也斯，在臺灣並不屬於一般讀者熟悉的作家。從此處亦可推測：行人文化實驗室與目宿媒體欲提供的，是一種「從華文出發」的讀／寫視野。當語言可以超越地域，中國大陸及臺灣就不見得是起點，更不會是終點。

　　經過臺灣五地、歷時數週的電影院播放，應該是到了可以品評瘂弦《如歌的行板》與洛夫《無岸之河》兩片得失的時刻。從整體成績來看，陳懷恩導演《如歌的行板》比王婉柔導演《無岸之河》高上許多。兩位導演在技術上的成熟度，也不幸地跟生理年齡成正比。我認為關鍵不在「導演讀詩嗎？」、「導演懂不懂傳主的詩？」，強化團隊中的文學顧問功能即可解決這類問題（就像不該要求武打片導演一定要多會功夫）。陳懷恩導演在首映會上，就曾向瘂弦及現場觀眾公開表示，他讀不多、亦看不懂瘂弦的詩。可是相較於同樣出自其手、我認為是【他們在島嶼寫作】第一系列中最差的《逍遙遊》（本片拍攝余光中），陳懷恩跟其編劇兼副導徐浩軒把瘂弦做為詩人／編輯人的過往點滴，用139分鐘精準且成功地重現。《如歌的行板》捕捉到瘂弦溫暖、重情的人格特質，以及他與林懷民、蔣勳、席慕蓉、吳晟、陳義芝、阮義忠的親切互動。「其他人怎麼看傳主」的老掉牙式採訪，這次也沒有成為《如歌的行板》片中主幹，著實可喜可賀。大家都很好奇、卻對傳主來說有點尷尬的問題：「為什麼不再寫

詩了？」，導演及其團隊並沒有放棄追問——雖然看起來已不是本片的核心。瘂弦踏入溫哥華理髮院後，透露了自己詩人身分的他，冷不防遭異國理髮師傅問道：「你寫過多少本書？」這個問題在影片中沒有得到解答，但卻被剪接與保留在片首。可見導演一來有意直探詩人的軟弱與痛處，二來也是要導入瘂弦在後續編輯生涯中培育、造就、呵護了無數作家，「不寫詩」遂成為一種不得不的交換代價。

雖說是作家紀錄片，但有時為了取景，仍需要安排傳主走位，故某種程度上也是在當演員。曾以飾演國父孫中山獲獎的瘂弦，本身就具備好演員的諸多條件。影片中有一個走到地下室的鏡頭，拍攝了八次才大功告成，瘂弦竟也沒有一絲不耐煩。陳懷恩在《如歌的行板》首映後座談會中提及：余光中拍《逍遙遊》時對紀錄片的認識比較狹隘，加上他又是主導性較強的人，不喜歡被指揮，才被指揮過一次就不想當演員了。我則認為《逍遙遊》的敗筆，就是余光中太習慣這類拍攝，以為只是一般的訪談；導演及編輯也不敢向余老「提問」，導致此片像是極其歡樂的「大詩人小故事」或「成功人物回鄉記」。我總覺得《逍遙遊》拍得不像紀錄片，倒成了一部神話片。

洛夫《無岸之河》則像是一場悲劇，可惜了這樣的好題材。【他們在島嶼寫作】第一系列中，鄭愁予對《如霧起時》片中聚焦於基隆乃至市場，據聞一直頗有意見；《無岸之河》首映會播映前，洛夫在台上更直接明白地向觀眾與導演表示：這部電影將他定位為詩風晦澀的「戰爭詩人」，「把我釘在晦澀的十字架上」。持平而論，就算是紀錄片，導演絕對還是保有詮釋的自由（當然傳主或作家亦有抗議的權利）。我認為問題不在導演「能不能挑著說」，而是出在「要怎麼挑著說」？洛夫的創作期長達

七十年，不像一些筆禿墨乾的高齡詩人，他甚至到晚近幾年追求古典新鑄的《唐詩解構》系列書寫都能再創新變。王婉柔導演不是不能選擇以「戰爭」及《石室之死亡》作為切入點；但很不幸地，她僅止步於此，最多就是紀錄片後半加上由詩人親自朗讀「《漂木》創作日誌」。觀眾恐怕會問：洛夫七十年間的創作轉折，就是這樣而已？身兼導演、編劇、剪接的王婉柔，取洛夫《石室之死亡》六十四首組詩的前十首作為綱領，再嘗試交織多條線索：軍旅生涯、家庭生活、作家或評論者對詩人的看法……。可惜不是選擇的訪談對象非常怪異（譬如請林亨泰以「日譯中」方式談超現實主義），就是比重安排嚴重失當——譬如日本學者在一間小研討室裡，談洛夫跟遭受二戰創傷陰影的日本詩人間的同質性，竟能耗上足以打上一盹的時間。這類問題不能算是技術問題，應該歸咎於劇組未善用或請教文學顧問，才會導致如此窘境。至於在洛夫上千首詩作中挑選〈無岸之河〉，當「片名」當然不能說不好，但「代表性」及「與全片的關連」我以為還是薄弱了些。

　　《無岸之河》並非全無優點。導演採用的書信與日記是難得一見的珍貴資料，尤其書信部分邀得演員賈孝國（電視金鐘獎最佳男配角得主，曾演出《最遙遠的距離》）擔任念白，聲調極其迷人，一開口便足以讓觀眾對過往歷史充滿懷想。事實上，我認為《無岸之河》全片最成功處就是聲音的處理，從念白、配樂、甚至全片一開始只有「聲音」卻沒有「畫面」，這些元素都具有豐富的詩意，真正允為在「詩的照耀下」。

　　　　　　　原刊於《創世紀詩雜誌》第181期（2014年12月）

他的風景遍佈時間

——張堃及其詩集《風景線上》

在創作時想像力沒有疆界的華文作家，遇到文學史卻常被強制限定待在某一區塊，譬如中國作家、臺灣作家、香港作家、北美作家……。除了一向自居中心的中國大陸，其他區域的華文作家早早便被劃入「海外華文文學」——後面這個標籤彷彿廉價速乾膠，迅速黏上後便難以擺脫，不時發出怪異難聞的氣味。標籤的創造者，當然自認是「海內」一員；被劃入「海外」的作家，則不幸得接受「台港澳文學」這類內與外、中心與邊緣的分類方式。我認為「海外華文文學」、「台港澳暨海外華文文學」乃至近年流行的「世界華文文學」，骨子裡一樣都是以中國為圓心的同心圓架構，始終未曾擺脫事大主義、屬地主義幽靈的糾纏。推崇「世界華文文學」觀念者，嗜談它包括了中國大陸在內的所有用華文（漢語）寫作的文學，以統一的語言來形成精神共同體，是源於中國文學傳統的有機整體。殊不知「有機整體」不過是同心圓架構的「二刷」，「有機整體」也未曾取消「中心」的權威及大欺小、強凌弱的「秩序」。在中心牢固、秩序未改、整體大夢正酣的狀況下，多中心主義、跨越國家界限、以文學想像為疆域……這些恐怕都只是美麗的修辭，後面潛藏著「世界華文文學」這個概念「何新之有？」的尷尬事實。

「世界華文文學」概念既不足恃，可依傍者唯有作家之書寫軌跡。以今日遷移之便利迅捷，漂泊觀光遊學旅居甚至移民皆非難事，要創作者困守一地、穴居終生恐怕才無比困難。強制把作

家作品歸類為「北美」、「臺灣」、「東南亞」等，只是便宜了
研究者，也是對文學閱讀的最大簡化——或者應該說：當文學研
究者不再能考究作家生平、探詢詩人行止時，才是閱讀作品的真
正開始吧？每當談到這些問題，我都會想到張堃（1948-），和
他值得慢品細讀的近期詩創作。我說「近期」，是因為他的處女
作《醒・陽光流著》（臺北：創世紀詩社，1980）並沒有給我太
大的驚喜。這本收錄了他1968到1973年的創作，之後二十五歲的
張堃便歇筆忙於謀生，久不詩矣。一直要到二十七年後，收錄他
1980到2006年間一百一十一首作品的第二部詩集《調色盤》（臺
北：唐山，2007）問世，其間還經歷了國際貿易事業的經營擴展
及高低起伏，與1989年舉家移民美國的環境變遷。張堃詩作數量
雖少，但因為持續在臺灣媒體發表（這比參加詩社聚會、出席活
動、常飛回臺灣……都重要太多），我倒不覺得他是什麼「天涯
詩人」——這個《調色盤》書封折口的文案，很容易誘使讀者混
淆了「到世界各地旅行」（生命經驗）與「化各國風景為心境」
（書寫軌跡）。我認為後者才是詩人張堃的當行本色，譬如這首
〈黃昏登倫敦塔〉：

> 秋已深
> 而暮色再濃就入夜了
> 僅只日落的俄頃
> 守塔人的背影
> 竟也長滿了青苔
> 我是否來得太遲？

此詩最末附了一則「後記」說明倫敦塔故事及登塔之感受，

我以為不妨刪去，相信亦無礙理解。「巍峨的城堡不語／一如緘默的時間／冷冷的在牆垛上／留下苔癬」，苔癬成了歷史遺留在牆垛上的鞭痕，安安靜靜卻比任何話語更為有力。〈黃昏登倫敦塔〉貌似以詩記遊，實為遙指時間及歷史襲向詩人的重量，手法堪稱上乘。

　　張堃在《調色盤》中，似乎還不能完全擺脫前輩詩人的影響，譬如1981年發表於《藍星詩刊》新12期的〈登樓〉：

　　　　樓梯
　　　　是灰塵的路
　　　　一階一階的鋪了上去
　　　　鞋印
　　　　跟著我一路追趕

對照洛夫1970年的現代禪詩〈金龍禪寺〉：

　　　　晚鐘
　　　　是遊客下山的小路
　　　　羊齒植物
　　　　沿著白色的石階
　　　　一路嚼了下去

兩者句型頗為相近，或許張堃是刻意向前輩致敬？倒是同書中另有〈贈魚〉一詩，標明附題為「寄洛夫」，原來是從一尾贈魚啟發聯想，可惜失之於過度落入言詮。《調色盤》一書也收錄了〈遙遠的彩虹〉，1985年由樓文中譜曲、當紅歌手王芷蕾演唱並

收入由飛碟發行的唱片中。原詩跟因應錄音所修改的歌詞,詩味
皆偏清趣淡,不無遺憾。

　　真的讓張堃在詩壇有紮實重量的,畢竟還是從2007至2011、
五年累積下的第三部詩集《影子的重量》(臺北:釀出版,
2012)。此時期張堃發表詩作密度遠甚以往,無論書寫母親、懷
念父親、思及故舊、描摹今友,都能做到句淡味濃,不時閃現哲
思及人生體悟,讓我自2007年後對他開始投以關注,最後索性主
動邀稿成書。詩人在《影子的重量》裡或懷人、或記友,對紀
弦、周鼎、大荒、沙穗、秀陶、秦松、商禽、碧果、張默等人的
摹寫,成為張堃近期相當重要的書寫方向。類似題材的探索,還
應該包含詩人無緣實際親近、唯靠想像致之的翁山蘇姬、帕華洛
帝、達賴喇嘛十四世等。我認為張堃在《影子的重量》裡,其人
其詩早已跨越任何「國家」或「區域」疆界,當然「世界華文文
學」這個框架對他也無甚意義。這位走過世界多處、流轉各地的
詩人,〈散步小集〉彷彿是一則聲明:

　　　　曾經奔走於大江南北的腳
　　　　現在漫無目的地走在
　　　　行人道上

　　　　鞋聲輕了許多
　　　　拖在身後的影子卻重了

鞋聲與影子的輕重之間,真是何等妙筆／妙比!詩人此時期更為
嫻熟如何尋找歷史罅隙、影中之影:「在拱門的陰影裡／我取
出相機／隨意拍下風景明信片上／沒有的斑駁」(〈布萊爾拱

門〉）。我以為應該把「漫無目的」及「隨意拍下」，都當作張
堃的「態度」——既是對生活的態度，也是面對詩題材的態度。

　　但漫無目的不代表散漫停滯，隨意拍下也不是從此失焦，收
錄2012到2014年詩作的新書《風景線上》就是最為雄辯的證明。
從《影子的重量》以降，懷人、記友的書寫方向在《風景線上》
更顯發揮：譬如前者有〈人物素描六幅〉，寫蓉子朵思等六位女
詩人；後者亦收錄〈人物素描五幅〉，對象改為陳育虹、利玉芳
等五位女詩人。唯靠想像方能致之的，在《風景線上》有〈我擁
抱過辛波絲卡〉、〈咖啡館偶遇巴哈〉，以及寫狄瑾蓀的〈在預
感中相遇〉：「聽她輕聲朗讀／我為美死去」，我認為三者成績
更勝過〈人物素描〉。若再加上書中懷紀弦的〈落幕之後〉、懷
周夢蝶的〈瘦至無形〉、悼鄧育昆的〈最後一行詩句〉，此類創
作在《風景線上》所佔篇幅不可謂之不大，顯現了張堃近年來對
此一書寫方向的鍾情。

　　除了延續前一部詩集的長於寫「人」，我以為《風景線上》
的另一特色，乃是示範了如何以風景書寫「時間」。張堃早在
1973年就發表過一首〈時間〉，是處女詩集《醒・陽光流著》裡
的佳作：

　　　　假如時間是靈魂的生命
　　　　短暫的停留又匆匆的走開
　　　　我們決定跟著離去還是
　　　　駐足？

　　　　推開門
　　　　我在出入之間

222

　　許多燈亮起後又相繼熄滅

　　陌生的鬼魅一閃而逝

　　不知在門裡還是

　　門外？

寫這首詩時，詩人才二十五歲。《風景線上》的張堃已經六十五歲了，四十年收穫的不只有閱歷的增長，更是詩藝的精進。諸如：「夢漸漸老去／再老一點／就會返老還童了」（〈兒童節〉）、敘述者看到自己「竟從一幅／黑白電影的海報裡／隱隱地／走了出來」（〈街景〉）、「那人緩緩走入／陳舊的夜景／去和自己重逢」（〈在逝去的鐘點裡〉）等小詩，都是顯例。這部新詩集裡的「風景」，其意涵往往超越旅遊景點或名勝古蹟層級，而是指向更為抽象、非具體之景。譬如〈風景四題〉中有一篇〈雨景〉：「傘下的人撐起／一段灰濛的往事／匆忙走過街頭又回頭／濕淋淋的記憶／斜斜落下」，讀後便知此詩中的「景」已非重點，「事」才是關鍵。往事固然灰濛、記憶可能潮濕，但還是必須面對過去，儘管那裡遍佈時間的皺褶。

　　張堃這些近期詩創作看似無一處提及時間，其實時間總已（always already）在詩行中潛行，譬如顯然不屬於賞心悅目「風景」的〈無題小詩三首〉：「老人坐在角落／漸漸坐成一尊雕像／他不懂裝置藝術／只在沉思中把出神的自己／化作孤單的風景」。當老人「被藝術」為一尊雕像時，「風景」兩字顯得何等諷刺！跨越六十五歲（在臺灣，這恰是退休年齡門檻）的張堃，自編詩集《風景線上》時選擇以〈老人院二帖〉作為全書首篇，理應別具深意。甚至在以記遊為主的第四卷「古鎮同里」，像〈涵江水鄉初晤〉這篇歌詠風景之作，貌似書寫宋朝湖泊、民初

巷弄、元代石橋，最終實在寄託詩人的「驚悟」：「為了載負時間的重量／落日還是元代的落日／石橋卻老了」。福建涵江這座橫跨木蘭溪兩岸的寧海橋，在張堃筆下不只是一片風景，而是被詩人之眼視作時間重量的載具。其實讀畢《風景線上》全書便可發現，詩人的風景遍佈時間，直到象徵生命終結的〈墓園一角〉亦復如是：「所有的墓碑／都不說話／沉默如青苔／綠著／碑石上／說不清的斑駁」。一切旅跡遊蹤、感懷寄託、懷人記友，張堃皆力求存詩為證，以「證明我們曾經來過／在短暫／與永恆之間，在寂靜的／回憶裡」（〈北回歸線〉）。

原刊於《創世紀詩雜誌》第183期（2015年6月）

從政治詩到公民詩

　　在這個詩學（Poetics）寂寥，政治（Politics）喧囂的年代，《創世紀詩雜誌》於邁入六十一週年時推出政治詩專輯，編輯群可謂以編代寫，有話想說。徵集政治詩創作成果、檢視政治詩書寫良窳，走過一甲子的詩刊《創世紀》當然不是最早。它的小老弟《臺灣詩學•吹鼓吹詩論壇》第十二期（2011年3月）曾推出「百年阡陌•國家詩輯」，以詩回應彼時「中華民國建國百年」風潮。莊仁傑於〈編序〉中指出：「每個人皆有屬於自己的時代，每個人都可建成自己的國家。那麼，一個人要如何看待自己的故事，又如何在這故事之中投射時代、印象國家？」在全國民怨沸騰、學運風起雲湧的2014年3月，《臺灣詩學•吹鼓吹詩論壇》復於第十八期標舉「刺政•民怨詩」，主編蘇紹連親撰卷首詩〈人民的靈魂被政府的身體凌虐〉：「在我的透明裡看見遠方的風景。在我的／透明裡看見遠方的政府。在我的透明裡／看見遠方的憂懼。後來，我失去的透明／是一種靈魂」。詩論壇的主編欲借政治詩一抒鬱結之氣，其旨昭然若揭。

　　其實上個世紀八〇年代起，臺灣的政治詩便開始增加發表空間，連各式政論雜誌都屢現詩蹤。《陽光小集》第九期（1981年6月）刊有〈不太高明的吶喊——看政論雜誌上的詩〉，文中雖不乏批評，但畢竟逐篇檢閱了詹澈、鄭炯明、趙天儀、廖莫白等人在「非詩刊」上的政治詩作品。勇於挑戰禁忌的《兩岸詩叢刊》，第一期（1986年12月）以「弱小民族詩貌」為欄位名，刊出譚石〈復國的工具——西班牙境內巴斯克人的詩與政治〉。譚

石是王浩威的筆名，他所譯介之西班牙境內「弱小民族」政治詩作，對彼時臺灣知識份子與詩人、作家提供了無窮暗示。《兩岸詩叢刊》第二期（1986年12月）刊出徐嘉銘〈苦苓與劉克襄的政治詩之比較〉，更是等同把兩位直接劃入政治詩創作者之列——不算其他文類創作，兩人迄今在現代詩上最明顯的成就，確實也是那批八〇年代收穫的政治詩篇。

臺灣詩刊願以專輯形式公開倡議「政治詩」者，當以關注現實、擁抱大眾的《陽光小集》為第一。一九八四年六月該刊第十三期企畫「政治詩專輯」，社論寫道：「現代詩壇出現了一些評論時政、反映現實的詩創作，由於其取材範疇蘊含濃厚的政治意味，姑且以『政治詩』名之」。該社並於高雄楠梓李昌憲家中召開「我看政治詩」座談會，邀得葉石濤等十一位作家與會（值得一提的是，儘管本土派一直對余光中頗有意見，但與會人士對他在《自立晚報》翻譯的土耳其詩選卻多所讚許。後者「表現手法的新與聯想的新」，甚至被莊金國拿來跟彼時臺灣政治詩的語言僵化跟淪為口號作為對照）。在這場座談會上，葉石濤認為以「對社會制度的抗議與控訴，對社會的不平，農漁勞工的淒苦」為出發點者，就是臺灣的政治詩。他還不忘提醒，「目前臺灣的政治詩和民眾脫離太遠」，詩跟小說皆然。林宗源則於會中指出，政治詩的廣、狹兩義應有分野，廣義的政治詩「寫社會上人類的行為」，狹義的政治詩則是「針對社會的制度或某種問題」的創作。該期《陽光小集》亦請彭瑞金撰寫〈詩也要進補〉，他直言：「生活即政治，除非離地生長，『詩』又怎能脫離政治呢？」我想這恐怕是對政治詩最寬廣的定義了——似乎頗為全面，但也等於什麼都沒講。

政治詩究竟應該如何定義？孟樊在《臺灣當代新詩理論》

第七章「政治詩學」與博士論文《後現代的認同政治》都嘗試直接或間接回答這個問題。孟樊對政治詩書寫及詩的政治批評（Political Criticism）之爬梳，雖然成功踏出了很大一步，但他恐怕也得承認：政治本身就極難「一言以蔽之」來下定義，遑論政治詩？基於所有論述總得要有個起點（以免陷入相對主義陷阱），吾輩倘若跳脫「政治即政府」、「政治詩是在寫與政府相關的詩」此一最狹義說法，我會建議採用「書寫權力施展或價值分配的詩」，作為當代政治詩的一種可能定義。

既然當代政治詩旨在以詩叩問、挑戰、重建「權力與價值」（Power & Value）為旨趣，我們應該可以藉此召喚全新品種「公民詩」的誕生。公民詩理應屬當代政治詩的重要一環，它不單只滿足於替弱勢族群發言、抵抗或反對霸權強凌，而是有著更多的正向建構，尤其重視如何喚醒閱讀者的公民思維與自覺。公民詩應該能夠透過書寫，呈現當下臺灣社會在種族、性別、階級上的多樣與差異——譬如新住民及其第二代，便極有可能成為公民詩創作的新興力量。公民詩可以滔滔雄辯，可以深埋隱喻，當然它更可以脫離傳統寫實主義及其表現手法的桎梏，替當代政治詩創作開闢一條新的道路。

原刊於《創世紀詩雜誌》第185期（2015年12月）

臺灣現代詩的數位衝浪：
從電腦詩到新媒體

不待數位浪潮正式來襲，一九八〇年代中期臺灣詩人便曾倚重符號與科技想像寫下幾首「電腦詩」。譬如1986年黃智溶以三組可複製套用之虛構檔案，併為一首題為〈電腦詩〉的創作。此作的〈檔案一〉是一組程式，〈檔案二〉是即將鍵入程式內的資料，〈合併檔案〉則是鍵入後的輸出結果。試看〈檔案一〉：

　　這是 &AA&
　　那是 &BB&

　　顯然地
　　&BB& 絕不是 &AA&
　　&AA& 也不是 &BB&

　　縱使我們擁有許多許多的 &BB&
　　我們仍然需要 &AA&
　　因為──
　　縱使我們擁有許多許多的 &AA&
　　我們仍然需要 &BB&
　　因為──

　　可是

```
當我們失去了 &BB& 的時候
我們可以用 &AA& 來代替
當我們失去了 &AA& 的時候
我們可以用 &BB& 來代替

所以
&BB& 就是 &AA&
&AA& 就是 &BB&
```

當詩人在〈檔案二〉中以男人／女人為例來替代&AA&／&BB&，就會出現〈合併檔案〉中「女人就是男人／男人就是女人」的不通解答。可見此程式對電腦來說固然可以執行，但對真實人生而言卻相當荒謬。詩人欲藉此詩揭露電腦程式之冰冷，批判資訊世界之無情，顯然不是一首旨在歌詠電腦的「電腦詩」。1987年林群盛〈沉默（POETRY-BASIC）〉更加推進，以最適合初學者的人機互動語言BASIC（Beginner's All-purpose Symbolic Instruction Code），創造出「內文無一中文字」的臺灣現代詩：

```
10 CLS
20 GOTO 10
30 END

RUN
```

詩中的10、20、30為BASIC指令下的執行順序，CLS為清空螢幕，GOTO 10表示重複執行10的指令，END為程式結束，RUN表

示開始執行。倘若程式開始執行，電腦便會不停清空螢幕，在這個迴圈裡，實際上永遠不會有END程式結束之刻。此作每行雖皆由電腦語言所構成，暗示的卻是人類與電腦之間終究無法溝通互動——當然亦可解讀為純屬幽默嬉戲（從語言遊戲角度）或愛情終無結果（從戀人互動角度）。值得注意的是，黃智溶及林群盛雖是臺灣首批「電腦詩」創作者，但一九八〇年代中期他們筆下的電腦（或科技）僅為一好用的工具／題材，書寫心態上依然不脫人文主義式的批判／醒世思維。連彼時對電腦詩評論躍躍欲試的林燿德，書寫心態上亦同屬此類。

九〇年代數位浪潮洶湧襲台，臺灣詩人對電腦的態度已大不相同，尤其是對網際網路及HTML、JAVA、FLASH等程式技術。電腦及網路不再只是好用的工具／題材——它既是詩形式不可分割的一部分，它也是召喚詩靈感的絕佳搖籃，它更是擁有多媒體、超文本、互動體質的全新詩品種。這股數位詩潮肇始於1997年姚大鈞與曹志 創設的《妙繆廟》，98年起繼而有李順興《歧路花園》、蘇紹連《FLASH超文學》、白靈《象天堂》、須文蔚《觸電新詩網》等，皆屬收錄前衛創作的數位詩網站。學術界對此浪潮亦作出積極回應，1998年台大外文系《中外文學》推出「Techne 98 β：科幻・網路」專輯、1999年中興大學外文系主辦「網路文學」座談會，雜誌界亦有《文訊》於1999年5月推出「當文學遇上網路」專輯，並嘗試整理出文學網站清單及網路文學評介目錄。

以上所述，皆屬個人創作或個人網站，尚未論及數位浪潮對匯聚各家詩人、詩作、詩風的「文學媒體」之影響。對此，我認為應該列出三個不同階段及其代表，分述如下：

【第一階段】一九九〇年代中期的BBS與WWW：如山抹微雲、晨曦詩刊、田寮別業，以及「詩路：臺灣現代詩網路聯盟」。

【第二階段】二十一世紀肇始的「個人新聞台」與「網路詩論壇」：如《明日報》新聞台「我們這群詩妖」與臺灣詩學「吹鼓吹詩論壇」。

【第三階段】Blog和Facebook等新媒體：如2014年11月創立的「每天為你讀一首詩」

　　BBS（電子布告欄）在其他地區的使用率與黏著度皆遠不如臺灣，PTT等熱門BBS尤受臺灣年輕人歡迎。九〇年代中期以文藝專業為號召的山抹微雲及較晚成立的田寮別業，吸引了許多現代詩創作者投稿發表，贏得「南山抹，北田寮」的美名。1996年成立的晨曦詩刊，創立時便不走「詩社發行紙本詩刊」的老路，強調透過BBS詩版為媒介，設立機制來選擇與編輯來稿，甫成立五個月便累積了上千首詩作。有趣的是，晨曦詩刊最後又從電媒「逆寫」回紙媒，竟也發行了六期紙本詩刊。該刊所累積的詩創作與詩評論，頗能代表臺灣九〇年代後期校園詩人的集體成績。

　　WWW則以1996年誕生、獲得文化建設委員會支持的「詩路：臺灣現代詩網路聯盟」為代表。這個由須文蔚、杜十三、侯吉諒共同發起的網站，堪稱彼時最大的網路詩平台。詩路以嚴謹的編輯態度為出發點，並大幅增加文學評論空間，最重要的是首度以數位典藏方式，完整收錄《創世紀》、《臺灣詩學》、《笠》、《乾坤》、《現代詩》、《曼陀羅》、《植物園》與

《美學藍灣》等詩刊。詩路亦替各個詩人開闢Blog，共典藏了將近三百位臺灣當代詩人及其創作、評論、影像、手稿掃瞄、朗誦聲音檔，合計文章篇數將近一萬篇。詩路在典藏之餘亦重視新聲，設有「塗鴉區」供一般使用者發表詩作，吸引了許多潛水已久或初試啼聲的創作者。2001年後文建會不再贊助支持「詩路」運作，成員以義工身分還是勉力維持了很長一段時間。詩路發行的「每日一詩電子報」透過與紙媒副刊進行內容合作，以每日寄送電子郵件的方式推廣詩閱讀，訂戶竟逾一萬名，可見其極受歡迎。

「個人新聞台」與「網路詩論壇」皆是新世紀的產物。網路原生報《明日報》成立個人新聞台後，因其自由發表與自主管理機制頗具特色，吸引許多「六年級詩人」投入經營。2001年2月《明日報》因財務問題宣布解散，但當時已達一萬五千家個人新聞台，卻能在眾多台長的奔走下延續。2001年現代詩專屬群組內的三十三個台長以「我們這群詩妖」為名集結，立刻成為彼時最具代表性的網路詩社群。每日社群內平均皆有超過十篇以上的文章更新，長期累積下來產出的資訊質量相當可觀。詩妖台長們今日皆已是同輩中佼佼者，如鯨向海、林德俊，楊佳嫻、遲鈍、阿芒、邱稚亘、洪書勤、KIMILA、木焱、銀色快手、曾琮琇、紫鵑、廖彥博等。我以為詩妖的重要性，當屬終於探索出網路詩社群的維繫之道：它讓個人新聞台不像BBS詩板有版主權威與刪文機制，亦非WWW個人網站式的一路單打獨鬥，而是在兩者中各取其優點，透過連結讓每個台長都不是詩的孤島，遂能讓網路世界的社群性充分發揮。

網路詩論壇則是個人新聞台外，新銳詩人跟網路創作者在新世紀的另一個戰鬥空間。臺灣最早的詩論壇，應屬2002年創立，

一年後便不幸夭折的「壹詩歌論壇」。其次則為臺灣詩學季刊社於2003年6月開闢的「吹鼓吹詩論壇」，定位為新世代、新勢力的網路詩社群，以「詩腸鼓吹，吹響詩號，鼓動詩潮」十二字為論壇主旨，迄今仍活躍運作中，甚至自2005年9月起由電媒跨入紙媒，每一年出版四期《臺灣詩學‧吹鼓吹詩論壇》詩刊、推出以「吹鼓吹詩人叢書」為名的詩集，任電、紙兩者分進合擊，一齊擦亮詩論壇的招牌。主編蘇紹連精心設計各版類別及擘劃走向，讓吹鼓吹成為目前各論壇中「架構」最為清晰者，檢索與閱讀皆十分便利。譬如他將論壇詩作主要發表區分為「分行詩」、「散文詩」、「圖象詩」、「少年詩園」、「大學詩園」等版，「分行詩」下又再分為「中、短詩」及「『俳句、小詩』及『組詩、長詩』」兩個子版。雙語詩、跨界詩、詩學論述等亦獨立設版，另有眾多個人專版及九個其他詩社的團體版。吹鼓吹總共開設了六十個版，曾任或現任版主者近六十人，會員總數最高時達到五千位，已發表詩文主題超過三萬個，總篇數超過八萬篇。臺灣詩學季刊社除了請一位社務委員擔任主編（昔為蘇紹連，今為陳政彥），其他十餘位委員原則上不會干涉，連作品發表空間都全數留給詩論壇投稿者，吹鼓吹可說幾無「臺灣詩學」同仁色彩。結構儼然、分類完整的吹鼓吹，堪稱是臺灣最具規模的現代詩論壇。當「南山抹，北田寮」不再、「晨曦」「詩妖」星散，「詩路」被迫併入之後，稱「吹鼓吹詩論壇」是目前臺灣最大的詩歌創作社群，當不為過。

　　詩創作社群有「吹鼓吹」以網路論壇形式挺立迄今，詩閱讀社群呢？現代詩在臺灣的中學教科書上雖佔有幾頁篇幅，但除了席慕蓉、余光中、鄭愁予……，絕大多數詩人的名字，對一般民眾來說都相當陌生。社會上辦理推廣閱讀的團體，一向偏重童

書親子共讀或名人傳記、商戰企管等實用類書籍，詩被擺上檯面討論的機會不高。晚近面對數位浪潮強烈衝擊，除了紙本書的銷量顯著下滑（按：詩刊與詩集過去常盼實銷量能破千，如今兩者連印刷量恐都不及一千，採POD按需印刷者首印則約莫兩百冊），極少數倖存的BBS詩版人氣亦多潰散。臺灣現代詩倘若想要繼續數位衝浪之旅，未來實有賴Blog和Facebook等新媒體的力量支持。

舉例來說，如此不詩的年代，幸有2014年11月19日於Blog和Facebook同步成立的「每天為你讀一首詩」（http://cendalirit.blogspot.tw與https://www.facebook.com/cendalirit），替愛詩人逐日遞送養分。該站提倡「從零到一的來讀新詩」，由編輯群主動讀詩、選詩、寫賞析，自開站首日張貼出鯨向海〈懷人〉及賞析短文，迄今從未有一日間斷，並獲得超過兩萬五千名FB讀者「按讚」支持。另一「晚安詩」（https://www.facebook.com/goodnightpoems）則對網友投稿（自己創作的或分享他人的詩作）採開放態度，援引蔣勳所言「一天有二十四小時這麼漫長，我們能不能留十八分鐘給一首詩？」以證「讀詩之必要」，亦有超過七萬五千名FB讀者「按讚」聲援。具有批判性格之「無明・愛染｜時事・與詩」（https://www.facebook.com/wuminglove）盼能「融合時事與詩／讓時事不再生冷／而詩更骨肉重生」，對突發之社會及公眾議題，往往即時引詩回應，認同並按鍵「分享」者眾多。有立場、重主張的「無明・愛染｜時事・與詩」雖起步稍晚，但我認為後勢不容小覷，或可成功打破傳播詩的新媒體應該「透明純潔無垢」之刻板印象。

關於新媒體與現代詩的結合，我以為尚有三點值得追蹤留意：一為網路詩論壇的臉書化，二為即時通訊軟體之強力傳播，

三為新媒體與行動閱讀帶來的「捨詩集而就詩作、棄長詩而擇短詩」風潮。第一點可以「吹鼓吹詩論壇」為例，其早在2010年便為因應Facebook的效應，申請在臉書上開設社團「facebook詩論壇」（https://www.facebook.com/groups/supoem），目前有超過三千位「臉友」加入，或發表、或欣賞、或交流問難，應可持續觀察其與原有「臺灣詩學・吹鼓吹詩論壇」（http://www.taiwanpoetry.com/phpbb3/index.php）兩者間之消長。第二點則可舉今日臺灣最受歡迎的即時通訊軟體LINE為例。2014年8月起由聯合文學、LINE Taiwan、聯合新聞網udn.com三方共同跨平台合作推出「LINE 文學季」，以跨載具行動閱讀體驗為號召，連續三個月於LINE APP上開設官方帳號，吸引使用者主動進入蔣勳《少年臺灣》、趙乾乾《小美好》及謝金魚《御前孤娘》的文字世界。目前雖仍未看見將臺灣現代詩送上LINE APP之舉，但有中國大陸「詩刊社」微信公眾號以「搖搖晃晃的人間──一位腦癱患者的詩」為題，選發余秀華作品並迅速「火起來」的前例，對臺灣媒體人與出版商料應有相當啟發。

　　最後一點，實與新媒體正逐漸改變當代人的閱讀行為及習慣有關。在紙本印刷或平面傳媒的黃金年代，閱讀或購買「整本」詩集、詩刊具有絕對之必要性，或該說是不得不的選擇。新媒體與行動閱讀的出現，讓「捨詩集而就詩作、棄長詩而擇短詩」成為趨勢──音樂界早就認清這點，才會有單首線上聆聽的設計。畢竟有誰能夠斷言，整張音樂專輯內都是好聽的歌曲？又有誰能夠保證整本詩集、詩刊所錄，全屬讀者所愛或所需的好詩？

原刊於《創世紀詩雜誌》第185期（2015年12月）

小說引力，臺灣魅力
——論「2001-2015華文長篇小說20部」評選

　　立足臺灣，放眼世界——作為一名當代華文文學研究者，理當有這般雄心壯志，嘗試思考：如何站在臺灣立場，向國際推介優質華文文學？如何建構與打造，使臺灣成為華文文學的評論中心？能否藉此促進華文文學作家，以臺灣為中心進行國際競筆？文學媒體間的跨國合作是否可能？

　　只有行動，才能解除心中的疑惑。職是之故，我加入了由國藝會與文訊雜誌社共同建構的「小說引力：華文小說國際互聯平台」，以臺灣地區召集人身分協助華文作家作品跨國交流工作。許多地區皆有華文創作成果，平台先以臺灣、上海、香港、澳門、新加坡、馬來西亞為對象，積極與當地作家、媒體、藝文團體及作家協會合作。期盼能透過彼此間的串連、互薦，讓優質華文小說獲得跨區域之傳播及露出機會。

　　平台的第一項任務，在於展開2001到2015年間的華文長篇小說大調查。「小說引力」平台邀請了台、滬、港、澳、新、馬的專家學者、作家、文學編輯，進行「2001-2015華文長篇小說20部」評選工作。因應各地情況殊異，故分為臺灣的「票選制」及滬、港、澳、新、馬的「推薦制」。經過兩個月統計與作業，終於揭曉滬、港、澳、新、馬五地評委所推薦之兩部長篇小說，以及臺灣所票選出的十部長篇小說，並藉此統整出「2001-2015華文長篇小說20部」名單。與1999年文建會委託《聯合副刊》評選的「臺灣文學經典30」、《亞洲週刊》每年評選的十大中文小

說等活動相較，這次「長篇小說20部」評選可謂相當不同。尤其在採用票選制的臺灣，以2001年1月1日至2015年6月30日間首度出版的長篇小說為對象，向五百九十六位各世代作家、學者、編輯發出記名制選票，最後成功收回三百二十九張有效問卷。雖然55%的回收率不算太高，但已是近年來最大型的華文小說評選活動。在回收的三百二十九份問卷當中，以性別而論，男性有一百七十九人（佔總投票人數54%），女性有一百五十人（佔總投票人數46%）。以年齡而觀，三百二十九位投票者中，1951到1960年間出生的有九十三位、1961到1970年出生的有八十八位、1971到1980年出生的有八十四位，分別佔了28%、27%與26%。由此可見三十五歲以上、六十五歲以下的中壯年，確實是當前臺灣文學評論界的中堅力量。

獲得最多票數的十大臺灣長篇小說，依序是：駱以軍《西夏旅館》、吳明益《複眼人》、陳玉慧《海神家族》、吳明益《單車失竊記》、施叔青《行過洛津》、甘耀明《邦查女孩》、駱以軍《遣悲懷》、朱西甯《華太平家傳》、甘耀明《殺鬼》、陳雨航《小鎮生活指南》。其中駱以軍、吳明益、甘耀明各有兩部作品入選「十大」，在激烈競爭中殊為不易。若從作家年齡及出版時間來看，駱以軍四十一歲出版《西夏旅館》、三十四歲出版《遣悲懷》；吳明益四十歲出版《複眼人》、四十四歲出版《單車失竊記》；甘耀明四十三歲出版《邦查女孩》、三十七歲出版《殺鬼》。三人都在創作力最旺盛的三、四十歲之際，繳出讓文壇與讀者驚豔的力作。但最能證明「好小說必不寂寞」者，當屬1998年、七十一歲逝世的朱西甯及其《華太平家傳》。小說家十八年間數易其稿，以山東華氏一族百年家史為主軸，計畫中應是百萬字規模的長篇巨構。可惜作者在寫完五十五萬字後蒙主寵

召，出版社只能於2002年印行此書。作者已逝、作品未完，顯然無礙其被當代讀者繼續擁戴與喜愛。從最年長的朱西甯到最年輕的駱以軍（1967-）、吳明益（1971-）到甘耀明（1972-），可以看出臺灣小說的世代接力軌跡。值得注意的是，國藝會自2003年起辦理「長篇小說創作專案補助計畫」，這次「十大」中曾榮獲此一補助者便有駱以軍《西夏旅館》、甘耀明《殺鬼》與《邦查女孩》、陳雨航《小鎮生活指南》四部，可見國藝會十多年來的推動及努力，畢竟功不唐捐。

　　與臺灣的大規模票選不同，滬、港、澳、新、馬五地則由專家學者分別舉行選薦會議，從2001年至2015年間本地出版的長篇小說書單中，在主題思想、書寫技藝、推薦新人等各種不同考量下，討論出最後的兩部代表作品。這十部華文長篇小說分別是：上海的《租界》（小白）與《花街往事》（路內）、香港的《天工開物·栩栩如真》（董啟章）與《建豐二年：新中國烏有史》（陳冠中）、澳門的《我和我的……》（梁淑淇）與《上帝之眼》（李宇樑）、新加坡的《m40》（謝裕民）與《畫室》（英培安）、馬來西亞的《告別的年代》（黎紫書）與《遺夢之北》（李憶莙）。選薦過程中，得力於由各地專家學者所組成的跨國觀察委員及地區召集人處甚多。他們的在地視野，豐富並提升了本次作品選薦及國際交流之意涵。

　　「小說引力」平台將從今年起，啟動中國大陸《上海文學》、《作品》、《江南》、香港《字花》、澳門《澳門筆匯》、新加坡《聯合早報》、馬來西亞《星洲日報》與臺灣《文訊》這六地媒體間的版面交換合作，以增加優質華文小說作品的跨區域發表機會。「小說引力」此一新興交流平台發起於臺灣，建構於網路，放眼於國際，志在成為全球華文優質長篇小說的匯

聚地，以及臺灣長篇小說魅力的發射站。

原刊於《文訊雜誌》第364期（2016年2月號）

拋出了地心吸力的詩人們：
從《星座》看現代主義文學「小歷史」

　　《現代文學》雜誌創刊於1960年3月，對臺灣現代主義文學形貌之塑造影響深遠。該刊一方面譯介西方現代主義文學作品，一方面選載大量的短篇小說創作，至1973年9月停刊前共出版了五十一期。這份刊物的同仁背景各異，其中有隨國民黨政府遷台的外省子弟（如王文興、李歐梵），有經歷臺灣「光復」的本省子弟（如歐陽子、陳若曦），也有赴台求學的華僑子弟（如戴天、葉維廉），共通點為都是第二次世界大戰後成長的一代。發行人白先勇與主要編輯王文興、歐陽子、陳若曦等人，當時全為臺灣大學外文系學生，並踵繼老師夏濟安先生主編《文學雜誌》（1956～1960）時的未盡之志。

　　同樣是一九六〇年代，另一份文學刊物在政治大學校園誕生。《星座詩刊》自1964年4月發行創刊號，至1969年6月停刊，期間共出版了十三期。政大第五宿舍的西語系同學王潤華、翱翱（即張錯）、室友新聞系畢洛、當年駐防木柵的軍中詩人藍采是創刊籌備要角。海外華僑赴台求學的青年一直是該刊供稿主力，如黃德偉、葉曼沙、洪流文、陳慧樺、淡瑩；但當時在金門當兵的葉珊（即楊牧）等臺灣作家也在第一期上發表。創刊初期的《星座》特色不多，就算要論「僑生」辦刊物，1957年5月《海洋詩刊》、1961年3月《縱橫詩刊》都比它來得早。一直要到1966年林綠由大馬赴台求學，力推「星座革新號」，編輯成員中僑生與台生亦漸成各半（如新聞系的陌上桑、陳世敏、孫鍵政

便是台生），《星座》方蛻變為另一種風貌。

　　嶄新風貌到了最後一期至為明顯：不但頁數厚達百頁，社員更加入了在政大西語系求學的鄭臻（即鄭樹森）、在威斯康辛大學攻讀比較文學的鍾玲等人。林綠當時筆鋒銳利辛辣，竟在該期〈寫在前面〉上直言詩壇普遍缺乏藝術良知，故將「隨時給詩壇打D、D、T！」他說日後刊物上會有一半篇幅用於刊登「中國詩人的英文作品，廣向西方介紹」。為了推廣好詩，該刊甚至公開聲明願將來稿代為譯為英文，志向顯然不容小覷。可惜原本聲稱「下期鐵定八月底出版」的《星座》，承諾卻生鏽成為輓歌，短短五年間留下了十三期星座詩刊、十一本星座詩叢、一本星座譯叢的成績單。

　　作為一個詩社，「星座」這群自謂「拋出了地心吸力的詩人們」有三項共同特徵：一為多具外文系背景，二為研究所主修比較文學或英國文學，三為對詩歌創作與學術研究同樣富有熱忱。「星座詩社」與《星座詩刊》是典型由大專院校學生發起、組織的校園詩社與詩刊。既誕生於被視為不沾塵埃的「校園」，故長久以來都在臺灣現代詩史／文學史的討論視域之外。筆者以為這種偏見或無視甚為可議，更忽略了「詩是青春文類」的特質。各種校園詩刊字裡行間及大學詩社活動記錄，應被視為臺灣文學從下而上的「小歷史」（history from below, little history），一旦發現便不容成灰。

　　臺灣現代主義文學的「小歷史」裡，當然應該要安排「星座」的位置。其主要成員王潤華、林綠、翱翱（張錯）、黃德偉、陳慧樺（陳鵬翔）、淡瑩，後來在文學創作與學術研究上皆頗富成績，並長期在大學體系內教授文學，堪稱所謂「僑生」筆陣中最早的一批「學院詩人」。他們有心亦有力同時兼顧寫詩與

譯詩，擅長以外文專業評介波特萊爾、愛倫坡、惠特曼、羅威爾、梵樂希、雪脫維爾、勒克金、湯闊的價值及影響，並強調該刊「不浪費筆墨在作者生平的介紹」。從專題企畫與欄位設計而觀，「星座」諸君相當重視詩論及資料。前者映現於第9期「英美詩人論現代詩」及第10期「中國詩人論現代詩」；後者則是前後兩次的「自由中國詩集目錄彙編」。從詩創作、詩譯介到詩評論、詩資料，「星座」對新詩各領域的關懷，堪稱全面。在外文訓練及英美留學背景下，第13期除了由鄭樹森譯介投射詩（Projective Verse），更大膽地開風氣之先，一次推出張錯、葉維廉等五位詩人共三十頁的英詩創作。

　　自林綠接手編務後，《星座詩刊》其實已大步跨出政大，甚至跨出校園，直探臺灣社會各文學社群，或無畏參與論戰，或積極尋找盟友。紀弦的重要聲明〈我主張取消「現代詩」三字〉一文，說自己「不得不大聲疾呼正新詩之名，向一窩蜂主義挑戰」、「凡是以『節奏的』散文寫了的『抒情』的詩，則稱之為『自由詩』，凡是以『非節奏的』散文寫了的『主知』，則稱為『新自由詩』」便是刊於1966年7月《星座》第10期上。余光中、羅門、蓉子、洛夫、張默、商禽、古月、吳瀛濤、林錫嘉、林煥彰、李魁賢，雖各自分屬「藍星」、「創世紀」、「笠」等不同詩社，卻同樣曾在《星座》上發表作品。連一向被視為小說家的七等生和李黎，也願意把詩作交給這份刊物。

　　一九六〇年代的臺灣文壇雖然時有紛擾，但各文學刊物之間畢竟還是相互鼓勵，遠遠多於激烈競爭。《星座》便曾以內頁廣告方式，不只一次「鄭重推薦下列屬於這一代之刊物」，其中涵蓋《現代文學季刊》、《前衛雙月刊》、《劇場季刊》及幾份詩刊。唯雖同屬「這一代之刊物」、同具外文系背景，由台大學

生籌辦的《現代文學》與由政大學生籌辦的《星座詩刊》，今日之被討論及被重視度相差甚遠——現在看來地理距離不遠的台大與政大，在彼時的文化資本、可用資源與發展方向上其實頗有差距（或許今日也是？）。較晚問世、較早夭折的《星座》以詩為主，在刊物印刷數量及讀者接受程度上，恐遠不及以小說為主的《現代文學》。但作為臺灣現代主義文學「小歷史」中的一段，《星座》及其成員在六〇年代無論成績或影響，皆不輸其他校園詩刊與詩社，遑論還「收穫」了張錯、王潤華、淡瑩等一批重要詩人。張菱舲曾在《星座》革新號上寫道：「詩境裡的星座們，是一些輕輕撞擊著的組合，天宇間秩序的永恆」。唯盼面對六〇年代臺灣現代主義文學「小歷史」，更多人能看到這群詩人遠遠的星光，聽到他們輕輕的撞擊。

原刊於《聯合文學》第381期（2016年7月）

從出天下到領世代
——臺灣七年級詩人的機遇與挑戰

　　詩是最青春的文類，卻又不只有春風少年在寫。事實上，臺灣七、八十歲以上的前輩詩人創造力之強、持續力之堅，置諸其他文類中都堪稱異數。無怪乎六十歲的詩人在臺灣只能被稱為「中生代」，老幹、新枝、嫩芽加上早已成熟的中生代，構成足供稱羨的詩壇風景。今日臺灣的同仁詩社，大抵也是這種各個世代「祥和」並呈的組成結構；惟四十年前，可完全不是這麼一回事：

> 　　領中國未來詩壇「風騷」的自然有待另一批新的詩人，他們將以全新的美學觀點和形式來取代我們今天流行的詩。他們是誰？我們不得而知，他們決不是今天詩壇上年輕的一代……
>
> 　　除非社會性質與型態起了遽變（譬如由今天的半農業社會進入全面的工業社會），我想既使再過二三十年，我們詩壇恐怕仍難有「新的一代」出現。

這是1972年1月巨人出版社印行的《中國現代文學大系》，由洛夫執筆的詩卷序言。他以能否達到「藝術上的客觀標準，譬如創造性、純粹性、豐富性等」為依，一共選錄了七十位臺灣詩人及其作品；亦同編者序所「預言」，彼時詩壇年輕一代最後幾無能夠被選入大系者。就在洛夫憂慮新人難覓之際，1972年10月幼獅

文化推出羅青第一本詩集《吃西瓜的方法》。羅青以青年詩人的天分及敏感，一下筆就跳過了超現實與現實主義的纏鬥糾葛，具體示範了一種新的寫詩「方法」。他嚴拒虛無及晦澀，藉由詩創作示範了詼諧如何抑制濫情、詩想如何決定語言形式。《吃西瓜的方法》中部分作品富有諧擬手法、嬉戲精神與不確定性，允為臺灣後現代詩「先驅」之作。更重要的是，其詩作題材開闊，生活所見所感、大小時事皆可入詩，詩題又充滿了現代感——相較於只重視自我內心風景的前行代，羅青筆下似乎才堪稱具有當代性的「現代詩」。

從文學社會學的角度來看，正是主流與新秀詩人間的鬥爭、抗衡、折衝，方能構成波瀾壯闊的臺灣新詩發展史。前行代洛夫對彼時新生代大表不滿，後者中遂出現羅青及其《吃西瓜的方法》作為有力回應。但裡面若無媒體及編輯作為有效中介，像這樣的一來一往，可能根本不會發生——試想，若無主掌幼獅編務的瘂弦鼓勵支持，羅青如何能在刊物上密集發表，更進一步結集成冊？七〇年代在幼獅工作的瘂弦，以主編身分催生了羅青《吃西瓜的方法》、張漢良《現代詩論衡》、蕭蕭《鏡中鏡》及也斯《灰鴿早晨的話》等名著，加上雜誌創設本意即在力推青年作家，等於是雙管齊下替文學史留下了重要見證。

重提這段歷史，目的不在「考古」，而是藉此「觀今」。文學媒體與慧眼編輯，其重要性過往常被創作者的光芒掩蓋；殊不知傑作固然需要作家反覆推敲、琢磨，其實更有賴媒體與編輯識貨、力薦。今日《幼獅文藝》策劃「七領世代」專題，由用意當可上溯至歷任主編，皆欲替文學史留下青春見證之雄心。我認為擅於企畫的媒體與編輯，不但要能面對讀者當下需求，更該有造浪掀波、引導趨勢之職志。《幼獅文藝》在吳鈞堯主編下，曾

製作以前輩作家跟副刊主編票選為主的「六出天下」、「崛起九○」專題，獎勵提攜彼時五、六年級的創作新銳。其後又推出編輯部觀察發現的「菁世代」及「新的火」專題，勇敢替臺灣新詩、散文與小說三大文類逐一點將。2003年春天該刊邀請傳媒界十六人及學界四人，替「六出天下」專題投票，筆者在新詩類僥倖入選；2016年冬末，換成筆者成為「七領世代」專題投票者，在一人可投十票的機制下，崔舜華、蔡琳森、羅毓嘉、林禹瑄、林達陽與波戈拉——最終獲選的這六位恰都有我的一票支持。

從出天下到領世代，這批七年級詩人誕生於八○年代、成長於九○年代，於本世紀深刻體驗了政治局勢的交替、中國強力的崛起、公民意識的抬頭、階級鴻溝的加劇。他們可能參與了318太陽花學運、隔海聲援過香港的黃絲帶運動，或藏身在鍵盤滑鼠平板手機下，日夜進行著網路游擊。我很好奇，他們將如何在主題與形式上回應詩的「外邊世界」？除了「外邊」，還有「內裡」：屬於他們自己這個世代的創作詩學是什麼？能夠憑藉與依仗的美學資源有哪些？臺灣文學與臺灣新詩的歷史傳統，給過他們什麼養分？在這個文學獎靈光消逝、報刊銷量及影響遞減的年代，他們該如何強行突圍，再創文學的無限可能？無論內或外，在在是挑戰。

雖面臨重重挑戰，但時間畢竟站在青春這邊，他們其實擁有連六年級都稱羨的更多機遇。後者主要來源有三：一是獎補助單位的扶持，二是出版社及文學媒體的期待，三是「新媒體」的興起與網路群聚效應。我曾在〈誰怕七年級！〉（《聯合報·聯合副刊》2011年2月19日）一文中指出：

　　他們之中有些人已經出了第一本書，得了校內外不少文學

獎，但苦於沒有全國性知名度；有些人則畢業不久、剛找
到工作，寫作成為職場菜鳥期唯一的逃逸窗口。在現今這
種低版稅、低銷量、低注目度的「三低」年代，他們拿文
學環境沒有辦法，文學環境也對他們愛莫能助。

此文發表迄今恰滿五年，局勢已有偌大改變。五年前，七
年級詩人們還是學生或剛畢業，獲得校內或各報、文化局、基金
會主辦之文學獎可增強信心；五年後，二十五到三十五歲的他們
多已步入職場，成為編輯、教師、記者、浪人或一頭「魯蛇」，
將創作編印成冊的吸引力，遠大過單篇詩作的獲獎與發表。雖然
七年級是徹底的網路原生族，但國藝會等單位的（紙本！）詩集
出版補助，比大小不一的各式文學獎助，對亟欲呈現「整體世界
觀」、塑造「個人化詩語」的他們更具誘惑。所以國藝會的文學
出版補助、臺文館的文學好書推廣、各縣市政府之作家作品集，
自然成為七年級詩人的新戰場。此外，國藝會的文學類「創作補
助」、臺北文學獎的「文學年金」皆鼓勵以一年或以上為期專心
寫作，佐以輔導後續出版成書事宜，對催生詩集、培育作家實有
大功，值得一記。

有了補助單位的經費扶持，出版社就更敢放手一搏，在詩
集這個「銷售毒藥」及知名度遠不如余光中、席慕蓉、鄭愁予的
七年級詩人身上，狠狠豪賭一把。寶瓶、逗點、遠景、秀威（釀
出版）、角力、黑眼睛對此投入頗多，各有成績。以數量而論，
從事POD隨需印刷出版的秀威當居第一；以質地而觀，「七領
世代」新詩類獲選者中崔舜華、羅毓嘉、林禹瑄都是寶瓶作者，
六中有三，勝負立判。五年前，七年級詩人大多只出過「第一本
書」，甚至還在找機會出書。五年後，羅毓嘉、林達陽已經各出

了六本書，其中詩集分別佔了三本、兩本。林禹瑄、崔舜華也各出了兩本詩集，崔舜華與蔡琳森還合譯了艾倫金斯堡的《嚎叫》（*Howl and Other Poems*）。從企劃出版的角度而論，筆者2010年自菲返台後曾邀集六名「七年級」主編，以「七年級選七年級」為原則，於2011年春天推出《臺灣七年級新詩金典》（釀出版）等三部作品選集。新詩金典便選錄了林達陽、羅毓嘉、林禹瑄及崔舜華四人作品。

　　文學媒體的高度期待，亦是七年級詩人的絕佳機遇。《文訊雜誌》於2010年6月起策劃「臺灣文壇新人錄」系列專題，第一期便以新詩打頭陣，入選者逾八成是七年級詩人。2011年9月，由台文館主辦、《聯合文學》承辦「私文學年代：七年級作家新典律論壇」，當是第一場以七年級為主題的大型活動，邀請了多位學者、作家與年輕世代對談。五年之後，這群七年級成了各報文學副刊上的主力發表部隊。《人間福報》、《自由時報》、《中國時報》副刊上屢見七年級詩人現蹤；《聯合報》副刊則連詩集書評，都不時邀請七年級執筆。更重要的是，這些七年級詩篇所引起的共鳴，遠大於余光中〈某夫人畫像〉或鄭愁予近幾年令人尷尬的新作。

　　最後也是最關鍵的一點，應屬來得又快又急的「新媒體」浪潮，讓七年級詩人在網路群聚效應下快速崛起。「新媒體」如臉書（facebook）、噗浪（plurk）、推特（twitter），或者wechat、line與blog，讓這批「七領世代」晉升為自己的總編輯，任何時間地點皆可發詩作、拋話題，按讚、分享、回應皆不需透過傳統紙媒的gatekeeper。在臺灣各詩刊印行量難以破千的情況下，僅僅「每天為你讀一首詩」一個臉書粉絲專頁，每日接觸到的讀者就是數千人，其背後的編選、撰稿成員多為七年級愛詩人。「七

領世代」詩人中，不乏一則臉書留言便獲上千個「讚」並被廣泛「分享」者。留言如此、貼詩亦然。七年級詩人不以紙本為唯一發表媒介，對六年級習慣的bbs也興致不高；以臉書為首的「新媒體」才是他們最具優勢的主場。

　　前所提及的網路群聚效應，是指七年級詩人們的讀者樂於追蹤、按讚、分享，宛如網上一座座「讀者俱樂部」；在詩篇作者這端，七年級詩人卻沒有顯著的「群聚」行為。反觀六年級世代，2003年在「明日報新聞台」成軍的「8P」（真正的名字應是「小說家讀者」），匯集了許榮哲、王聰威、甘耀明等多位新銳小說家，用青春肉體及小說精魂，狂轟猛炸二十一世紀上半葉的臺灣文壇。「明日報新聞台」現代詩專屬群組內的三十三個台長（包括鯨向海、楊佳嫻、林德俊等），2001年也以「我們這群詩妖」為名集結，立刻成為彼時最具代表性的網路詩社群。無論8P或詩妖，六年級作家出天下時還會呼朋引伴、搭肩壯膽。領世代的七年級詩人憑己力便站穩文壇，自不能僅以機遇來解釋——就像四十年前的羅青，他們選擇拿出一部詩集，作為最有力的回應。

原刊於《幼獅文藝》第748期（2016年4月）

在臺灣閱讀《香港文學大系1919-1949 · 新詩卷》

　　由陳國球總主編的《香港文學大系1919-1949》，編纂計劃起於2009年，全套十二卷的正式出版至2016年方告竣工。從2014第一卷「新詩卷」問世，到2016年最末卷「文學史料卷」印行，該大系編輯委員及出版者香港商務印書館在這一年半期間持續推廣，甚至跨海到臺灣舉辦發表會，努力爭取各地華文讀者的注意。在華文書展、新書發布、報刊評介之外，香港文學生活館亦作過收費講座，邀得游靜於2016年春季課程中專題討論大系之新詩卷。總主編陳國球、副總主編陳智德兩人為香港教育大學同事，陳國球負責評論卷第一冊、陳智德負責新詩卷與文學史料卷的主編工作，從〈總序〉及各卷〈導言〉中不難窺得編選工作之難度及甘苦。研究及編纂都需要經費支援，在長期重商輕文的香港社會，幸獲民間私人（李律仁）、政府機構（香港藝術發展局）、學院組織（香港教育大學）三方奧援，終能促成《香港文學大系1919-1949》的完整出版。不論是從挖掘過往文獻、保存文學史料、建立本土傳承、重構「香港想像」何種角度，此大系皆允為香港近來最重要的一椿文化大事件，見證了二十一世紀香港學術界中壯世代欲「展示『香港文學』的繁富多姿」之雄心。

　　前引「繁富多姿」一語來自陳國球〈總序〉，該文對華語文學「文學大系」之原型、繼承、特徵，乃至在臺灣與香港間之各式劃界／越界，都有十分精彩的議論，亦不時可見作者欲視香港為一「文學和文化的空間」、「有一種『文學的存在』」，以

及把香港文學當作「一個文化結構的概念」。大系編選時以「香港文學」而非「香港作家」為根據，更能揭示香港這一文學和文化空間之包容、流動特質。而且因為名為「香港文學大系」而非「香港新文學大系」，復考量到彼時香港文學積累了豐富的舊體詩文與鮮明的庶民性格，此大系特闢「舊體文學卷」、「通俗文學卷」與「兒童文學卷」三者，如此可益發彰顯香港這塊文學空間之特質。這套大系從擘畫到執行，在在透露出欲與過往華語文學界各類「文學大系」編纂工程對話之企圖。倘若能將香港陳國球與（三度在臺灣主持或總編文學大系的）余光中並置比較，應能引發更多延伸思考。作為關心香港文學發展及文學史書寫的「外人」，我深信此大系對未來書寫「香港文學史」的助益，絕不僅止於蒐羅史料，更大的貢獻應是想像框架——儘管在臺北紀州庵的發表會提問時間，陳國球教授明確回覆我：未來自己並不打算寫一部《香港文學史》。

　　《香港文學大系1919-1949・新詩卷》（以下逕稱《新詩卷》）是全套大系中最早面世者，2015年更榮獲第八屆香港書獎肯定。該卷主編陳智德在前人研究積累與自編之《三、四〇年代香港詩選》厚實基礎上，檢閱了大量早期報刊、雜誌與詩集，試圖重建彼時香港新詩發展輪廓。讀畢全卷，我認為除了不可抹滅之文獻價值，更可看出這位主編亟欲呈現：在現代性與戰火交替進逼的時代步伐下，新、舊香港間有何變化？彼時詩人如何以詩來呈現香港的「今」與「昔」？借自上海的都市詩苗，如何在香港植出自己的本土花果？以上種種對香港身影與身世的關懷，早見於陳智德個人文集《地文誌：追憶香港地方與文學》（臺北，聯經：2013），其目光始終離不開「我城」之流轉變遷。《新詩卷》不同於一般文學選集重視作者之知名度及影響力，卷首所收

錄之第一、二人「L.Y」與「許夢留」，皆屬「生平資料不詳」的詩人，是主編陳智德在1925年《小說星期刊》上挖掘出來並認可的創作。這與臺灣慣以追風〈詩的模仿〉作為第一首新詩、以張我軍《亂都之戀》作為第一部新詩集，並藉此積極追溯與建構出充滿故事性的詩史「起源」，顯然思維迴異。

　　既然有「L.Y.」與「許夢留」這類生平資料不詳者，現代派代表性詩人戴望舒當然不該缺席。主編挑選之〈我用殘存的手掌〉、〈獄中題壁〉兩篇名作皆發表於上海，應是基於「加法」而非「減法」思維下的決定。作為此卷都市詩書寫的代表，主編在導言中特闢兩頁篇幅談鷗外鷗〈禮拜日〉，卻給了兩個不同版本。先看第49到50頁，導言中引詩如下：

> 株守在莊士敦道，軒尼詩道的歧路中央
> 青空上樹起了十字架的一所禮拜寺
> 鳴響著鐘聲！
>
> 電車的軌道，
> 從禮拜堂的V字形的體旁流過
> 一船一船的「滿座」的電車的兔。
> 一邊是往游泳場的，
> 一邊是往「跑馬地」的。
>
> 坐在車上的人耳的背後聽著那
> 鏗鳴著的禮拜寺的鐘聲，
> 今天是禮拜日呵！

> 感謝上帝！
> 我們沒有甚麼禱告了，神父。

到了內文第139頁，這首詩卻變成：

> 株守在莊士敦道，軒鯉詩道的歧路中央；
> 青空上樹起了十字架的一所禮拜寺。
> 電車的軌道，
> 從禮拜堂的V字形的體旁流過
> 一船一船的「滿座」的電車的兔。
> 一邊是往游泳場的。
> 一邊是往「跑馬地」的。
>
> 耳的背後，
> 鏗鳴著禮拜寺的鐘聲，
> 今天是日曜日呵。
> 感謝上帝！
> 我曹沒有什麼禱告了，神父。

此作1939年2月發表於香港《大地畫報》第三期，雖不至於看成是兩首詩，但確實缺乏對其間版本差異的說明，令人不解。同樣的問題，也出現在《新詩卷》所收錄之第一人「L.Y.」上：在導言（第44頁）、目錄（第65頁）、作者簡介（第245頁）俱作「L.Y」，到了內文（第75頁）卻變成「L.Y.」。正因為解釋闕如，遂讓這一點之差變得相當巨大。

在臺灣閱讀《香港文學大系1919-1949‧新詩卷》，心中既

充滿敬意，更有深深感慨。我敬佩的是香港學者、作家、出版商、捐贈人、研究機構與藝術發展局的持續支持及合作推動，讓這套從規畫到出齊耗時近七年的「漫長旅程」，總主編及各卷主編不至感到孤立無援。因為香港迄今在大學內部尚未設置如「香港文學系」般的相關系所，只能藉助（彼時尚未升格成大學的）香港教育學院「中國文學文化研究中心」成員及資源。換言之：大系是在香港文學「學科化」及「體制化」缺位的情況下，在教研機制或專業養成猶待紮根的條件下，編纂而成的出版品。

看看香港，想想臺灣，怎能不讓人感慨？「香港文學研究」無法成系、立所、設學程，連香港文化人近年積極推動官方設置「香港文學館」皆阻力甚大，只能暫時轉型成「香港文學生活館」。臺灣雖已有多家臺灣文學系所及國家四級單位「國立臺灣文學館」，但後者囿於經費預算、人員編制等條件，能夠投入在研究工作上的資源甚寡。思及《香港文學大系1919-1949》各卷印刷發行後，便在香港及臺灣等地積極安排推廣活動；臺灣文學館坐擁自2011年起陸續印行的《臺灣現當代作家研究資料彙編》（第一部為賴和，今年三月編印至第五階段、第八十部，計畫共將出到一百部），除了每一階段照例辦一次新書記者會，在本地推廣方面竟遲至近期才真正起步，遑論如何進行國際推廣及校園深耕？「自己的文學自己推」，我是多麼期待：別停留在同溫層或小圈圈「內推」，還得努力往外推、往下推。

原刊於《創世紀詩雜誌》第188期（2016年9月）

論詩歌節如何毀詩不倦

　　我始終認為，詩歌節應是詩歌的外延；曾幾何時，詩歌節卻被大眾視為詩歌的內裡——或以各種偽裝，逐步篡奪詩歌的本體位置。當代各形各色的詩歌節活動，大抵不脫共通之「三性」：儀式性、表演性與音樂性。儀式性證諸於開幕與閉幕典禮，表演性泛見於詩歌朗誦或詩劇之中，音樂性則是詩跟樂不分家，能誦、能吟之外，還要得能唱才行。持平而論，這裡所謂「三性」並非皆屬負面，讓詩跨界到戲劇、音樂等領域之嘗試亦值得鼓勵；唯落入實踐面時，極易從「三性」延伸出各種流弊，譬如偌大典禮僅存貧乏詩意，或以手勢、聲調、情感的浮誇至極，遮掩詩歌文本的瘦弱不堪。晚近各地詩歌節還喜歡動輒標舉「國際」二字，彷彿跨國便高出本地不只一等，卻無人檢討受邀的外賓中，有多少真正跨得出他們自己國度的詩人？另外就是力圖將詩歌與旅遊結合，有時再加上新興的「文創」，讓詩歌節迅速淪為三不像的怪異變種。如此變種竟還能在各地不斷繁衍複製，可見這類活動主辦方背後圖的不是詩，而是利。

　　自忖無力評價其他地域，在此我僅能談談自身對臺灣的觀察。兩千三百萬人口的臺灣，去年（2015）共舉辦五場詩歌節活動。若以北、中、南、東來區分，北有臺北詩歌節、中有濁水溪詩歌節、南有台南福爾摩莎國際詩歌節、東有太平洋詩歌節與臺東詩歌節。為利於了解，先簡述各詩歌節情況如下：

（一）2015臺北詩歌節

　　由臺北市政府主辦、臺北市政府文化局承辦，自2000年創辦以來，逐漸發展成以詩為核心的跨領域藝術節慶。2015年策展人鴻鴻、楊佳嫻以「詩的公轉運動」為主題，從10月24日到11月8日，在臺北的中山堂、小白宮、紀州庵文學森林、臺北捷運地下街、誠品信義店及松菸店、思劇場、大可居青年旅館、小路上藝文空間等地，規劃一系列詩講座與詩的跨界活動。除了眾多本國詩人，臺北詩歌節邀得諾貝爾文學獎被提名人、享譽阿拉伯世界的詩人阿多尼斯（Adonis）首度來臺。日本學者詩人四方田犬彥（Yomota Inuhiko）、馬其頓詩人尼可拉馬茲洛夫（Nikola Madzirov）、法國詩人兼翻譯家菲奧娜施羅琳（Fiona Sze-Lorrain）及香港詩人兼評論家鄧小樺、英國新銳詩人路克肯納（Luke Kennard）亦受邀赴臺交流。

（二）2015濁水溪詩歌節

　　由彰化縣文化局主辦、明道大學中文系及國學所承辦，自10月13日起展開系列活動。開幕式在明道大學新設置的「雲天平台」舉行，由詩人席慕蓉、顏艾琳、羅任玲、雲朵、龔華等吟誦作品。逢濁水溪詩歌節邁入第八年，活動以席慕蓉為主軸並邀得她駐校三天，讓明道師生及民眾有機會聆聽她的朗誦與演講。本屆活動徵集了許多以席慕蓉詩作為主題的「詩畫創意作品」，輪流在員林高中、田中高中、正德高中、藝術高中展覽分享，並邀集國內多所高中新詩社團進行詩歌朗誦競賽，讓詩的種籽灑播校園。大會還邀請到陳義芝、蕭蕭等十多位詩人教授發表論文，把

濁水溪詩歌節的意義從推廣詩教、傳播詩情，提升至詩論層次。

（三）2015臺南福爾摩莎國際詩歌節

由臺南市政府文化局主辦、世界詩人運動組織（Movimiento Poetas del Mundo，簡稱PPdM）副會長李魁賢策畫的臺南福爾摩莎國際詩歌節，列入2015臺南文學季首波活動，9月2日於臺灣文學館舉行開幕式。PPdM創辦人Luis Arias Manzo等十一國、將近二十位國外詩人，特地赴臺與國內詩人交流。大會規劃了「繆思論壇」、「繆思校園」、「繆思之夜」、「繆思城市」等主題，欲透過國際詩人對談、國內外詩人至臺南各級學校進行參訪、詩與音樂舞蹈的跨界結合演出等活動，嘗試讓文學走入生活，讓大眾體驗詩的美好。

（四）2015太平洋詩歌節

由花蓮縣政府、花蓮縣文化局主辦，藝術廣場多媒體股份有限公司承辦的「2015太平洋詩歌節」，10月 23、24、25日三天邀得詩評家北島（香港）、羅蕾雅（Marie Laureillard，法國）、費正華（Jennifer Feeley，美國）、金泰成（韓國）、金尚浩（韓國）、胡桑（上海）、孫曉婭（北京）、朱雙一（廈門）等外國詩人學者，與多位臺灣詩人以「水之湄，天之涯：夢的洄瀾，詩的圓周」為主題，群聚太平洋畔的花蓮松園別館和亞士都飯店，展開一連串詩歌活動。自2006年創辦以來，太平洋詩歌節已滿十屆，堪稱是臺灣東部最重要的詩歌活動。本次活動主題，恰來自楊牧五十五年前出版的第一本詩集《水之湄》與北島著名詩集

《在天涯》，國內外詩人如此美妙的聚合，正彰顯了中文詩／臺灣詩在今日世界激起了「詩的圓周」。

（五）第四屆臺東詩歌節

　　在好山好水好人情的臺東，6月6日舉辦了第四屆詩歌節活動。本屆同樣是由臺東大學華語文學系師生合力承辦，該系董恕明、簡齊儒老師擔任策展人，活動主題訂為「少年遊」。透過舉辦詩歌節，連結了該校許多單位與系所，並與臺東生活美學館、鐵花村‧臺灣好基金會、臺東縣外籍配偶協會、下賓朗部落發展協會、布拉瑞揚舞團合作，共同促成一場豐美的詩之饗宴。臺東詩歌節與其他各地詩歌節相較，少了知名國際詩人的「外援」，但其特色在於著重「內在」──即以臺灣原住民與臺東本地詩人為主角。

　　由上可知，臺灣的詩歌節活動十分強調與「在地」結合。由在地學校（明道大學、臺東大學）或政府單位（臺北市政府、臺南市政府、花蓮縣政府、彰化縣政府）主辦或承辦，另覓詩歌節策展人之模式，已蔚為當今主流。策展人本是詩歌節的靈魂，臺北詩歌節的策展人鴻鴻、太平洋詩歌節的陳黎在同一崗位上皆堅守超過十年，堪稱可與該詩歌節劃上等號──所以現在少有人會記得，羅智成早期曾策畫過臺北詩歌節了。他們的詩史位置有作品足以定錨，不需要詩歌節來烘托或加分。但不是每個策展人都能像這兩位一樣，還是有極少數奇葩詩人，假呼群保義之名，成個人事功之私。我實在難以想像，進入文學史竟需要成群結隊以壯聲勢，難道以為是在花車遊行？另外，策展人本身作品的高

低、國際視野的寬窄、對詩潮「當代性」的把握，俱為一場詩歌節成敗的關鍵。很遺憾的是：是否夠熱鬧、觀眾多或少、演出後的鼓掌聲長短、節目是否有趣或能引人發笑……恐怕才是主辦單位對「成功」與否的判準。策展人本應有能力及準備，隨時反擊上述這種庸俗化觀念，乃至得站在「教育」而非「接受」的立場，來面對主辦／承辦單位及與會觀眾。如果策展人打從心裡，只想複製這種讓詩歌庸俗化（遠遠稱不上世俗化）的論點，顯然就是失職與失能，最終必將失去詩歌。

臺灣的各大詩歌節背後出資者，多為政府機構。所謂策展人或規劃單位，實質上是向政府提出企劃書，經招標程序並確認得標後，開始執行並等待結案時由政府驗收。因為私人興辦詩歌節的風氣未開，導致政府的文化局處成了詩歌節真正的「老大」。出資者對詩歌節自然會有其想像，但策展人能否引導「老大」走向正確的方向，而非僅淪為發展地方觀光的「話題」，背後的傾軋角力至為關鍵。如何與公部門折衝是一門藝術，策展人的價值亦可在此展現：詩歌節理當為詩與詩人服務，促進觀光或繁榮地方等目的，永遠都該是次順位的。我以為一場成功的詩歌節，應能解凍世人冷藏已久的詩心，召喚在場詩人與聆聽群眾間流動的詩想，且千萬莫以活動後那一陣鼓掌聲而自滿。策展人企劃詩歌節時，當思如何提振詩魂、喚醒詩靈，類似力邀域外詩人、譽揚知名詩人、提攜青春詩人這類「旁支任務」實非重點。進一步說，今日某些詩歌節已失去了初心，讓濃厚節慶氛圍取代了詩本體的探索／思索／求索，結果就是換來一場場熱鬧無比，卻讓詩缺席的「詩歌節慶典」。

舉辦或策劃詩歌節，稍一不慎便會落入上述陷阱，在慶典氣氛中如此輕易地「毀詩不倦」。毀的是詩、不是人，因為作家個

人名望或詩歌節聲威還算易救，唯詩本體的尊嚴畢竟難返。如果我們籌辦詩歌節，所求只是有力金援、舞台聲光、媒體報導及個人地位，那代表只把詩當作節目，讓Poetry淪為Show之一環。今人常說之「PS」，原是指用繪圖軟體來修改、調整、變造既有圖片；用在討論詩歌節之情境上，又何嘗不是指涉Poetry加上Show呢？與追求詩歌的艱苦道路相較，這其實再容易不過了。但是我輩現實生活中，難道還缺少秀場畫面嗎？若選了這條容易的路，就是主辦單位或策展人引導詩歌墜入魔道，也愧對詩歌節與會詩人及到場觀眾的期待。要看秀，歡迎買戲票、進戲場、見戲班。要求詩，則請走詩道、聞詩音、持詩心。悲或喜，都是詩所能達到的動人效果；但過度誇張的悲喜，就只是將詩給秀場化，詩人登台成了表演者——通常都是底子最差、演技貧弱的那種表演者，或可謂之為「戲人」。

詩歌節是一面鏡子，既看得出某些詩人竟自願變身戲人，亦看得出另有一批詩人如何千方百計守護詩歌。詩跟大眾間的隔絕狀態，在臺灣始終是個未解的問題。詩人寫的民眾詩，理想之作絕少，故大眾並不愛讀，恐怕連詩人同行都不願意多看。真正能夠喚起臺灣民眾熱情者，當屬一九七〇年代臺灣民歌運動期間，重新結合「詩」與「歌」之嘗試，讓「以詩入歌」成為彼時一大特色。臺灣民歌運動的第一槍，是一九七五年六月六日臺灣大學畢業的楊弦，在臺北中山堂的創作發表會上，演唱了八首由余光中的詩譜曲之作。之後他發表《中國現代民歌集》音樂專輯，歌詞大都來自余光中詩集《白玉苦瓜》（1974），更讓〈鄉愁〉、〈江湖上〉成為傳唱一時的名作。此時余光中也因為受到英美搖滾樂的影響，部分作品採用類似民謠的詩語言，甚至還譯介了許多關於搖滾樂的文章。披頭四（The Beatles）及巴布迪倫

（Bob Dylan）兩者最令余光中著迷，〈江湖上〉便是他向後者名曲"Blowin' In The Wind"致敬之作。民歌運動與現代詩的結合，允稱彼時一大特色，余光中、洛夫、鄭愁予、楊牧、羅青、席慕蓉等都有詩作被改編為歌曲演唱或收入歌手專輯。

　　或許有人會問，這不也是一種「演出」？為何不說其同樣可能「毀詩不倦」？我認為，此舉應視為對詩的守護，而非對詩的利用。詩跟大眾間的隔絕，不是寫幾首海報詩、口語詩、朗誦詩就能夠解決的——因為它們很可能根本就不是「以詩本體為要」思考下的創作。臺灣民歌運動期間的詩創作之所以不同，正因彼時詩人是以詩為出發點，來嘗試進行書寫。他們對節奏、句法、聲調的諸多考量與斟酌，皆是為了詩所作，並非為了歌而為。今日各家詩歌節場合，常見邀請到羅思容、王榆鈞等音樂工作者，實為與會者之幸。經過四十年，這些音樂工作者比昔日民歌手更能理解當代詩的「當代性」，以及詩與歌兩造間的可能／不可能。有人欲以聲音詮釋詩歌，有人則以影像詩（video poetry）再造詩歌，葉覓覓、游書珣、蔡宛璇等皆是其中佼佼者。晚近這類跨界詩的例子所在多有，可參閱我跟徐學教授主編的《逾越：臺灣跨界詩歌選》（福州：海風出版社，2012）。臺北詩歌節有項「多元成詩」活動公開徵求作品，影像詩、漫畫詩、圖像詩、聲音詩、行動詩等皆涵蓋其中，其共通點乃皆屬「以詩為核心的跨界創作」。在我看來，這類跨界創作都是對當代詩歌堅定的守護，而非決絕的背離。

　　辦詩歌節，自然不是為了刻意毀詩，卻極容易招致這樣的尷尬結果。以一個兩千三百萬人的島嶼，今年（2016）便延續了去年全台的北、中、南、東五場詩歌節活動，只有「2015臺南福爾摩莎國際詩歌節」北移至淡水河畔，易為「2016淡水福爾摩莎

國際詩歌節」，但與會班底大致不變，就連找來的國際詩人亦然。我在想：這個網際網路昌盛、臉書微信風行的年代，臺灣還需要這麼多讓詩人「露臉」的詩歌節嗎？那些公部門代表登台致詞者，除了劃預算、給經費、管核銷、審結案，他們可曾真正關心過當代詩歌的處境問題？在他們的想法裡，一切是否不過是場例行節慶，歡欣熱鬧遠比什麼都重要？根源或許就出在：所謂的主辦單位或公部門早就習慣了詩歌不會造反，詩歌節自然也不會（不該！）造反。如此馴化的詩歌，這般溫順的詩歌節，還需要等待誰來毀壞嗎？自焚或許還快些。

原刊於中國北京《文藝報》三版（2016年12月28日）

【代後記】下一個十年的文學溝通

　　當代文學史書寫常以十年為一期，這種竹節式分期法固然便利，但也不免遭譏諷為僵固化約。沒有個人情感，十年跟一瞬自無區別；唯有賦予意義，十年方能長出血肉身軀。我的上一個文學十年，有段旅居菲律賓馬尼拉的平靜日子。社區大門出口不遠處，就是一座豪華殯儀館。菲律賓人普遍篤信天主教，視死亡為重回上帝懷抱，殯儀館內自無人哭哭啼啼，一樓還有家GenKi咖啡店供人休憩。總愛在下班的悶熱午後帶本小書造訪，看著窗外大馬路旁趕著返家的陌生臉孔，聽著臨座二三人以菲語誇張談笑，吃著完全沒有日本味的菲式和風料理。趕在咖啡還沒走味之前，我這個殯儀館常客大口喝下一杯隨餐「元氣」，思忖自己能否以鍵盤俘虜這座難馴不羈的城市？抑或只能任由它一吋一吋，逐日吞噬我單薄的身影？說我是寂寞的無名異鄉客，誰敢！一份紙筆，一冊詩集，一杯GenKi，貌似孤獨，實為最最倔強不過的風景。

　　住處既靠近這座本地亡靈的小小聖國，咖啡店成了我這個外來生者的大氧氣筒。陰陽兩隔，不諳通靈，渴望溝通如我最後還是得回到熙攘人間。彼時有幸乘上時代駿馬，迎向新興溝通工具的問世──那是2007年開啟的通訊新浪潮，臉書露臉，iPhone啟程，推特往全球發展。十年過去，前述工具雖依然挺立；但兄長輩的ICQ、MSN、雅虎奇摩家族皆已黯然謝幕，留待他日說夢痕了。旅菲時受惠於互聯網及新工具之發展，身在異鄉還勉強跟得上故鄉台灣的文壇節奏。返台後親歷臉書登基及微信盛世，並見

263

證新媒體如何以互動與即時，打得紙本印刷戰隊潰不成軍。我深知未來通訊軟、硬體只會速度更快、替換更頻、影響更廣，「文學溝通」一事無論從質或量上皆將有劇烈變化。以前發生於紙媒的「筆戰」，現在成了新媒體上的「網戰」，後者殺伐之力道及回應／再回應之迅速，皆非停留在「美好的紙本年代」者所能想像。2016年四月起的含羞草事件，兩造間為了要替劉正偉〈含羞草──寫學生霸凌事件〉是否抄襲蔡仁偉〈封閉──寫給校園霸凌事件〉爭個是非，竟從臉書言詞交鋒一路戰到地方法院「為詩提告」，說明互聯網打造出一個人人都有話想說，人人也都能大聲說話的情境──只要你有可發文帳號，便能隨時充任一日總編輯。

所以，我們真的能夠自命為王了？臉書動態消息或Google搜尋結果，都是透過神祕的演算法，餵養每個人能讀到什麼、能跟誰保持接觸，並以不堪聞問的手段窺探每位使用者的隱私。它不斷過濾人們的選擇，藉由機器學習軟體誘導你我做出決策。作家或可據地自命為王，卻忘了它才是主宰一切的天。在臉書發文被轉貼次數，遠超過新書發表會聽眾人數的年代，當我們聲稱在進行文學溝通時，我們究竟在跟誰溝通？或者該問，誰才能看到這些溝通？至於那些酸言批語，妖聲醜詞，作家／評論者是想寫給誰看、又有誰真正能夠看到？

臉書來過了，但它不會永遠都在（想想十年前的Yahoo與無名小站）；當臉書走了，下一個十年的文學溝通能否擺脫演算法幢幢魅影？新媒體讓寫作者太習慣在同溫層裡肆意逞威、呼群保義，人人都可過足十五分鐘「網紅癮」，殊不知已淪為演算法牢籠內的永久奴隸。下一個文學十年，我或許會更想念在殯儀館喝咖啡的日子：躁雜絕跡，喧囂止步，只剩自己跟亡靈默默對望。

死人固然不會說話，但其存在提醒著我，生命及死亡皆有其不容分析計算的莊嚴面向。文學亦當如是。

原刊於《印刻文學生活誌》第157期（2016年9月）

秀威經典　　　　　　　　　　　PG1750　新視野29

異語：現代詩與文學史論

作　　　者/楊宗翰
責任編輯/盧羿珊
圖文排版/周政緯
封面設計/葉力安

出版策劃/秀威經典
發 行 人/宋政坤
法律顧問/毛國樑　律師
印製發行/秀威資訊科技股份有限公司
　　　　　114台北市內湖區瑞光路76巷65號1樓
　　　　　電話：+886-2-2796-3638　傳真：+886-2-2796-1377
　　　　　http://www.showwe.com.tw
劃撥帳號/19563868　戶名：秀威資訊科技股份有限公司
　　　　　讀者服務信箱：service@showwe.com.tw
展售門市/國家書店（松江門市）
　　　　　104台北市中山區松江路209號1樓
　　　　　電話：+886-2-2518-0207　傳真：+886-2-2518-0778
網路訂購/秀威網路書店：http://www.bodbooks.com.tw
　　　　　國家網路書店：http://www.govbooks.com.tw

2017年1月　BOD一版
定價：320元
版權所有　翻印必究
本書如有缺頁、破損或裝訂錯誤，請寄回更換

國家圖書館出版品預行編目

異語：現代詩與文學史論 / 楊宗翰作. -- 一版.
　　-- 臺北市：秀威經典, 2017.01
　　　面；　公分. -- (新視野 ; 29)
　　BOD版
　　ISBN 978-986-94071-2-0(平裝)

1. 新詩　2. 詩評　3. 臺灣文學史

863.091　　　　　　　　　　　105023396

讀 者 回 函 卡

感謝您購買本書，為提升服務品質，請填妥以下資料，將讀者回函卡直接寄
回或傳真本公司，收到您的寶貴意見後，我們會收藏記錄及檢討，謝謝！
如您需要了解本公司最新出版書目、購書優惠或企劃活動，歡迎您上網查詢
或下載相關資料：http:// www.showwe.com.tw

您購買的書名：＿＿＿＿＿＿＿＿＿＿＿＿＿＿＿＿＿＿＿＿＿＿＿

出生日期：＿＿＿＿＿＿年＿＿＿＿＿＿月＿＿＿＿＿＿日

學歷：□高中 (含) 以下　　□大專　　□研究所 (含) 以上

職業：□製造業　□金融業　□資訊業　□軍警　□傳播業　□自由業
　　　□服務業　□公務員　□教職　　□學生　□家管　　□其它＿＿＿

購書地點：□網路書店　□實體書店　□書展　□郵購　□贈閱　□其他

您從何得知本書的消息？

　□網路書店　□實體書店　□網路搜尋　□電子報　□書訊　□雜誌

　□傳播媒體　□親友推薦　□網站推薦　□部落格　□其他＿＿＿＿＿＿

您對本書的評價：(請填代號　1.非常滿意　2.滿意　3.尚可　4.再改進)

　封面設計＿＿＿　版面編排＿＿＿　內容＿＿＿　文／譯筆＿＿＿　價格＿＿＿

讀完書後您覺得：

　□很有收穫　□有收穫　□收穫不多　□沒收穫

對我們的建議：＿＿＿＿＿＿＿＿＿＿＿＿＿＿＿＿＿＿＿＿＿＿＿

＿＿＿＿＿＿＿＿＿＿＿＿＿＿＿＿＿＿＿＿＿＿＿＿＿＿＿＿＿＿

＿＿＿＿＿＿＿＿＿＿＿＿＿＿＿＿＿＿＿＿＿＿＿＿＿＿＿＿＿＿

＿＿＿＿＿＿＿＿＿＿＿＿＿＿＿＿＿＿＿＿＿＿＿＿＿＿＿＿＿＿

11466
台北市內湖區瑞光路 76 巷 65 號 1 樓

秀威資訊科技股份有限公司　　　收

BOD 數位出版事業部

....

（請沿線對折寄回，謝謝！）

姓　　名：_____　年齡：_____　性別：□女　□男

郵遞區號：□□□□□

地　　址：_____

聯絡電話：(日) _____ (夜) _____

E-mail：_____